在场与批评

王晖 著

东南大学出版社
·南京·

图书在版编目（CIP）数据

在场与批评/王晖著. -- 南京：东南大学出版社，
2024.11. -- （六朝松文库）. -- ISBN 978-7-5766
-1239-4

Ⅰ. I206.7-53

中国国家版本馆 CIP 数据核字第 2024UZ5168 号

责任编辑：唐红慈　　责任校对：张万莹　　特约编辑：赵小龙
封面设计：鸿儒文轩·末末美书　　　　　　责任印制：周荣虎

在场与批评
ZAICHANG YU PIPING

著　　者	王　晖
出版发行	东南大学出版社
出版人	白云飞
社　　址	南京市四牌楼 2 号　邮编：210096　电话：025-83793330
网　　址	http://www.seupress.com
经　　销	全国各地新华书店
印　　刷	三河市华东印刷有限公司
开　　本	880 mm × 1230 mm　1/32
印　　张	9.25
字　　数	198 千
版 印 次	2024 年 11 月第 1 版第 1 次印刷
书　　号	ISBN 978-7-5766-1239-4
定　　价	68.00 元

本社图书若有印装质量问题，请直接与营销部联系，电话：025-83791830。

目 录

一、坚守与开新
新时代文艺之指南和方略　　002
凝心聚力写新史　　017
批评的体制变局与伦理构建　　023
融媒体时代影视批评的坚守与开新　　028
学院批评及其他　　035

二、承传与新变
现实性表达与新时代中国电影　　044
青春片与当代社会文化变迁　　059
影视艺术教育：以人为本的美育　　074
电视电影的现实关注与文化立场　　079

贺岁片与软实力　　　　　　　　　　090

　　历史正剧审美的承传与新变　　　　099

　　"看不见战线"英雄的独特再现　　110

三、纵览与反思

　　现实直击与人生关注　　　　　　　122

　　多彩的"人"与"城"　　　　　　131

　　接地气与有生气　　　　　　　　　142

　　风云际会烁古今　　　　　　　　　152

　　价值引领与百态人生　　　　　　　161

　　汇聚时代的巨变与交融　　　　　　171

　　恢宏历史回眸与多彩现实追踪　　　181

　　非常时刻的聚焦与凸显　　　　　　191

　　伟业与新功的纪实华章　　　　　　202

　　阅尽繁花　乐见彩虹　　　　　　　215

　　诗意之美与真我书写　　　　　　　226

四、聚焦与深描

　　深情而治愈的"西藏叙事"　　　　238

　　古城之变的艺术深描　　　　　　　243

多维聚焦 情系苏台	250
继往开来的"艺术文告"	256
还原、挖掘与启迪	260
生态再现的宏阔与艺趣	268

一、坚守与开新

新时代文艺之指南和方略

一

习近平总书记有关文艺的论述主要体现在2014年在文艺工作座谈会上的讲话，2016年在中国文联十大、中国作协九大开幕式上的讲话，2017年十九大报告这三个重要文献中，它们清晰地勾勒出习近平新时代文艺思想的基本面貌和实质。习近平新时代文艺思想又是新时代中国特色社会主义思想的重要组成部分，是马克思主义文艺理论中国化的最新体现，是继毛泽东和邓小平文艺思想之后的又一重大思想，既是对马克思主义文艺经典理论的继承，也是立足中国特色社会主义实际的创新与发展，是当前和今后相当长一段时期内中国文艺发展的指南针，是我们党在新时代领导文艺的基本方略。从事文艺创作、文艺批评和文艺研究的我们对此需要认真学习和领会，并贯彻在创作、批评和研究的实际工作之中。

习近平总书记在文艺工作座谈会上的讲话有五个要点：第一，实现中华民族伟大复兴需要中华文化繁荣兴盛；第二，创作无愧于时代的优秀作品；第三，坚持以人民为中心的创作导向；第四，中国精神是社会主义文艺的灵魂；第五，加强和改进党对文艺工作的领导。这个讲话旗帜鲜明、爱憎分明，赞同、鼓励、高扬的声音，与反对、针砭、批评的声音同在，充满辩证法，深刻触及当下文艺的热点、难点和痛点，譬如文艺批评、传承中华文化、价值观缺失、文艺作品的效益等。

习近平在中国文联十大、中国作协九大开幕式上的讲话有四个要点，即四个"希望"：第一，希望大家坚定文化自信，用文艺振奋民族精神。第二，希望大家坚持服务人民，用积极的文艺歌颂人民。第三，希望大家勇于创新创造，用精湛的艺术推动文化创新发展。第四，希望大家坚守艺术理想，用高尚的文艺引领社会风尚。其关键词是：文化自信、服务人民、勇于创造、坚守理想。

十九大报告对于新时代文化和文艺问题的论述有四段话，其中三段谈文化，一段谈文艺。将文化与国家命运和民族兴衰紧密相连，"文化兴国运兴，文化强民族强"，可以说是对上述二个文献的高度概括和总结。其核心要义就是"坚持中国特色社会主义文化发展道路，激发全民族文化创新创造活力，建设社会主义文化强国"。

这三个文献所涉及的是文艺理论的基本问题，是对人类文学活动过程各个方面和要素——文学活动、文学创作（生产）、文学作品、文学消费与接受等的回应。即美国文艺学家艾布拉姆斯在《镜与灯——浪漫主义文论及批评传统》中提出的文学四要素——文学活动由作家、作品、世界和读者构成。但它们并非高头讲章和泛泛而谈，而极其具有现实针对性，是对马克思主义文艺理论的活的运用，并大多融合了中国发展实际的经典问题，譬如，文学是人学——文学的出发点、连接点和归宿点是"人"；文学活动特别是中国特色社会主义时期文学活动的特点，创作主体的人格修养、精神状态、历史意识、艺术才情和文化自信；文艺作品的表现对象、服务（接受）对象；文艺作品的"史诗"风格、经典内涵和时代精神；文艺作品典型人物，特别是其中英雄人物形象的塑造等。其中着重强调或被反复强调的是作家和艺术家创作的导向问题，即为谁写？写什么？怎样写？归纳起来首先就是"以人民为中心的创作导向"。其次就是强调作为创作主体的作家和艺术家自身所蕴含的精神生产者特性，强调他们应该是美的体验者、评价者和创造者。时下对于劣迹艺人、失德艺人、饭圈文化的整顿（钱枫、霍尊、吴亦凡、郑爽），反对唯流量论、唯票房论、网络造星等，有人称之为娱乐圈的"扫黑风暴"，实际上是文艺界的道德伦理的"拨乱反正"，作家艺术家应当追求的是"德艺双馨"。因此，加强作家艺术家自身的思想修养，对于青年作家艺术家来讲也是十分必要的。最后就是强调面对当代中国社会现实和新全球化时代，要以凝聚社会主义核心价值观的文化自信，讲好中国故事，凸显中国精神，宣示中国力量，实现中国理想。这是马克思主义文艺理论的重要问题，从马克思、恩格斯，到毛泽东、邓小平，一直在强调，是一根红线贯穿。今天，习近平总书记在这个问题上也仍然一以贯之，自然也有着新时代的鲜明印记,譬如谈文化自信等。过去曾以扬弃的态度对待文化传统,今天更强调弘扬彰显,表现出大国崛起的文化自觉意识。

二

新时代的文艺创作满足人民对美好生活的需要,就仍然要坚持以人民为中心的创作导向。以人民为中心的创作,既是经典文艺的本质特征,也是中国文艺的历史传统。它是文艺创作者价值观的最重要体现。以人民为中心,这是马克思主义文艺理论的基石。马克思主义文艺理论认为,文艺活动就是人的活动,文艺作品就是"人的本质力量对象化"的生动体现。文学是人学,即文艺的出发点、连接点和归宿点是"人"。因此,文艺"以人民为中心",正是文艺活动的本质所决定的。创作的描述对象是"人民",创作的灵感源泉来自"人民",创作的服务目标是"人民"。毛泽东认为人民生活"是一切文学艺术的取之不尽、用之不竭的唯一的源泉"①。习近平认为"人民是历史的创造者,是时代的雕塑者"。(在中国文联十大、中国作协九大开幕式上的讲话)"人民既是历史的创造者、也是历史的见证者,既是历史的'剧中人'、也是历史的'剧作者'。""人民的需要是文艺存在的根本价值所在。能不能搞出优秀作品,最根本的决定于是否能

---

① 毛泽东:《在延安文艺座谈会上的讲话》,《毛泽东选集》第3卷,人民出版社,1991年,第860页。

为人民抒写、为人民抒情、为人民抒怀。一切轰动当时、传之后世的文艺作品，反映的都是时代要求和人民心声。我国久传不息的名篇佳作都充满着对人民命运的悲悯、对人民悲欢的关切，以精湛的艺术彰显了深厚的人民情怀。"（在文艺工作座谈会上的讲话）这就是欢乐着人民的欢乐、忧患着人民的忧患。但在文艺作品中，"人民"并非空洞的泛指，而是一个个鲜活的具体所在。习近平说："人民不是抽象的符号，而是一个一个具体的人，有血有肉，有情感，有爱恨，有梦想，也有内心的冲突和挣扎。不能以自己的个人感受代替人民的感受，而是要虚心向人民学习、向生活学习，从人民的伟大实践和丰富多彩的生活中汲取营养，不断进行生活和艺术的积累，不断进行美的发现和美的创造。"（在文艺工作座谈会上的讲话）这段话告诉我们，文艺创作的不仅要为人民而写，其表现的对象也应是人民，在写作过程中要自觉地向人民学习。

　　以人民为中心的创作关键是要用优秀的作品以审美的方式直抵人心——以真实的故事、真挚的情感、真切的反思，表现人性、人情、人生，感动人、激励人、温暖人，引人思考，促人奋进，是正能量的契入。文艺为何要直抵人心？因为文艺是有别于物质生产，也有别于科学研究与宗教活动的特殊的精神生产。这种生产与一般精神生产有相类似的地方，即它们都是以符号活动来创造观念世界，都是富于个性的自由创造活动。但也具有自身的特点，这就是指文学是以言语为原料的生产活动。这种活动往往不拘泥于语法结构和逻辑要求，强调个人感情色彩和风格。它需要关注人，关注人的情感与命运，关注人的价值和意义。这就是文艺的基本特性和主要价值所在。而文艺创作对于人的关注，当为对现实中特别是当下现实人生的关注。

十九大报告中对新时代中国文艺提出了新要求："加强现实题材创作，不断推出讴歌党、讴歌祖国、讴歌人民、讴歌英雄的精品力作。"近年来的文学艺术创作在关切和回应当下中国特色社会主义重大现实，坚持现实主义精神和创作方法，表现人民的生活和情感等方面取得了不俗成绩。金宇澄的《繁花》、贾平凹的《带灯》和《极花》、李佩甫的《生命册》、王蒙的《这边风景》、格非的《望春风》、刘心武的《飘窗》、苏童的《黄雀记》、付秀莹的《陌上》、李凤群的《大风》、王树增的《抗日战争》、陈启文的《大河上下——黄河的命运》、梁鸿《出梁庄记》等作品直面现实生活的蜕变转型，表现精神坚守，与时代变革同行。江苏作家也不例外，第六届紫金山文学奖就是对近年来江苏文学成就的一次集中检阅。其中，章剑华的《故宫三部曲》(《变局》《承载》《守望》)，蒋琏的《支教：在小凉山的28年》，陈恒礼的《中国淘宝第一村》等报告文学获奖作品各具特色。周梅森的《人民的名义》直指现实生活中波澜壮阔的反腐败斗争，由其担任编剧的同名电视剧收视率创近十年来的新高，与电影《战狼2》一起成为2017年中国影视两大亮点。范小青的《桂香街》(关注街道社区生活)、范小青领衔撰写的报告文学集《最美江苏人》《两岸家园》，雨花英烈系列纪实文学，章剑华的《世纪江村》《大江之上》，领衔撰写的《向时代报告》(江苏小康样本)、《向人民报告》(江苏优秀共产党员、模范人物)，张新科的"英雄传奇三部曲"[《苍茫大地》(雨花英烈)、《鏖战》(淮海战役)、《渡江》(渡江战役)],《远东来信》,《铩羽》(徐州人民抗战),充分显示出江苏作家"以人民为中心"的鲜明的创作导向。

近年的"现象级"影视亦在直抵人心方面展示出新的气象。譬如表现大国崛起、爱国精神、国际救援行动的电影《战狼2》《湄公河行动》《夺冠》,表现重大革命历史的《革命者》《1921》《长津湖》《金刚川》《八佰》《建军大业》《历史转折时期的邓小平》,表现反腐败斗争的《人民的名义》,现当代文学经典作品改编的《平凡的世界》《白鹿原》《智取威虎山》,纪录片《二十二》《舌尖上的中国》,表现人民对美好生活需要和改革开放历程的"我和我的"系列电影(《我和我的祖国》《我和我的家乡》《我和我的父辈》),表现脱贫攻坚的电影《十八洞村》《一点就到家》、电视剧《山海情》,抗疫电视报告剧《在一起》。许鞍华导演的抗战题材电影《明月几时有》(根据"东江纵队"真实事迹改编),给予我们耳目一新的感受,可谓近年来此类题材的优秀代表作之一。该片内容为小学教师方兰(方姑)和其青梅竹马的男友李锦荣、游击队长刘黑仔等人在被日军占领的香港进行顽强抵抗的故事。这部电影可以用"直抵人心"来评价之。它融宏大叙事于家常亲情与爱情之间,以方姑由文弱教师成长为女英雄的故事,真实而自然地表现出普通百姓投身抗战伟业的情感逻辑和生活逻辑,国恨通过家仇来展现,以小人物的家国情怀映射民族精神之伟力。影片的总体风格内敛而非张扬,人物形象意义丰厚而非单薄,犹如网友所说"平凡、心酸却更显伟大"。丁晟导演的《解救吾先生》(改编自真实新闻事件)也给予我们诸多启示，按照娱乐化拍片模式，这部以黑帮绑架明星人质、警方合力解救人质的电影，似乎可以形成更多的惊险悬疑打斗暴力等视觉"盛宴"。但导演没有去走寻常套路，而是专注于事件中人物的语言交锋和心理角力，极其细腻地表现危难时刻"吾先生"的绝望、紧张、愤怒、坚持、果敢、机智，以及人道主义情怀。此外，张杨的《冈仁波齐》表现藏人以磕长头行进2000公里的方式朝圣冈仁波齐神山的故事，讲述理想与信念坚守的重要性，形象化地印证了习近平十九大报告中所说的"人民有信仰，国家有力量，民族有希望"。贾樟柯的《山河故人》时间跨度为1999至2025年，将家庭情感融入现实与未来、时间与空间、父辈与子辈、事实与幻想之中，没有将"三角恋"作娱乐化处理，而是在讲述张晋生、沈涛、梁子和刀乐等人因为感情或者生活，彼此由相聚到最终离别的故事，力图展现中国人在全球化背景和国家发展转型之中所呈现的思想情感与命运的巨大变迁，让人关注现实中国的传统家庭关系存废、乡愁情结的一如既往、小人物的爱恨情仇。这些影片都将表现的着力点放在了对"人"的表现上，当然这并非抽象的"人"，而是特定时代、国家、民族的"人"。另有曹保平的《烈日灼心》，让-雅克·阿诺的《狼图腾》，陈可辛的《亲爱的》，韩寒的《后会无期》和《乘风破浪》，杨超的《长江图》，毕赣的《路边野餐》，刁亦男的《白日焰火》，宁浩的《心花路放》等影片，致力于对复杂人性、人情、人生和人格的探索，使当下电影有了温度与热度、深度与厚度。

以"人民为中心"加强现实题材创作，其中一个重要的方面就是要积极投身重大主题文艺创作。

主题创作概念——这个概念来源于主题出版,最早见于2003年原国家新闻出版总署的有关工作安排,此后与主题出版相关的主题创作便成为文学艺术界的重要内容。它是指以特定主题为出版对象和内容的重点出版活动,这里的主题就是指党和国家的重大战略决策、重大活动或节庆,还有以下说法:重大题材创作、重点题材创作、重大主题文艺创作等,这些主要是指现实题材创作。有人称之为"国家叙事""命题作文",即配合一定时期的党和国家的重大方针、政策、方略,如过去的抗击非典、汶川地震,近年的脱贫攻坚、全面建成小康社会、抗击新冠肺炎疫情、新中国成立70周年、建党百年等主题的文艺创作。一定程度上代表国家意志、国家行动、国家精神、国家情感。具有多种艺术形式(文学、影视、戏剧、美术、歌舞、音乐等等),在文学的各文体中都可体现,甚至可以进行文体转化(文学改编成戏剧影视等)。此类创作具有重大题材、宏大主题、重要人物等特点,呈现崇高之美,是能够代表一个时代文艺高度的创作。我们的作家需要增强主题创作的使命感和自觉性,各省市都根据自身情况有相应的举措鼓励支持这类创作。

自2014年至今,江苏省作协就设立了重大题材文学创作工程重点作品扶持项目(主要文体为报告文学)。江苏省委宣传部近期也出台一系列制度与办法,强化重大题材文艺创作的顶层设计,不断提升文艺工作的组织化程度,支持江苏文艺创作再攀高峰。比如,建立重大题材文艺创作联席会议制度(省委宣传部联合文旅、广电、文联、作协等单位),进行重大题材发布推介、重点项目评估论证、重点作品跟踪推进、优秀作品营销推广,形成谋划、部署、推进精品生产新格局;制定《江苏重大题材文艺创作资助办法(试行)》,聚焦重大题材、重点项目,集中优势资源,为省重大题材文艺创作联席会议确定的项目提供资助;修订出台《江苏优秀文艺成果奖励办法(2021年修订版)》,对在全国性重要文艺奖项(含网络视听作品等)中获奖或在国内外重要平台播出、实现规定场次演出的优秀文艺作品进行奖励。这些举措使资源更集中、更有效地聚焦到重大题材创作上来。

三

习近平新时代文艺思想对于文艺的诸多经典问题也进行了新的阐释。譬如文艺作品塑造典型的问题。习近平说:"典型人物所达到的高度,就是文艺作品的高度,也是时代的艺术高度。只有创作出典型人物,文艺作品才能有吸引力、感染力、生命力。广大文艺工作者要始终把人民的冷暖和幸福放在心中,把人民的喜怒哀乐倾注在自己的笔端,讴歌奋斗人生,刻画最美人物。"(在中国文联十大、中国作协九大开幕式上的讲话)这与马克思主义文艺理论的经典论述一脉相承。恩格斯曾说:"据我看来,现实主义的意思是,除细节的真实外,还要真实地再现典型环境中的典型人物。"[①]这里讲的典型的高度,不仅是作品的高

---

① [德]恩格斯:《致玛·哈克奈斯》,《马克思恩格斯选集》第4卷,人民出版社,1995年,第683页。

度、时代艺术的高度,也是作家艺术家追求的高度,因为一部作品,特别是一部长篇小说的成功与否,经典与否,与其能否塑造出成功的人物形象密切相关,环境为人物而设,情节则是人物性格和心灵发展的历史,古今中外文学经典的事实已经很好地证明了这一点,凡经典小说,必有经典人物,反之亦然。而这个成功的人物就是"典型",它是作家、艺术家所要着力塑造的人物,它们具有特殊的性格、命运或心态,蕴含着深广的社会历史内容,体现着作家审美评价的艺术形象。"典型"包含"圆形人物""扁平人物"和"心态型人物"等三种,这也代表着"典型"的历史流变,即由看重典型的普遍(一般)性,到看重典型的特殊(个别性),再到普遍性与特殊性的结合,一个由外在行为到内在心理的表现过程。鲁迅笔下的阿Q、莫里哀笔下的吝啬鬼高利贷者阿巴贡、卡夫卡笔下的格利高尔等分别代表这三种典型人物。中国作家和艺术家应该具有创造无愧于中国新时代典型形象的雄心和信心。

再如创造新史诗问题。这实际上与文艺如何表现历史、如何表现新时代中国现实发展等问题紧密相连。习近平说:"中国不乏生动的故事,关键要有讲好故事的能力;中国不乏史诗般的实践,关键要有创作史诗的雄心。""面对这种史诗般的变化,我们有责任写出中华民族新史诗。"(在中国文联十大、中国作协九大开幕式上的讲话)史诗,本来是指一种诗的类型,即偏重客观叙述历史事实的诗歌形式。正因为此,史诗往往又与宏大的历史叙事、民族叙事或国家叙事紧密联系起来,黑格尔就曾说过:"史诗就是一个民族的'传奇故事','书'或'圣经'。每一个伟大的民族都有这样绝对原始的书,来表现全民族的原始精神。"①由此扩而广之,史诗又可代指一种严格遵从现实主义文学创作传统的文学风格,其创作的前提就是恪守历史的客观性和真实性,尽可能地去还原历史,去呈现将要变成历史的现实,而不是以泛娱乐化的心态去虚化历史、戏说历史、曲解历史、解构历史,譬如一些网络小说、纪实文学等。在当下的文艺创作中,仍然有一些问题需要我们注意和警醒。譬如同样是表现抗战题材,有不少粗制滥造、任意想象、迎合低俗趣味的抗战"神剧"出现,某种程度上说,这不是严肃的创作态度,而是过度娱乐化的结果,不仅是对历史真实的颠覆,也是对受众特别是青年一代的误导,呈现出其历史观、世界观和价值观的偏差。如何引领沉溺于游戏和动漫的年轻一代回归文艺正典,获得品位高雅的趣味,塑造有理想、有信念、有情操、有追求的人格风范,这是我们新时代的作家和艺术家需要认真思考的问题。因为现在的青少年正是未来建设社会主义现代化强国、实现中华民族伟大复兴的主力军,他们的"三观"某种程度上说决定着中国未来走向和格局。这正如习近平所说:"没有历史感,文学家、艺术家就很难有丰富的灵感和深刻的思想。文学家、艺术家要结合史料进行艺术再现,必须有史识、史才、史德。历史给了文学家、艺术家无穷的滋养和无限的想象空间,但文学家、艺术家不能用无端的想象去描写历史,更不能使历史虚无化。文学家、艺术家不可能完全还原历

---

① [德]黑格尔:《美学》第三卷下册,朱光潜译,商务印书馆,1981年,第108页。

史的真实,但有责任告诉人们真实的历史,告诉人们历史中最有价值的东西。戏弄历史的作品,不仅是对历史的不尊重,而且是对自己创作的不尊重,最终必将被历史戏弄。只有树立正确历史观、尊重历史、按照艺术规律呈现的艺术化的历史,才能经得起历史的检验,才能立之当世、传之后人。"(在中国文联十大、中国作协九大开幕式上的讲话)我们应该致力于中国新史诗的创造,这不但是对中国历史和现实的真实写实,更体现出对于新时代在中国历史长河中的特殊意义,体现出建立于中华悠久文化和现代文化基础之上的文化自信。

四

习近平总书记在十九大报告中指出:"我国社会主要矛盾已经转化为人民日益增长的美好生活需要和不平衡不充分的发展之间的矛盾。"这个对于我国社会主要矛盾转化的全新论断,深刻体现出对人的全面发展和社会全面进步的新要求。经济基础决定上层建筑。与经济发展相匹配的是,中国文艺由高速增长阶段转向高质量发展阶段。也就是说,经过近四十年的改革开放和经济建设,我国已经成为文化大国、文艺大国,但总体来讲,当下的中国文艺仍然存在"发展质量和效益还不高,创新能力不够强"、不平衡不充分等方面的问题。如何在文艺的内在品质上获得新的突破、新的提升和新的飞跃,如何向文艺强国迈进?怎样致力于表现新时代中国社会的主要矛盾,如何表现人民为实现中华民族伟大复兴的中国梦所做的努力和奋斗,表现新时代中国人民的精气神？换言之，新时代中国特色社会主义文艺应该具有怎样的作为，如何发展新时代中国特色社会主义文艺？这正是中国的文学艺术工作者需要认真思考的问题。除此之外，我们的文艺创作、研究和产业，应该进一步思考和总结是，经过近四十年改革开放的中国文艺为世界文学艺术和产业发展贡献了哪些"中国智慧"和"中国方案"？作为"日益走近世界舞台中央"的世界最大发展中国家，我们的文艺又在哪些方面已经拓展了从文艺大国走向文艺强国的有效途径，为世界上民族国家的文艺在开放中保持自身独立性提供了哪些全新选择？

从1949年中华人民共和国成立至今，我们历经民族独立、人民解放"站起来"的新中国，经济发展、人民小康"富起来"的新时期，而今我们走向民族复兴、人民幸福"强起来"的新时代。文艺需要表现这样的"人民"，这样的历史，这样的时代。在我看来，"新时代"就是"强时代"，也就是从经济发展到全面发展、从物质生产需求到精神文化需求的时代，而"强时代"的立足之本正是文化，十九大报告中称"中国特色社会主义文化是激励全党全国各族人民奋勇前进的强大精神力量"，新党章写入"中国特色社会主义文化"，这正逢其时。文化是一个国家、一个民族兴旺发达与代代相承的灵魂，如果说，中国在"富起来"的近四十年时间里，经济的高速发展使之屹立于世界民族之林而不倒，那么，"中国特色社会主义文化"的建设，将使中国在今后若干年以"强起来"的姿态领先于世界民族之林。相比较"富时代"偏重经济振兴与崛起，"强时代"更凸显以精神文化为核心要素的全面复兴。而文艺作为文化的重要组成部分，在此过程中更应该明确自身的目标，肩负起自身的责任，以全新面貌不忘本来、吸收外来、面向未来，构筑文艺的中国形象、中国精神、中国价值和中国力量。

凝心聚力写新史

习近平总书记在中国文联十大、中国作协九大开幕式上的重要讲话中指出,中国不乏生动的故事,关键要有讲好故事的能力;中国不乏史诗般的实践,关键要有创作史诗的雄心。改革开放以来,我国社会发生了全方位变革,这在中华民族发展史乃至人类发展史上是绝无仅有的。面对这种史诗般变化,文艺工作者有责任写出中华民族新史诗。这就是说,对于文艺工作者而言,书写中华民族新史诗既是雄心所在,也是责任所系。而新时代的中国文艺,需要继续继承与弘扬现实主义创作传统,坚守"以人民为中心"的创作导向,凝心聚力创造时代新史诗。

一

现实主义是一种文艺创作传统。它既是指具体的写作方式和技巧,也是一种流派、风格和精神的代名词。18世纪末,德国作家席勒最早提出"现实主义"一词。现实主义文艺的发展则历经古希腊罗马的朴素现实主义、文艺复兴时期具有仿古与世俗色彩的现实主义、注重理性与严谨形式的欧洲古典主义、具有揭露与批判意味的批判现实主义等阶段。现实主义的哲学基础来自"存在决定意识"的理念,但其更是对作家、艺术家观察与表现现实生活的态度、视角、方法和技巧的概括。

这种"对于生活本来面目的描写",并不是拘泥于个别生活现象、人的生物本性和零度评价态度的书写,而是要做到如恩格斯所言"除了细节的真实以外,还要真实地再现典型环境中的典型人物"。因此,从这个意义上说,并非以现实生活为题材的作品就必然是现实主义的,关键要看其是否具有真正现实主义的基本书写态度和原则。这正如韦勒克在《批评的概念》中所指出的,现实主义"就是'当代现实的客观再现'。……它所反对的是怪诞的、童话般的、寓言式的和象征性的、高度风格化的、完全抽象的和装饰性的东西"。

尽管 20 世纪以来,在现代主义和后现代主义的互动影响之下,现实主义也具有了某种"开放性",但其基本精神仍然一以贯之,而并未随着时空的变幻而改变。当下一些文艺作品中人物活动的小环境不乏"现实"元素,但情节安排、人物关系设置、矛盾冲突等却局限于几乎忽略清晰时代性的男女情爱和家庭矛盾的"杯水风波",不能使受众从中领略人物生活于其间的时代"大环境"气息,更遑论这种大环境与人物活动小环境的高度融合与统一。而当这样看上去十分吸睛的"杯水风波"又与码洋、票房、收视率和点击率直接挂钩之时,其剧情的狗血、人设的崩塌、情感的矫饰、伦理的无底线就不足为怪了。

不会、不愿、不敢、不能真实地再现典型环境及融入其中的典型人物，成为当下现实题材文艺作品的一大症候。而现实主义之所以具有经久不衰的强大生命力，根本原因就在于其通过典型环境中的典型人物构筑，深刻把握社会发展本质而不是皮相，描绘出人物所具有的栩栩如生的"及物"时代性特征而不是抽象人性。

显然，"一地鸡毛"式碎片化的所谓现实题材作品恐难以达到这样的要求和水准。我们不否认市场经济条件下相当部分的文艺作品存在着"萝卜快了不洗泥"的快餐式做法，但一个时代的文艺高地，仍然需要严守现实主义精神的力作来支撑。

二

从根本上说，现实主义的本质与文艺创作的本质是一致的，那就是将创作的对象和接受的对象指向"人"。但这里的"人"绝非抽象之人，而是具有时代性、现实性的"人"。

现实主义文艺创作的任务就在于，艺术再现现实生活中人的物质生产和精神生产活动，呈现能够"直抵人心"的、具有鲜明现实或历史时代印记的生活。经典现实主义作家巴尔扎克、狄更斯、托尔斯泰、曹雪芹、鲁迅、老舍、曹禺及其作品，中国当代的《白鹿原》《平凡的世界》《尘埃落定》等作品都是如此。

近观这几年的文艺创作，我们可以看到，金宇澄的《繁花》、格非的《望春风》、贾平凹的《带灯》、范小青的《桂香街》、陈彦的《主角》、付秀莹的《陌上》、李洱的《应物兄》和吴亮的《朝霞》等诸多长篇小说对城乡现实各色人生的热切关注;继20世纪80年代之后,以梁鸿的"梁庄"系列、丁燕的《工厂女孩》和阿来的《瞻对》为代表,融合文学、历史、社会学等文类特质,视域更为宽广、思考更为深入的非虚构写作再度兴起;《我不是药神》《十八洞村》《四个春天》《红海行动》和《都挺好》等十分"接地气"的影视作品的热映和热播等。这些都足以说明"以人民为中心"的现实主义创作导向,以及"直抵人心"的传播理念与效应,对于当代文艺工作者所产生的强大影响力。

小说《繁花》描写20世纪60至90年代上海人的生存状况、历史记忆和文化传承,在描述三代上海人的生活历程中,展现上海市民的整体形象,进而将中国当代城市与人的多重复杂变奏凸显出来。电影《十八洞村》以湘西少数民族贫困地区所发生的真实故事为原型,主要表现回乡务农的退伍老兵杨英俊及其乡亲在扶贫工作队的帮助下,历经曲折的物质与精神双重"脱贫"的过程,形象地诠释了精准脱贫的国家战略。电视剧《大江大河》以宋运辉、雷东宝和杨巡等人物为中心,表现改革开放背景下国企、集体和个体经济的浮沉与进取。电视剧《鸡毛飞上天》以陈江河和骆玉珠夫妇的情感史和创业史为叙述主线,描述以浙江义乌为代表的中国南方30余年的改革画卷。电视剧《你迟到的许多年》讲述的是曾为铁道兵连长的沐建峰,转业之后不忘初心投身商海,成为改革开放大潮中民族实业先锋的故事。这些作品都以其对当下中国社会"及物"、细腻而真切的描绘,将世纪转折之际中国人个体和群体的情感心理、行为风范、人际关联、道德伦理等要素生动地表现出来,不仅展现其基于时间之维的多向嬗变,也尽可能地再现其基于空间之域的多元态势。

习近平总书记指出,我们的文学艺术,既要反映人民生产生活的伟大实践,也要反映人民喜怒哀乐的真情实感,从而让人民从身边的人和事中体会到人间真情和真谛,感受到世间大爱和大道。可以说,近几年涌现出来的优秀文艺作品,正是对这一有关文艺创作导向论述的倾力回应和积极践行。

三

"以人民为中心"的现实主义创作,其至高境界是创造史诗般的作品。古今中外彪炳千秋的现实主义文艺经典大多具有史诗气质。从狭义上讲,作为中外诗歌的主要传统,史诗是偏重客观叙述历史事实的诗歌形式;从广义上说,史诗就是一个民族的"传奇故事"。黑格尔说过,每一个伟大的民族都有这样绝对原始的书,来表现全民族的原始精神。这就表明,史诗的含义与宏大历史叙事、民族叙事或国家叙事紧密相连。史诗也可以被视为一种严格遵循现实主义创作传统的文学风格和文学精神。

处于伟大复兴征程之中的当下中国色彩斑斓、精彩纷呈,具有"史诗"气象的现实,有着文艺工作者"取之不尽、用之不竭"的写作源泉,值得为之倾情书写。同时,在中华文化和文学数千年历史积淀的基础上,历经70多年的共和国文学艺术的发展,已经进入一个崭新时期,文艺大国迈向文艺强国的绚烂画卷正在徐徐展开。应该说,从书写的对象到书写的情境与基础,中国文艺已经具备了"新史诗"创作的基本条件,书写"新史诗"的雄心和责任也正在传递给每一个有远见有抱负的文艺工作者。

今天的现实就是明天的历史,今天的书写就是为明天留存与镌刻历史。而以现实主义方法和精神去把握当下的生活、去创造新时代的民族叙事和国家叙事,就理当成为一个基本遵循。

在这当中,恪守历史与现实的客观性和真实性,是"新史诗"创作的基本内核,即尽可能地去还原历史原态和价值,去呈现将要变成历史的现实。而不是逞一时之快,以泛娱乐化的渔利书写去虚化、戏说、想象、曲解和解构历史原态。在当下,以"不虚美不隐恶不矫饰"的现实主义精神观照描绘现实与历史,显得十分重要而紧迫,它直接关系到"史诗般"的现实能否得到准确的书写,"新史诗"能否真正获得时间的检验。

如果从更为远阔的境界上讲,以现实主义精神创造当代中国文艺的"新史诗",重点关注的自然是具有当代性、地域性和民族性的中国现实,但也需要关注全球人类一般形态的现实生活,并给予体验、审视和反思。这样,或许就会使这种书写既具中国视野与中国情感的专注性,又有聚焦人类命运共同体的多元性和广泛性,在最大广度、深度和力度上宣示中国文艺"新史诗"的民族风格和世界意义。

批评的体制变局与伦理构建

在当下，市场化和图像化犹如泥石流一般呼啸而至，文学以及文学批评在这样的双重冲击下，无一能独善其身，它们正在经历着阵痛式转型。就批评而言，其现状并不为大多数人满意。作为文艺学的重要分支，文学批评从古至今都是最活跃、最前沿的角色，对文学而言，我以为它的常态应该是观察的，也是批判的，更是推进的。20世纪80年代文学批评风起云涌，成为文学繁荣的给力推手。时至今日，文学批评体制发生了重要的演化裂变，从以创作研究者和学者的批评，转化生成为四种批评态势并存的格局。这就是以作协文联系统批评者为主体的"专业的批评"，以高校教师和社科院系统学者为主体的"学院的批评"，以报刊记者为主体的"媒体的批评"，以及以网络民众为主体的"网络的批评"。20世纪80年代"专业的批评"是真正有活力、有魅力、有潜力的批评。那时，全国知名的批评家大部分在作协文联系统，甚至还产生了至今都令人忘怀的像贺绍俊与潘凯雄、王干与费振钟、盛子潮与朱水涌、汪政与晓华等"双打"批评家，他们基本在学院体制之外，但却是撬动文学复兴大潮的主力。灵动、敏锐、感性、文美是这种批评的个性，它具有传统审美批评的元素，当然也有时代印记。"学院的批评"的一个重要特征就是批评的理论化。就像20世纪的作家更多的是在考虑叙事技巧而不是故事本身一样，理论化的批评关心的其实也不再仅仅是具体的文本，而是批评本身，即在一定的批评理念、批评方法和批评范畴的范围之内分析文本。90年代至今，这类批评风头正劲，而它的功过是非也是完全可以开辟另一个话题的。我这里想强调的是，学院式批评在某种意义上是批评科学化的一个载体。如果我们承认文学批评是文艺学的一个分支学科，按照库恩的范式理论，那就要有批评范式和批评共同体，以学科为组织的学院批评家刚好承担了这个使命。学院的批评有其条理化、系统化和科学化的优长，但要力避走向"高头讲章"、八股与教条，因为批评毕竟与文学史研究的路径有所不同。至于"媒体的批评"和"网络的批评"，我觉得是90年代以来的产物，这是大众化批评和批评的大众化，也可以说是泛化批评和批评的泛化。就像审美渗透进日常生活一样，批评也正在普泛化。对前者而言，以获利为目的的功利性使批评异化，对后者而言，以全民参与为表征的狂欢化使批评复杂化，成为后现代文化的注脚。我们需要审慎地对待这两种新兴的批评形态。文学批评体制的当下变局，有着深刻的社会经济文化转型的原因和文学批评自身应对的规律，它所带来的一个实质性结果就是批评的多元化——这既是批评者身份的多元化，也是批评理念、批评视角和批评方法的多元化。

多元化在使得当下文学批评呈现色彩斑斓、众语喧哗景象的同时，也使之遭遇了种种危机。要化解这些危机并重建其阐释文学的有效性，文学批评伦理的构建应该是首先不容忽视的。批评的基本对象、基本原则和基本方法，批评者的职业操守等理应是批评伦理最为重要的内涵。这些虽然是常识，但也是人们最容易轻视和遗忘的问题，尤其是在这样一个批评利益化、炒作化甚至流水线化的时代。在文学批评伦理的建设中，首先应该强调以文本为批评中心。在我看来，批评的本意是"判断"、是"解释"、是"选择"、是"品鉴"，这包括当下的各种文学现象，当然，这些"现象"应该以文本为中心。如果说，人是文学的出发点、连接点和归宿点，那么文本就是批评的出发点、连接点和归宿点。以文本为中心，就是要求批评者立足作品个案本身，其评论应当是认真研读活灵活现的文本之后的产物，是立足感动和感念的"文学"的批评，而不应是不顾文本个案事实、仅仅依赖某种惯常文体定义进行的"概念"批评或"印象"批评，抑或是依据文本之外的某些人情、圈子和利益等因素所进行的现实功利性批评。在批评的过程中，要充分表达出批评者的艺术感受力、艺术辨别力和艺术想象力，展现出批评者的学术气质、创新气质、思辨气质。其中，最为重要的是批评者对于文学的真情挚爱、独立的人格和"评格"。从这个意义上讲，批评是独立的学科，应当具有独立的思想，不应成为作家的附属品和文本的注脚。面对文本，批评家完全可以按照他自己对于作品的理解去阐释，而不一定要去对应作家的所思所想。批评家与作家之间的关系，是

"独立的同时也是互动的"。其实,作家对于批评家意见的反应也是多样的——反批评、全盘认同、部分接受等等。类似一些80后那样的新生代作家与一些批评家之间的"断裂",我以为是一个需要警醒的信号,但从另外一个角度看,这又是正常的。批评有责任立足文本、深入文本发现其审美意义和价值,一方面引导普通读者,另一方面是作为与作家的一个互动,当然,更重要的是表达己见。批评家存在的意义和价值正是在于他独立的"己见"。可以说,在商业化时代,一个文学批评家能够保持自身对于文学的真爱,能够淡定而独立,无疑是其从事真正批评的前提,是其批评始终不偏离文学轨道的有力保证。独立人格将带来独立的"评格"。文学批评伦理告诉我们,批评绝不是信口开河的玩笑,而是严肃的科学活动,它要求实证、思辨和审美三者互为联系,缺一不可。

在当下批评的变局中,相比较"专业的批评","学院的批评"在批评伦理构建方面的问题要大一些。可以扪心自问一下,在目前从事批评的大学教师中,还有多少是以"文学"的批评为己任的?在当今这样的学术体制之下,生存伦理远远大过学术伦理,功利取向远远大过兴趣取向。因此,学术体制不改变,真正的文学批评难以在学院实现。从这个层面上讲,我寄希望于"网络的批评"。相对于"学院",它应当可以达到"海阔凭鱼跃,天高任鸟飞"的境界。当然,在构建批评伦理的过程中,我们对于不同的批评样态,应该给予最大的宽容,应去除批评样态的等级观念,使其独立生长。法国批评家蒂博代曾经在谈到"自发的批评""专业工作者的批评"和"艺术家的批评"时说:"毫无疑问，应该把三种批评看作三个方向，而不应该看作固定的范围；应该把它们看作三种活跃的倾向，而不是彼此割裂的格局。三个之中，几乎没有一个愿意承认另外两个有独立存在的权利。任何一个都不以做一部分为满足，它们都要独霸天下，都要占有批评的全部，都要成为批评的生命。"我以为这段话也同样适用于我们目前已经存在的四种主要批评样态。此外，对于行政权力的干预也需要保持必要的警惕，以保证批评权利在自身规律的范围内自由运行。

融媒体时代影视批评的坚守与开新

一

从传播角度观之,融媒体时代正呼啸而至。融媒体并非一种媒体的具体形态,而是多种媒体互动整合的一种传播"平台"。将报刊书籍等传统纸媒、广播和电视等电子传媒,以及手机和平板电脑等与互联网密切相关的新型数字触摸媒体进行融合,出现电子报刊、网络广播、手机报、手机广播、网络电视和手机电视等新型媒介样式,呈现固定与移动、二维与三维、文字与影像、单向与多极形态,在强调共同性与差异性的基础上,信息在不同媒体之间融合,形成自媒、共享、互通、联动和扩散等效应。

在此种格局之下,电影、电视和网络的交融现象亦日渐突出。三者之关系明显走向综合化和交互性,同时又具有相对独立性。综合化和交互性是指电影、电视和网络的相互结合,彼此间的界限变得越来越模糊，跨界成为常态。譬如电视电影，这是一种按照电影的艺术规范和电视叙事规律来制作的跨类型影像形态，但它同时又是通过电视平台播放的电视节目。而经由电视综艺改编的电影又在某种程度上刷新了我们对传统剧情片的惯性认知。近几年时兴的 IP 影视，则将网络介入电影与电视传播、影视创作资源来自网络的情状推向极致。相对独立性则是指上述三者彼此融合但又不可相互替代，至少就目前而言，电影、电视和网络仍然遵循各自的规律行进。

融媒体所带来的传播平台的巨变，不仅直接关联着影视创作与生产，也深刻影响着以接受为主旨的影视批评。与融媒体时代之前的状况相比，当下的影视作品创作、传播和批评已是大相径庭。单就批评而言，已出现由单一纸媒造就的精英式、小众化、封闭式和单向式批评，走向全员化、大众化、开放式和多向式批评的大趋势。其中尤其以评分、弹幕、微信或微博等为手段和路径的大众化网络批评为最。热映的电影《战狼2》票房达 56.79 亿，创当时国产电影票房新纪录，引发多种赞弹评论。电视剧《人民的名义》不仅创当时十年收视率新高，更是引发各路批评的狂欢，譬如以微信微博为主体的网络批评，以电视广播为主体的电子传媒批评，以报纸期刊为主体的传统纸媒批评等。这还是一次从"00 后"高中生直至各年龄层次、各行业背景参与的全员批评，其精细化和专业化程度令人叫绝，早已超出影视剧艺术批评的范畴。譬如有所谓"科学追剧"之评论，即从剧中手机卡被冲马桶、手机定位、网络删帖等镜头，分析该剧与新媒介密切相关的科技问题；有评论编制"达康书记的圈粉指南";有评论称该剧"女性形象全体崩塌";有从社会学角度对该剧做出"当代中国各阶级分析";有批评演员表演——"导演失控、演员撒欢儿";有从服饰角度评论"官员服装意味和品位";有的追踪角色的原型——如"高小琴"对应山西女商人胡昕、丁书苗,"赵德汉"对应国家发改委原副司长魏鹏远等;有从"特工思维"评论祁同伟作为"灰线"角色的意义;有研究原著作者周梅森的炒股经;还有从"媒介全景"角度评论该剧创造的影视收视率奇迹。这些批评将文字、图像、视频、粉丝团、弹幕和表情包等一齐推出,多元和多向的批评维度激活传受双方,将电视观众的被动接受化为其所思所想的主动而为,反过来又促成了同名小说原著的销量高潮。民主、自由、无序、严谨、戏谑、反讽,审美与非审美,专业与非专业,在这里都可以找到自己的一席之地。这是由融媒体平台造就的批评新变。这种新变自然也为美国电影学家大卫·波德维尔和克里斯汀·汤普森所感悟到。他们对比传统纸媒电影评论不可能给予写作者更大写作空间的"呆板的写作定式",大赞其新近尝试的网络"博客电影艺术观察",称这种"乐趣横生"的方式"让我们成为了精神贵族,我们可以在上面畅所欲言并将我们的想法快速地传达给读者。从实际效果上看,这个博客分明已成为了我们自编自撰的网络杂志"[1]。

---

[1] [美]大卫·波德维尔、克里斯汀·汤普森:《观照电影:艺术、评论和产业的观察》,何超译,世界图书出版公司,2014年。

二

"乱花渐欲迷人眼",融媒体时代影视批评需要面对和应对的的确有很多。但同时我们也应当清醒地看到,作为一种平台,融媒体更多的是在强调传播的形式。而批评最为根本、最具价值和意义的,还是对于影视作品内涵的关注与评价,即对于艺术作品的评价而言,无论有多少视角、路径或平台——我们完全不否认其对于一个作品认识的广度,但最终都需以艺术的评价和美学价值的阐发为旨归,以坚守艺术批评的良知和伦理为准则。

这首先体现在坚守专业精神。在当前融媒体所构建的平台之下,对于影视艺术的"自批评"和非专业性评价渐趋成普遍之势。作为严肃和专业的批评工作者应当力避失语失责和失职的危险,勇于承担起影视批评领航者的角色。应当说,专业的批评者对于影视历史、影视理论有着系统认知和深入把握,对影视创作与鉴赏以及整个影视艺术的发展具有不可或缺的导引与推动作用,是影视创作、传播和理论创新的重要驱动力。影视批评本质上属于文艺批评,自然也就具有其共同特征。描述、分析、解读和评估作品,是包括影视在内的文艺批评的基本步骤与路径。作为专业的受众,在一定评价原则和客观标准的框架之内,凭借自己的审美感受,以语言文字的形式针对具体影视作品、创作者或创作现象给予阐释与评判。在运用人文主义和科学主义等诸种文艺批评模式的同时,我们要大力倡导践行马克思主义文艺批评标准和方法,即按照恩格斯所说的以"美学的和历史的观点"来观照和评判影视作品。从构筑与现实关系的真实性、表现历史趋势的倾向性和健康完善与否的情感性等维度评判影视作品的思想意义和社会价值，从影像形态的完美性、艺术形象的鲜明独特性和内蕴表现的丰厚深刻性等维度来评判影视作品的艺术特征和美学价值。事实证明，这样的批评不仅专业，也是十分契合创作实际并能够给予其方向性指导的，譬如对目前影视创作中富于现实性人民性、致力中华民族伟大复兴作品的褒扬，对平庸媚俗霸屏、"高口碑低票房"和"烂剧高收视率"等种种怪状的警醒和纠偏等。"踏石留印、抓铁有痕"，是影视批评工作者在融媒体时代应有的专业气质和专业精神。

  与坚守专业精神相关联，影视批评的理性引领也极为重要。影视批评和影视欣赏是处于不同评价层级的。后者适用于普通受众，偏重个人兴趣好恶的感性成分大于理性成分；前者则往往专属于专业的评论者，需要有感性因素，更需要有理性引领。这里的"理性引领"一方面指众生喧哗之时，批评者坚持己见而不随波逐流的知性定力，这正如布尔迪厄对于电视的批评所操持的立场那样——"电视作为我分析的对象，我想与普通的电视演播形成鲜明的对照，采取一种形式，确立分析与批评性话语的自主地位，……"[①]另一方面，也是指能够站在相对客观公正科学的立场，对影视作品做出恰如其分的判断，对普通受众观影进行有效的指导。而不是完全任性地跟着感觉走，剑走偏锋，或为了博眼球、吸粉丝、争利益而故作博出位的非理性之语。只有这样，才

---

① [法] 皮埃尔·布尔迪厄：《关于电视》，许钧译，南京大学出版社，2011年，第3—4页。

能在"众说纷纭"的融媒体时代做一个清醒的批评者,一个影视创作和影视批评正能量的引领人。

三

坚守实不易,开新更可贵。影视批评还需与时俱进,积极应对融媒体时代媒介融合的现状。众所周知,影视作品为大众艺术。以高校和艺术研究机构为主体,以期刊书籍为媒介的学院派影视批评,在坚守专业精神和理性引领的同时,一方面不囿于自说自话,积极拓展对影视创作和一般受众的影响效力。另一方面,强化与电视网络评论的互动性和即时性,倾听、关注或吸收大众批评的有益成果,形成一个环绕影视作品和创作现象的交流对话融通的话语网。"因为事实上尽管评论家提供了有价值的服务,评论仍是一种辅助的、主观的艺术。从没有任何影评成为相关影片的最终定论,我们也不应认为任何影评可以作为最终定论。"[①] 在此基础上,形成积极的各媒体平台批评的互动关系,最终促进影视艺术的发展。

以电视报纸的新闻性时评、各种网络"微评"为主体的媒体批评,其关注影视作品的敏锐性、交互性和扩散性有目共睹,在当下具有天然的优势。但需要去除炒作、跟风和媚俗等为特征的利益驱动性,做有责任的"守门人"。警惕大卫·波德维尔等

---

① [美]约瑟夫·M.博格斯、丹尼斯·W.皮特里:《看电影的艺术》,北京大学出版社,2010年,第383页。

所说的这样一种情况的发生,即"眼下电影批评式微的一个原因就在于短评在网上大行其道。它们无外乎都精于评头论足,把品位和评判混为一谈。这类信息铺天盖地,最终会让很多人无法消受。……此外,区别这些数以千计的评论凭借的更多是写作风格,而非才智、深度或者专业性"①。

总之,我们应努力借助融媒体平台,将专业的学院批评与各路媒体批评进行有机整合,搭建新的影视批评平台,重构新的影视批评共同体,创设与电影大国身份相适应的中国特色影视批评话语体系。

---

① [美]大卫·波德维尔、克里斯汀·汤普森:《观照电影:艺术、评论和产业的观察》,何超译,世界图书出版公司,2014年,第83页。

学院批评及其他

近些时,中共中央宣传部等五部门联合印发了《关于加强新时代文艺评论工作的指导意见》,强化文艺评论的声音又自上而下地响亮了起来。这当中,有些新鲜的信息和提法无疑还是令人为之一振的。譬如说,建立线上线下文艺评论引导协同工作机制;尊重艺术规律,尊重审美差异,建设性地开展文艺评论;不套用西方理论剪裁中国人的审美,改进评论文风,多出文质兼美的文艺评论;开展专业权威的文艺评论;推出更多文艺微评、短评、快评和全媒体评论产品,推动专业评论和大众评论有效互动;等等。总括起来,就是希望文艺评论工作者与时俱进,要有对网络为核心的融媒体时代文艺评论的清醒认识和准确判断,不可抱残守缺、墨守成规、固守纸媒时代单一批评模式和批评话语,更不应该在面对当下文艺及其批评形式发生重要变化之时,表现出无所适从、无从应对,甚至无知者无畏等姿态。

文艺评论或者说文艺批评,其语义在我看来并没有本质上的区别。因此，我在下面的叙述里会考虑叙说习惯等因素将二者互用。作为一个从业30余年的专业文艺教育者和兼职文艺评论者，我以为，当下文艺评论环境的喧嚣可谓前所未有，也已经远远不是二十世纪八九十年代的评论语境所能比拟，这当然包括但不限于评论媒介的多元、评论主体的多元、评论对象的多元、评论话语的多元、评论文体的多元等等。这里的"多元"大抵主要是以网络为核心的。较之传统的纸媒评论，网络评论无疑是快速而全方位的，其传播力和影响力可谓所向披靡。当然，来得快去得也快。网络批评比的是速度，蹭的是"热点""刷屏""头条""热搜"，其中大多考虑的是与经济利益紧密挂钩的阅读量（流量）。当初电视剧《人民的名义》的热播，近期电影《长津湖》的热映，引发的网络评论狂潮，洋洋大观之状令人目不暇接。

在这样喧嚣的批评氛围之中，百家争鸣而不迷失方向，望闻问切开出对症药方，单靠逞一时之痛快的"弹幕""跟帖"式批评或许只能落得个浮皮潦草，专业而权威的评论才是真正的定海神针。说到专业而权威的评论，我想至少应该有两个方面的力量是其中的主力，一是各级文联作协评协系统专注于文艺现实的"专业的批评"，这些系统所属"创研室""理论研究室"等机构的专职创作研究人员是这类批评的主体。二是各高等院校和研究机构的"学院批评"。在我看来，学院批评、学院式批评，应该是有着不同内涵的两个概念。法国批评家蒂博代将学院批评称为"职业的批评"或者"教授的批评"。就高校而言，学院批评主要指在高等院校或研究机构里面专门从事文艺批评的教师和研究人员。在高校中文学科"瞧不起"系列鄙视链里面,曾经有人笑称,搞古代的瞧不起搞现代的,搞现代的瞧不起搞当代的,搞当代的瞧不起搞港台的,搞港台的瞧不起搞评论的。显然,搞批评的屈居鄙视链的最末端。因为对于文史哲这类基础学科而言,它们的关注对象有点像收藏,越古老则越保值越经典,越当下则越大路货越不值钱。文艺批评不能发思古之幽情,而要面对当下发言,与其他学科动辄先秦两汉南北朝相比,在这个鄙视链序列里自然是最没有技术含量和经典味道。当然,与作协文联系统专事评论的人相比,一般高校从事批评的人其实大多数是业余的兼职,因为他们的主业是"教书育人",而不是仅仅面对作品"指点江山"。当代文学和文学评论专业的教师介入学院批评的比例自然高于中文系其他从事治史论经专业的教师,这似乎也是顺理成章的事情。而学院式批评里的"批评"则可以有一个替换词,即"研究"。与上面所谈"学院批评"有所不同的是,学院式批评面向的对象并非当下的文艺现实,而是文艺史实,即蒂博代所谓的"大学的批评"。在他看来,这种实为研究的"批评""它采用的是一种以搜集材料为开始,以考证渊源及版本为基础,通过社会、政治、哲学、伦理乃至作者的生平诸因素来研究作家和作品的批评方法。这是一种实证的研究,其自然的倾向是条理化、系统化和科学化。它最擅长的是文学史研究,并且的确硕果累累,为世代学子所景仰"。如果用时态作比的话,学院式批评的对象类似于过去时或过去完成时,是历史和曾经发生过的人和事;而学院批评的对象则是现在进行时,是现在和当下正在发生发展的人和事。

因此，在当下开展专业的权威的评论，作为"学院批评者"的我们责无旁贷。但要注意，学院批评需要避免如余光中所言"刻板而露骨的推理"和"博学的刻意炫夸"，而要成为"在场的批评"。我理解这种在场应该至少包含三个方面。一是理论的在场。即在评论中渗透专业的精神，保证评论的科学性、权威性、引导性和建设性。以系统科学的文艺理论指导阐述当下的文学创作现象，而不是学术论文式、史论式不及物的高头讲章。当然也不能仅仅停留在简单的好坏高低之辨，它应当是植根于瑞恰慈所提倡的一种"有根有据的价值理论"之中。这位英国著名文学批评家在他的《文学批评原理》一书里曾经说道："因为如果说一种有根有据的价值理论是批评的必要条件，那么同样确凿无疑，理解文学艺术中发生的一切乃是价值理论所需要的。"所以，理论的在场所追求的效应应当是对评论对象的知其然和知其所以然，这实际上是在追求评论"文艺性"向度的深度和厚度，以此弥补网络大众批评在此方面存在的缺憾和不足。批评的建设性其实也就包含在这种深度与厚度之中，它当然能够体现出批评者对于文艺作品和文艺现象的责任意识、对于理论与实际相结合的践行意识，以及对作品或现象所具有的现实意义与未来价值的评判意识。二是方法或曰路径的在场。即与当下融媒体形式的各种批评方法路径相配合、结合、融合，使传统批评方法和路径与时俱进，达到更好的批评与评论效果，真正起到评论与创作"轮之两翼"的作用。这个在场还主要关联到构建中国式评论话语的问题。四十多年之前，中国迎来思想解放与改革开放，国门敞开与西风东渐，使文艺批评的话语体系呈现中国传统批评话语、中国现代批评话语、西方现代批评话语三者交汇的局面。但在勇于接受新鲜事物的青年一代批评者那里，西方现代文艺理论和批评方法成为其主动掌握的最为娴熟的批评话语。以至20世纪90年代之后有人曾惊呼中国学者患上了"失语症"，也就是有些唯西方理论马首是瞻，离开西方话语体系就不知道如何写文章搞批评了。当时也有人希望通过"中国古代文论的现代转换"，盘活传统文艺理论资源，以此建立一个能够与西方理论相比肩或相抗衡的新体系。如今在文化自信的理念之下，"不套用西方理论剪裁中国人的审美"已成为对文艺评论的新要求。在我看来，最为理想的状态当然是，立足于中国本土的传统批评话语和建立在马克思主义文艺理论基础之上的中国现代批评话语体系，汲取西方文艺理论批评话语之精粹，融合成全新的中国式文艺理论和文艺批评话语体系。目前，理论界和评论界都对此有诸多的思考与尝试，如马克思主义文学理论中国化、创建中国电影学派等等，希望在不远的将来，"中国式评论话语"体系能够落地生根。三是情感的在场。正像作家的写作，不可能以绝对零度的态度对待他的描述对象，即使是号称写作"实验小说"的法国自然主义作家左拉也不否认其小说有着透射创作者主体态度的"或多或少的深刻透彻的分析"。作为文艺批评者，自然也不可能毫无态度地关注其评论的对象。在当下，无论是对于纸媒传播形式的传统文艺形式，还是借助互联网数媒形式传播的新兴文艺样态，我们应该采取的姿态是，怀有积极探索、热情鼓励、审慎观照的情感去进行批评，是取向明确、旗帜鲜明的褒扬，是出自真诚良善目的的直言不讳，也可以是"剜烂苹果"式的激浊扬清。要不为人情、圈子、利益所动，也不以个人趣味偏执地衡量与评判作品，而只针对文本、现象和问题，由此去执着地发现、捕捉优秀作品，以及附着其身的经典潜质。当然，这个过程或许会是十分漫长的，或许也会由一代或几代人去完成，因为"一件艺术品的全部意义，是不能仅仅以其作者和作者的同代人的看法来界定的。它是一个积累过程的结果，也即历代的无数读者对此作品批评过程的结果"。(韦勒克、沃伦《文学理论》)因此，相比较追求"爽感"赚流量的一些网络大众的"酷评"，及其带节奏的骂杀或捧杀之极致情感，学院批评的客观公正和理性正义就显得尤其重要，它应该成为当下文艺批评的一股清流。

作为"学院批评"的参与者，我自己对这三个在场有着切身的体验。相比较小说、诗歌等文体拥有大量"专业批评"的介入，对于非虚构文学的批评可能更多的是存在于学院批评当中。20世纪80年代中期，我在高校中文系留校任教不久，便开始关注非虚构文学现象，先后或独立或与南平合作在当时风头正劲的《当代文艺思潮》《文学评论》《当代文坛》等期刊发表《美国非虚构文学浪潮：背景与价值》《1977—1986中国非虚构文学描述》《生活真实与非虚构文学作家的真诚》等十余篇有关"非虚构文学"的长短文，力图针对当时处于鼎盛状态的报告文学、"网红"式的口述实录体，以及新近涌现的被当时一些评论家贬之为"怪胎"的报告小说、纪实小说、新闻小说等做出自己的理解和阐释。而类似于我们这样以"非虚构文学"之名所作的观照和批评，在国内20世纪80年代当属"先锋"之列。近几年，我又从文学领域的"非虚构"关注到影视艺术里面久已存在的"非虚构"现象，力求将文学与影视的非虚构现象作为一个关联密切的有机整体来评判，进一步探讨当下"非虚构文艺"的基本态势、发展路径、存在意义和审美价值等问题。在此基础上，希望以自己对于非虚构文艺的在场批评，助力"中国式非虚构话语体系"的生成、建构与完善。也许在整个当代文艺评论视域里，我所关注并深入探究的可能只是其中的沧海一粟，但我仍然会心向往之，继续沉浸于此。也正是在这个意义上，我以为中国现代批评家李健吾所言是有道理的："一个真正的批评家，犹如一个真正的艺术家，需要外在的提示，甚至于离不开实际的影响。但是最后决定一切的，却不是某部杰作或者某种利益，而是他自己的存在，一种完整无缺的精神作用，犹如任何创作者，由他更深的人性提炼他的精华，成为一件可以单独生存的艺术品。"

总的来讲，学院批评在理论、方法和情感三方面的"在场"，或许能使其作为"一股清流"努力保持与时代同行的坚实步伐，在跟时下大众批评的深度对接对话当中，保持勃发生机的感性和趋新追潮的锐性，以此达成学术"破圈"和批评"融圈"，凸显自身在当代批评中的感召力和影响力。与此同时，学院批评还要独善其身、洁身自爱，在批评的乱云飞渡之间，保持作为专业批评、权威批评、建设性批评的特质、定力和底线，奋力引领和提升文艺批评的知性水准与情感高度。

二、承传与新变

现实性表达与新时代中国电影

一

文艺的本质是人学，是人的本质力量对象化的生动体现，即文艺创作的出发点、连接点和归宿点指向"人"。这里的"人"绝非抽象之人，而是具有时代性现实性的"人"。现实性表达就是表现人的精神活动和物质生产活动。在文艺类型里主要是指现实性文艺，即以侧重写实的方式再现客观现实的文艺形态。其基本特征是"再现性"和"逼真性"。再现性，指的是现实性文艺的实现路径，即按照客观现实生活本来的面目进行精确细致的描绘，通过细节和场面的描写，呈现具有鲜明现实或历史时代印记的生活。因此，"重要的是艺术始终高度忠实于现实，……艺术不仅永远忠于现实，而且不可能不忠于当代现实"①。忠实于现实

---

① ［俄］陀思妥耶夫斯基：《陀思妥耶夫斯基论艺术》，冯增义、徐振亚译，漓江出版社，1988年，第100页。

而不是远离现实,正视现实而不是躲避现实,反思现实而不是粉饰现实,正是这种类型文艺的基本伦理。逼真性,则是指现实性文艺所要达成的艺术效果。"逼真"即文艺作品对于客观现实的描绘与其原初状态极其相似、极其相近,而基本没有夸张、虚幻和变形,类似于契诃夫所言"按照生活的本来面目描写生活",其给予受众的接受效果即强烈的真实性和在场感,以及主客体高度契合的一致性。

当然,我们在这里不应该将现实性文艺所强调的"再现"和"逼真"绝对化,因为文艺作品,即使是摄影,也并非百分之百地对原物的照搬和摹写,它其实仍然隐含着创作者的主体性,即主观感受、选择和取舍——"艺术家的倾向是看他要画的东西,而不是画他所看到的东西"①。这正如卡努杜在谈到电影的特征时所言:"我们所称的生活真实一旦被搬进一部堪称艺术杰作的作品时,这种真实就不再是摄影机根据现实生活固定下来的真实了。这种真实实质上存在于艺术家的精神中,就像作者的风格本身一样,它是艺术家的主观立场。"② 自然,这涉及文艺理论史上对于现实性文艺"绝对客观性"和"相对客观性"表现的问题,其中多有不同观点的论争,在此不再赘言。

就电影艺术而言,尽管电影对于世界和人生表达的拍摄方法和风格多种多样,但其初始的方式正是产生于现实性表达,是

---

① [英]贡布里希:《艺术与错觉》,林夕、李本正、范景中译,浙江摄影出版社,1987年,第101页。
② [意]里乔托·卡努杜:《电影不是戏剧》,施金译,见杨远婴主编《电影理论读本》,世界图书出版公司,2012年,第22页。

对当下社会人的活动的影像记录。自从法国卢米埃兄弟拍摄的《工厂大门》《火车进站》《水浇园丁》等电影出现,电影就已经开始了现实性表达。在世界电影理论批评史上,以克拉考尔和巴赞为代表的写实主义理论成为电影现实性表达的重要理论支撑。在克拉考尔看来,电影的基本方法就是呈现可见的客观世界及其运动能力的摄影。"它也不去创造一个抽象或充满想象力的世界,而是驻足于真实的物理世界。传统艺术的目的是用特殊的方法转换世界的存在形态,而电影最深层和最本质的目的却是如实展示生活。"① 这也正如达德利·安德鲁在谈到写实主义电影时所说:"写实主义的目的是使我们抛弃自己的表意(意图)而寻回世界的意义。为此,我们回顾那些写实主义的导演(如弗拉哈迪、罗西里尼、雷诺阿)所走过的道路,他们都关心如何透过电影来发掘世界的意义,而非创造一个新的世界(或纯粹表达自己的意图)。"② 在此,专注于再现展示现实、发掘世界的意义,而非纯粹抽象地表意、创造世界,成为电影现实性表达的应有之义。

应当讲,现实性表达并不是电影反映世界的唯一表达方式,但其无疑是最重要也是最有价值的表达,是最能呈现电影"以人民为中心"的创作导向的表达。这是电影的现实主义精神之所在——以严肃表现、深沉思考现实社会人生为内涵,而不以娱乐至死、戏说虚无的生态和心态,以及唯票房论的功利主义态度为

---

① [美]达德利·安德鲁:《经典电影理论导论》,李伟峰译,世界图书出版公司,2013年,第90页。
② [美]达德利·安德鲁:《经典电影理论导论》,李伟峰译,世界图书出版公司,2013年,第145页。

旨归。因此，现实题材，或者具有现实性意义的历史题材电影是这种表达的主体力量。"从电影的发展传统看，中外电影的发生发展都是以表现内容的现实性为深厚基础的。艺术的现实性往往与社会的现实发展相伴随，推动社会进步。艺术现实性的强弱往往与艺术的社会价值、社会影响力相左右，常常能体现艺术家的精神境界、心胸情怀，也是社会文化氛围好不好的反映。现实性不是艺术的最高或唯一要求，但却是艺术不可缺少的社会意义和精神内涵的体现，在一定意义上与人民性是统一的，为人民的艺术一定会通过现实性表达人民的心声。"①

二

一时代有一时代之文学，一时代亦有一时代之电影。作为一种社会文化存在，电影离不开其特定的历史与现实时空。这是文艺所需要呈现的时代风格。因此，我们可以看到这样三个历史与现实时空里中国电影所呈现的基本风貌：20世纪50至70年代由冷战思维主导的具有强烈意识形态色彩、处于封闭与半封闭状态的新中国电影；80至90年代由面向世界、解放思想、改革开放思维所主导的新时期电影；21世纪以来由全球化主导、崛起的大国向强国转变的新时代电影。第三个阶段仍在进行当中，中共十九大的召开使中国电影开始呈现其现实新诉求。

---

① 路侃：《现实性、现代性与民族化的融合——2015年国产电影作品观察》，《中国文艺评论》2016年第2期。

2017年召开的中共十九大确立了中国特色社会主义进入新时代的全新定位。从1978年中共十一届三中全会确立将全党工作重心转移到经济建设上来的历史性决策开始,解放思想、改革开放成为近40年中国发展的主旋律,其中,最为重要的就是以筚路蓝缕"摸着石头过河"的探索精神,开辟出了一条人类发展历史上的新路——中国特色社会主义。这条新路擘画出"新时代"的新内涵:第一,近代以来以建构独立与强大的现代民族国家为目标,中华民族终于迎来从站起来、富起来到强起来的伟大跨越;第二,以中国特色的生动实践,确证了科学社会主义的强大生命力;第三,为全球发展中国家在保持自身独立性的同时走向现代化提供了全新选择,为解决人类问题贡献了中国智慧和中国方案;第四,我国社会主要矛盾已经转化为人民日益增长的美好生活需要和不平衡不充分的发展之间的矛盾。

在这样一个新时代,中国电影的现实新诉求主要体现为以下三个方面:

第一,通过梳理近百年,特别是"新中国""新时期"和"新世纪"中国电影的发展历史,总结在技术和艺术水平相对落后的发展中国家电影的崛起之路,凸显既具有本民族电影特色,又融合世界电影先进技术和艺术理念的现代中国电影的特出之处。通过对存在于理论、创作和产业等多个领域的中国电影现象、风格、流派的研究和总结,为和而不同、多元共生的世界电影贡献中国智慧和中国方案。

第二,作为一种具有社会和审美双重意识形态特质的艺术形式,电影要通过显示中国特色社会主义文化的生机与活力、展现中华民族伟大复兴之路，成为从大国崛起走向强国兴盛的文化自信的形象代言。

第三，电影要正视主要社会矛盾的变化，在票房、基础设施建设、增速高涨的时候，保持清醒认知，扬长避短，变压力为动力，以着力提升内在品质为目标，以高质量的一流电影满足人民更高水平的多样化需求。

总之，在新的时代，我们要"让中国电影成为文化产业中的引领性产业，成为最受人民群众欢迎的文艺形式，成为中华文化走出去的亮丽名片，成为国家文化软实力的重要标志"。①

进入 21 世纪特别是近几年在国家管理、政策保障、市场容量和基础建设等方面所显示出来的迅猛发展之势，既是为中华人民共和国成立以来的电影历程前所未有，也是为电影的新时代之新作为奠定坚实的基础。

一是国家管理层面的高度重视和政策保障。2018 年，电影局从国家广电总局分离出来，成立新的国家电影局，直属中共中央宣传部管理，显示出国家对电影作为意识形态产品的高度重视。进入 21 世纪，就有多个有关电影的国家政策出台，譬如 2004 年国家广电总局的《关于加快电影产业发展的若干意见》，2010 年的《国务院办公厅关于促进电影产业繁荣发展的指导意见》，2014 年财政部、国家发改委、新闻出版广电总局等七部门下发的《关于支持电影发展若干经济政策的通知》等，其目的在

---

① 张宏森:《努力开创新时代中国电影新局面——在青年电影创作人员专题学习座谈会上的讲话》，《电影艺术》2018 年第 1 期。

于提高中国电影的整体实力和竞争力，推动中国电影产业化和国际化，实现由电影大国向电影强国的跨越。而2017年颁布实施的《中华人民共和国电影产业促进法》则具有特别重要的意义，这部中国文化产业领域的第一部法律文献，将电影产业的改革发展的成熟经验上升到法律制度层面，为未来中国电影发展提供强有力的法律保障。

二是成为全球电影市场发展的重要引擎。与中国作为世界第二大经济体相匹配的是，近几年来的中国电影在票房、增速、基础设施建设等方面居世界前列。在票房方面，2012至2017年，中国大陆电影票房平均每年净增100亿元，2012年为170亿元，2017年则达到559亿元，票房年均复合增长率达26.78%，2016年世界电影增速不足3%，中国电影占增量的65%，成为仅次于美国的全球第二大电影市场。在基础设施建设方面，截止到2017年底，中国大陆银幕数量突破5万块，市场容量跃居世界第一；在全球范围内率先全面实现数字化放映，3D银幕数38377块，占银幕总数的86.26%，巨型银幕（IMAX和中国巨幕）总数达616块，规模位居世界第一。截止到2015年，中国大陆影院已实现大中小城市全面覆盖，其中县级影院银幕数已达17720块，占总数的39.83%。

三

伴随着新时代的现实新诉求，以及前所未有的国家关注和市场跃进，中国电影创作呈现出怎样的艺术特点和美学风貌？又具有怎样的现实意义与历史价值？这些问题都需要我们进行认真的总结和梳理。就其中最为重要的现实性表达而言，中国电影无疑呈现出新的气象。

首先，这种现实性表达的新气象体现为对主动而为、以人为本的国家情怀的诠释和传导。近年来上映的《湄公河行动》《红海行动》《战狼》和《战狼2》等新军事片，以特殊的电影类型凸显全球化背景下"崛起中国"的爱国主义情怀表达。无论是表现的视角，还是表现的时空，抑或是表现的人物和事件，这些影片都与传统意义上的中国革命战争题材电影有所不同——正邪双方不再是成建制军队的大场面大规模战争对抗，而是小规模的特种兵、小分队，甚至是孤胆英雄的短兵相接；故事发生的地域大多为城市街道、边境林地、海洋与河流等；撤侨、缉毒、反恐等是其叙事的主题。这些具有强烈时代色彩的故事中包孕着主动而为、维护国家安全与尊严的军事姿态（犹如《战狼》中的台词"犯我中华者，虽远必诛"），大国崛起、维护世界政治与经济秩序的国际视野，以及曾经作为第三世界领袖、如今成为第二大经济体国家的文化自信意识。这些新军事片的故事多以现实中的真实事件为依据，譬如《湄公河行动》和《红海行动》分别对应的是"10·5湄公河案件"和"也门撤侨"行动，《战狼》的故事内核来自中缅边境的真实战役，《战狼2》里的拆迁冲突亦是源于真实事件。这种题材上的"接地气"，正是现实性文艺"再现性"和"逼真性"的最为直接的凸显。而无论何样的表达，这些影片的情节又多以"营救同胞""解救难民"为中心，强化的是"为人民"的理念和"以人为本"的宗旨。因此，我以为这类新军事片在现实性表达上的指向值得关注,因为它们"传达了更加符合现代观众精神需求的价值观念:在尊重个体性的基础上关注社会的现实焦虑,完成个体与他人、个体与社会、个体与历史的新的意识形态整合,即便是爱国主义这样常见的主旋律主题,也需要在'人人爱国家'的传统表述中,加入'国家爱人人'的现代意识,这样才能使国家和个体之间建立起真正内在的情感联系"①。《厉害了,我的国》以纪实方式着重再现近几年超级工程、脱贫攻坚、生态保护、城乡统筹等方面的国家成就,在书写国家情怀的同时,亦表现出浓郁的意识形态"引领"之特点。影片既以阔大之视角表现"国之重器"的高铁、高速公路、移动互联网、"天眼"射电望远镜、港珠澳跨海大桥、国产大飞机等令人自豪的中国科技新进展,也细致入微地再现了西部地区村干部扶贫工作的艰辛、乡村教师的敬业、家庭医生的服务,以及生态环境的修复等民生,显示出视角之微观,而无论阔大还是微观,它们都以表现"人民日益增长的美好生活需要"为旨归。

其次,铭记初心、重审来路的影像史记,亦是现实性表达的新气象之一。这一特质大多表现在近几年出现的新红色经典片中,诸如根据红色经典小说改编的《智取威虎山》,与《建国大业》《建党伟业》并称"建国三部曲"的《建军大业》,表现近代以来重大革命历史的《辛亥革命》《明月几时有》《百团大战》《我的战争》等。这些影片大多数具有影像史记的意义,它们所

---

① 尹鸿、梁君健:《走向品质之路:2017年国产电影创作备忘》,《当代电影》2018年第3期。

再现的正是近百年来中国历史发展进程中具有里程碑意义的真实事件，诸如辛亥革命、中国共产党成立、人民军队的诞生、中华人民共和国成立、抗日战争、解放战争和抗美援朝战争等。"建国三部曲"以比较客观的描述方式，尽可能地还原历史人物和历史事件的本来面貌，探寻建党、建军和建国的"初心"，为当下和未来中国的发展寻找原动力。与曾经流行一时、泛娱乐化的"抗日神剧"不同的是，许鞍华导演的抗战题材电影《明月几时有》给予全新的感受，可谓近年来此类题材的优秀代表作。除去新红色经典片之外，《一九四二》《归来》和《芳华》等新历史片亦给予我们诸多新的启迪。这些影片多以中国现代史上的一些重要历史时间节点或事件为背景，如《一九四二》里的1942年河南大旱灾，《归来》里的"文革"，以及《芳华》里的对越自卫反击战等。这些影片以深沉的影像语言写出了大历史中人物的命运浮沉，给人以沧桑感，以及回望来路时的五味杂陈。它仿佛在告诉我们，青春容颜的芳华已逝，但追求本真、善良、正直、美好的初心不变。

再次，现实性表达的新气象还体现在直面人生、反思社会的现实揭示。应当说，近几年这类影片数量与质量都得到了较大的提升。在影视娱乐化、庸俗化和碎片化的当下，忠于现实、直面现实和反思现实的影片无疑是勇气可嘉、难能可贵的，它们是电影现实性表达的重要力量，是电影艺术风骨和品格的象征。这些影片令我们印记深刻，譬如表现藏族等少数民族坚守信仰与灵魂救赎的《冈仁波齐》和《皮绳上的魂》，表现生态环保的《狼图腾》和《我们诞生在中国》，表现家国命运、道德冲突与人生悲欢的《山河故人》《乘风破浪》《我是路人甲》《北京遇上西雅图》和《路边野餐》,表现青春爱情的《左耳》《致我们终将逝去的青春》《长江图》《心花路放》和《后会无期》,再现慰安妇老年生活的《二十二》,揭露绑架、拐卖、凶杀、性侵等犯罪行为的《亲爱的》《失孤》《闯入者》《烈日灼心》《白日焰火》《追凶者也》《解救吾先生》和《嘉年华》,披露演艺圈乱象的《煎饼侠》,表现上访维权的《我不是潘金莲》等。其中,电影《十八洞村》具有比较典型的意义。这是一部以真实故事为原型,具有强烈写实色彩的影片,其表现对象为习近平总书记亲自走访过的现实中的湖南湘西苗寨村庄十八洞村。影片以国家实施精准扶贫战略为叙述背景,着力表现位于贫困山区的村民在扶贫工作队的帮助下,在经历物质"脱贫"的同时,完成精神"脱贫"的艰难历程。村民杨英俊是一位退伍回乡务农的老兵,其兄弟四人,面对扶贫心态各异。影片在展现近乎原生态山民生活的同时,细腻描绘当代中国农村传统思想观念与现代生活理念的冲突,突出表现"精准扶贫"工作激发内力、内外合力、"扶贫重在扶志"的重要性。影片突破主旋律电影的概念化拍片模式,将湘西方言、风景乡情、质朴写实又唯美的镜头语言、深刻的哲思和含蓄蕴藉的美感贯穿始终,艺术地再现了这样一个立足家乡脱贫致富、呵护土地永葆绿水青山的新时代农村发展新路径,是融写真图、风俗画和时代感为一体的出色的现实性表达。

四

近几年来,新时代中国电影在现实性表达方面呈现出新气象,对此理应予以充分肯定。然而,在当下的电影中,忽视现实性表达的虚无化倾向仍然不同程度地存在。所谓虚无化,我以为在此主要是指对于历史和现实表现的抽象化、漠视化甚至无视化。这种虚无化主要体现在对历史表现的虚无化和对现实表现的虚无化两个方面。以青春片为例,一些影片将现实中本来丰富多元的人生图景进行抽离,仅仅以各式足够吸引眼球最终成就票房的"爱情"描绘作为影片凸显的主线,却罔顾社会、职场、家庭和文化环境等诸多因素的表现,使"爱情"成为可以置身任何社会环境的抽象物。受众从影片中看不到可以辨认的确定的时代与社会体征,其结果就是无从把握"典型环境",更无从把握"典型环境中的典型人物",使得原本能够全景表现"大时代"的影像,沦为不折不扣的"小时代"注脚。这正如有学者所指出的那样:"在《致青春》《小时代》系列的青春片中,学校、市场等所构成的独立社会空间,本质上是个人活动的空间。这些社会空间基本上是由个体所组成的某种同学群体、市场中竞争的经济人所构成的。电影中,人们已经很少谈论国家、民族等宏大话题及其对于年轻人的要求,更少看到集体能对青年人产生建构性作用和个人存在的集体性本质建构。"[①] 还有一些影片,诸如《同桌的

---

① 张建珍、吴海清:《从转型社会到新常态社会的青春片——中国当下青春片的去政治化研究》,《电影艺术》2017年第3期。

你》,表面上看,它们有着"现实性表达"的外壳,有着标志性年份的时代记录,但实际上这些具有标志性年份的事件仅仅只是作为一个被叙述的背景而存在,出现于影片中的北约轰炸中国驻南联盟大使馆、非典等重大事件,除了做背景,其并没有与表现人物由初中、高中、大学和毕业后十年的人生经历紧密结合。电影《匆匆那年》亦是如此。在影片中,男女主人公追忆十年同窗生活时,涉及新中国成立 50 周年大庆、北京申奥成功和迎接新世纪等关键性年份或事件,但这些也仅仅只是"匆匆那年"。"历史给了文学家、艺术家无穷的滋养和无限的想象空间,但文学家、艺术家不能用无端的想象去描写历史,更不能使历史虚无化。文学家、艺术家不可能完全还原历史的真实,但有责任告诉人们真实的历史,告诉人们历史中最有价值的东西。戏弄历史的作品,不仅是对历史的不尊重,而且是对自己创作的不尊重,最终必将被历史戏弄。"[①]

相比较而言,一些比较优秀的青春片在去除现实性表达的虚无化方面做出了它们可贵的努力。譬如《无问西东》《中国合伙人》和《七月与安生》等。《无问西东》表现的是处于百年中国四个时代历史洪流中的清华大学学生的人生抉择和命运浮沉。影片中民国、西南联大时期、20 世纪 60 年代初和当下等"大时代"的时间印记,与清华大学的空间存在构成紧密相连、纵横交错的网状叙事,写实与虚构交融。在看上去似乎迥异的时代表达

---

① 习近平:《在中国文联十大、中国作协九大开幕式上的讲话》,《光明日报》2016 年 12 月 1 日。

中，吴岭澜与陈鹏勇于追求真理和自我完善，沈光耀投笔从戎、报效国家的赤子情怀，张果果遭遇当下职场竞争和道德困惑等，都是影片用力去表现的。影片形象地道出了真实历史与现实情境中人物的艰难抉择、心理困惑和最终归宿，更是将标志中国最高学府的"立德立言，无问西东"的精神实质及其承传做出了独具个性的诠释。《中国合伙人》表现成东青、孟晓骏和王阳三个大学同学为改变自身命运，合力创办英语培训学校，成为年轻的创业"合伙人"的奋斗故事。影片将自20世纪80年代到21世纪中国改革开放历史和现实进程清晰呈现出来。《七月与安生》讲述从十三岁开始交往的七月与安生两个女孩相知、相爱又相恨的故事。无论是有关人物命运的开放式结局，互换人生的镜像式活法，剧中人情真意切、荡气回肠的"虐恋"，还是对于人物关系和性格的描绘，影片都显示出与多数沉溺于虚无化表现套路的"青春片"不同的新意。我们在此仅以青春片为例，阐释当下中国电影中忽视现实性表达的虚无化倾向，以及在去除现实性表达的虚无化方面表现突出的部分影片。而实际上，这样的情况在其他类型的电影中也有表现。

总体而言，作为电影最具价值的表达方式，现实性表达具有永恒性意义。新时代中国电影的现实性表达呈现出鲜明的时代气息和国家色彩。它所展现的新气象，将其"接地气"的现实主义视角、"为人民"的创作导向和"重引领"的意识形态特征凸显出来。如果从更高的理想境界上讲，当代中国电影的现实性表达不仅应是针对具有当代性、地域性和民族性的中国现实，更重要的还需针对具有人类一般形态现实生活的观照、体验、审视和反思,使之既具中国情感与中国视野,又有人类关怀和世界眼光。唯此,书写中华民族历史上前所未有新时代的"史诗性"电影或可卓然问世。

青春片与当代社会文化变迁

作为一种具有审美意识形态特质的综合艺术,电影的发展有其自身规律。与此同时,作为社会意识形态,电影的发展与流变既要受到社会文化的影响和制约,也会对一定时期的社会文化作出反射与回应。1978年,中共十一届三中全会确立以经济建设为中心、解放思想、改革开放的基本治国方略,此后四十年中国大陆青春片持续发展,并在20世纪80年代初期和21世纪10年代中期出现阶段性高潮。在这一过程中,改革开放语境下的社会文化变迁与中国大陆青春片呈现出繁复而多元的历史景观。

一

在谈论青春片与当代社会文化变迁问题之时,我以为首先需要明确"青春""青春期"和"青春片"等三个概念。

"青春",可以包含两层含义:一是可以用来指代人的年龄阶段，譬如13至34岁的少年和青年人；二是可以用来比喻人或事物像年轻人一样充满生机与活力的状态。而"青春期"则是指个体的性机能发育从未成熟到即将成熟的转化阶段，也就是一个人由儿童到成年的过渡时期（女性从11—12岁到17—18岁，男性从13—14岁到18—20岁）。这基本涵盖了小学毕业到大学毕业之前的学生生涯，此所谓"正青春期"。而大学毕业之后十年左右的生活与工作生涯，我们视其为"后青春期"。

与青春相关联的"青春片"或曰"青春电影"，在广义上可以理解为以13至34岁青春群体为表现对象的电影。我们将反映"正青春期"青春群体生存状态、心理发展、情感需求以及精神面貌等内容的电影归为青春片。而对于以"后青春期"青春群体为表现对象的电影，我们只是在下述情况——以学校或其他场域为主体的"正青春期"生活作为一种怀旧对象（或身份背景，或叙事时空），并关联着影片主人公"后青春期"的所有体验时，将其列为青春片。在我看来，青春片的具体特征主要表现为以下三个方面。

第一，物理时空的演进。青春片中的主人公在物理时空上产生某个年龄段或空间段的跨越，他们从少年成长为青年、从校园跻身于社会，或在某个时空段落里经历一定的生理、心理或情感等的变化。

第二，群体冲突的凸显。青春片表现的重点是，以影片中主人公为代表的青春群体在生理或心理变化过程中所面临的种种矛盾与冲突。这些冲突分为群体之间的冲突与群体内部的冲突。前者包括青春群体与家庭、学校、社会等的冲突，后者主要指青春群体内部自我与他人、自我与集体、自我内部等的冲突。

第三，青年文化的内嵌。青春片在文化内涵与表达主题上呈现出少年与青年特有的青年文化，这种文化在整体上重点表征为主人公的青春体验、青春意识、青春情绪、青春情怀和青春困惑等。它很大程度上与主流文化相对，是一种亚文化。

无论中西，以青春群体为表现对象的青春片都有着悠久的历史承传。因时代、国别、民族和文化的不同，青春片往往表现出自身独有的形态和气质，当然也会打上文化变迁的深刻烙印。

二

当代中国大陆的青春片对于青春群体自身独特性的艺术表现，应当是从1978年之后逐渐展开的。在此之前，从1949年新中国成立到1976年粉碎"四人帮"，尽管我们也能够看到一些以青少年为表现内容的电影，诸如《小兵张嘎》《董存瑞》《刘胡兰》《雷锋》《年青一代》《我们村里的年轻人》《红色娘子军》和《闪闪的红星》等，但这些影片基本上是在以青年人的成长来诠释"家国一体"和"以国为家"的崇高历史，国家意志、权威意识形态为代表的主流文化以绝对优势为青春代言。电影中"青春"的成长路径和目标是要成为被执政党认可的具有集体主义意识的"英雄"。

20世纪70年代末期至80年代，伴随着国家工作重心向经济建设的转型，电影在两个方面的文化指向开始逐渐呈现。一是"拨乱反正"意味浓郁——"拨乱"体现在对刚刚过去的十年"文革"的反思和批判,"反正"则主要是指"十七年"政治与文化的回归。1983年,由黄蜀芹导演、根据王蒙同名小说改编的《青春万岁》上映,"十七年"时域中的1952年正是这部电影的故事发生时间。它表现的是新中国成立之初北京女中学生的成长,具有浓郁的纯真情感和凸显"天真烂漫"时代印记的精神气质。影片所传达出来的对理想主义和美丽青春的"真善美"赞誉,与"文革"时期欺骗、暴力、虚伪和背叛等"假恶丑"行为形成鲜明对比,是对"纯真"文化的怀旧。而电影《小街》则直接表现的是十年动乱的"文革"时期。年轻的修理工夏认识了因为担心受侮辱而女扮男装的俞,俞在政治上"背黑锅"、人格上受侮辱,母亲重病且经济困难。夏为了帮助俞,遭毒打致双目失明,最后两人失散。影片结局采用开放式——设置了三个有关俞的最终归属,或一蹶不振、自甘堕落;或成为导演的未婚妻,获得圆满生活;或成为普通车工,去看望夏的母亲。三个结局预示着生活的多种可能性,或者是对未来的存在不确定性的迷茫。今天看来,这是一部带有先锋实验性质的文艺片,但其对"文革"文化的批判,对亲情、友情和爱情为代表的真情文化的呼唤是显而易见的。1985年上映的张暖忻导演的《青春祭》表现的是"知青"生活。北京女知青李纯来到云南傣族地区下乡插队务农,从开始时的好奇、与傣族民俗和生活习惯格格不入,到最终融入傣乡,在淳朴善良的傣家人的关照下度过青春岁月,上大学后仍然记挂着曾经帮助过自己的傣乡人。这部电影以平实的生活流表现"知青"生活,没有展示伤痕和悔恨,更多的是彰显美好、善意和蓬勃的生命力。在这一类青春片中,悲情与欢情同在,愤懑与平实同行。

二是"改革开放"观念的凸显——对于十一届三中全会确立的以经济建设为中心,解放思想、改革开放路线的形象化呼应和多样化表现。这种呼应和表现历时较长,几乎贯穿了整个80年代。1980年上映的《庐山恋》可谓是对此体现鲜明的一部青春片。女主角周筠是旅美国民党将军的后代,在中美建交后,从美国回到祖国大陆的风景名胜地庐山旅游,遇陪母养病的大陆男青年耿桦,频繁接触之后产生爱情,后因有关部门对耿桦进行审查,周筠黯然返回美国。粉碎"四人帮"之后,周筠再次旧地重游,意外见到耿桦,两人重诉衷情,最终有情人终成眷属。其中,有一个周筠吻耿桦脸颊额头的镜头,被誉为新中国电影的第一次吻戏,可见当时青春电影在表现青年人情感上的具有开放意味的"大尺度"。而影片中男女主角结缘于英文学习,其实也是一种对外开放的象征。这部电影除了展示以庐山为代表的祖国大好河山之外,其政治表征,或者说对于当时以"团结起来,振兴中华"为核心内涵的时代文化的表征是十分明确的:一是中国正在努力消除"文革"的影响,进行以改革开放为中心的经济建设,希望广大海外游子踊跃回国参与;二是影片表现女主角是来自美国的华侨、国民党将军的女儿,其意也在表明,中美建交之后关系向好,只要有利于中国的改革开放大业,一切有利因素都可以调动起来,哪怕是过去的对立面。可以说,《庐山恋》在大胆表现青年人爱情、表现新时期海内外炎黄子孙勠力同心、表现中国改革开放的气度与力度、表现中国人的自信心等方面可圈可点,在当时产生了极强的影响力。除《庐山恋》之外,青春片对

"改革开放"的呼应与表现还体现在多个空间领域,譬如学校、城市和农村等。格调清新欢快的影片《女大学生宿舍》,将焦点聚焦在五位同宿舍的女大学生身上,来自农村或城市等四面八方的她们性格各异,但都表现出80年代初大学生们乐于追求、勇于探索的精神风貌。《红衣少女》以学校生活为背景,刻画了安然这样一位真实真诚善良、不畏世俗偏见的高中女学生形象,并将学校师生关系的复杂性表现出来,涉及权力、利益、公平、正义和诚实等话题,对当时社会中出现的利益交换等不良风气进行了批评,侧面反映出80年代改革开放初期阶段的社会文化生态。《街上流行红裙子》以纺织厂的三个青年女工为表现对象,描写了改革开放时代人们的新旧观念冲突。红裙子在当时意味着时尚前卫反叛,女工中的劳模陶星儿打破成见毅然穿起红裙子,显示出其大胆彰显个性的精神。《雅马哈鱼档》是比较早地涉及民营经济和社会新生阶层的新中国电影。它以广州一个经营鱼档的三个年轻"个体户"曲折的经商经历为情节线索,在描述岭南风情风俗的同时,直击处于改革开放前沿的广州青年的创业故事,展示了青年人敢为天下先、努力让自己的生活更美好的改革精神和勇气。《被爱情遗忘的角落》表现的是农村青年沈荒妹的爱情故事。在极"左"路线统治时期,农村青年的自由恋爱不被允许,沈荒妹姐妹俩在爱情和婚姻上遭遇种种不幸,直到十一届三中全会以后,农村日子好起来,沈荒妹才能够勇敢地追求自己的幸福。《哦,香雪》表现代表现代文明的火车开进北方小山村时几个农村女孩的情感变化。她们或幻想走出大山去北京读书,或用山货换来城市日用品,或情窦初开、想象与列车员的爱情。影片清新自然，富有诗意。

应该说，青春片在上述"拨乱反正"与"改革开放"两个向度的展开，既是对权威意识形态所代表的社会主流文化的认同、对以知识分子为代表的精英文化的应和，也开始显露出对逐渐兴起的以普罗大众为代表的通俗文化的附趋。伴随着经济特别是文化政策和文化环境的开放，使得包括电影在内的各门类文艺形式呈现活跃景象。如果说，改革开放之前的电影对于"青春"的内涵呈现往往定于一尊，那么，"由于时代的变迁，这个时期讲述的青春故事要远为繁复和多元，一方面它仍然勉力维系着社会主义电影既有的青春叙事模式，但在更有新意的方面，个人已不再必然地被整合于集体性的事业中来，而是有越来越多的反思、迷惘、挣扎和拒绝开始浮现"[①]。

三

20世纪90年代，中国大陆明确确立"社会主义市场经济"体制。在经济持续增长的态势下，主流文化、精英文化和大众文化等三种主要文化形态的博弈却异常激烈。而这一时期所倡导的文艺方针则是"弘扬主旋律，提倡多样化"。以央视播放的电视纪录片《河殇》引起争议直至被批判为典型案例，自20世纪80年代以来以精英知识分子为代表的激进文化开始弱化，以"国学"为代表的中国传统文化呈现回归趋势，并逐渐与主流文化合

---

① 孙柏：《〈无问西东〉的青春叙事和历史书写》，《电影艺术》2018年第2期。

流。尽管如此,在"一切向钱看"的物质主义和商业主义甚嚣一时面前,传统文化和道德伦理遭受重创却亦是不争的事实。而此时"大众文化已经形成新的集权主义,它不仅控制了全社会的文化生产,控制了新的意识形态的再生产,而且把生产方式轻而易举就套用在所谓的'精英文化'运用中"①。1990年开播的50集电视连续剧《渴望》红遍大江南北,这部表现普通工厂女工爱情婚姻家庭生活的"家庭伦理剧",预示着影视的大众文化时代到来。

青春片在90年代对于社会文化的回应,游走于精英与大众之间,着力于表现底层、边缘人群。"进入20世纪90年代,国产青春题材电影开始聚焦社会转型过程中边缘青年的个体人生。体制外的'电影游侠'们自筹资金、独立制片,'拍自己的电影'成为第六代的集体呼声,他们不约而同地选择以自传体'青春残酷物语'刷取存在感。"②1995年上映的姜文导演的电影《阳光灿烂的日子》,根据王朔小说《动物凶猛》改编,主要表现"文革"中期的70年代一帮军队大院子弟的生活。与80年代青春片对"文革"反思的格调不同,这部电影延续了王朔小说"我是流氓我怕谁"的"痞气",表现这群青少年几近物资匮乏、文化缺失、精神荒芜、感情饥饿的日常生活。大人们忙着"闹革命",学校停课,使得以马小军、刘忆苦为代表的这群无人管教的"野

---

① 陈晓明:《填平鸿沟,划清界线——"精英"与"大众"殊途同归的当代潮流》,《文艺研究》1994年第1期。

② 聂伟、杜梁:《国产青春片:基于供给侧创新的类型演进》,《电影艺术》2017年第3期。

马",成天依靠起哄、打架、闹事和"拍婆子"等方式打发无所事事、无聊至极的荷尔蒙膨胀的青春期。这既是对那一时期城市青少年生活的十分逼真的写实,也极尽反讽、调侃与荒诞的喜剧色调。这部电影表现的是"文革"时期,但并非没有迎合90年代以大众文化为主体的商业文化大潮的取向。当然,从另一个层面上说,这部电影也从某个角度实现了对"文革"的反思,那就是在大革"文化命"的年代,一代青少年的"成长"是在缺乏正确的人生观和价值观导引之下完成的,他们混沌地幼稚地空谈"革命精神",在性的冲动和生理反抗期的合力作用下度过其人生塑造最为重要的青春期。因此,《阳光灿烂的日子》又有了几分"含泪的笑"的况味。除此之外,还有《北京杂种》展示90年代由摇滚乐队、地下音乐人、穷画家、怀孕女青年和女大学生等构成的北京青年群体的故事。他们生活苦闷而窘迫,但仍然苦苦寻求自己的情感与理想,表现出边缘人的青年亚文化特质。《头发乱了》通过表现医学院大学生叶彤的人生,来展现处于转型时期的青年在理想与现实、激情与理智之间的矛盾、冲突。《长大成人》叙述北京男孩周青由初中生到电声乐队队员、锅炉工,最后从海外学艺回国的个人成长史,并表现了围绕其成长的高个青年纪文、纪文的女友付绍英、火车司机朱赫莱等人。周青受到苏联小说《钢铁是怎样炼成的》影响,作为理想主义者的他也要面对现实的种种困惑与烦恼。《小武》表现山西汾阳一个自称"干手艺活"的扒手小武的悲剧人生,刻画了一个失去友情、爱情和亲情,最终失去自由的底层小人物的生存状态和情感状态。毫无疑问,这些影片将为90年代的青春留影,为中国改革开放进入

"深水区"存照。尽管它们的底色偏重灰暗,但其中基于精英文化的人文观照、悲悯心态、探索精神和理想情怀仍然值得肯定和褒扬。

1999 年,张艺谋导演的电影《我的父亲母亲》上映。这部影片表现的是乡村教师的感人爱情。城市青年骆长余师范学校毕业后自愿到山村小学教书,村里的女青年招娣爱上他,为他送饭菜,听他的教书声,一听就是四十多年。充分显示出男女主人公对乡村教育事业的坚守和对爱情的执着。在商业文化全面浸润之时,影片所表现出来的对"坚守""执着"和"纯真"的浓郁怀旧之情,给 90 年代的青春片留下了一抹温暖的亮色。

四

当中国历史进入到 21 世纪之时,我们就会发现,这绝不仅仅是时序的自然流转,更多的是社会文化语境与四十年前的改革开放初期相比发生了重大变化。这种变化最突出地体现在 21 世纪初中国加入世贸组织,前所未有地融入世界经济格局之中,并经过十余年举世瞩目的跨越式发展,成为仅次于美国的世界第二大经济体。与此同时,中国大陆也一跃而为世界第二大电影市场,在增速、银幕数量、市场容量、票房等多项指标跃居世界前列或名列第一。一个由全球化主导、发展中的文化大国向崛起的文化强国转变的电影新时代正在到来。

正是在这样一个语境之下,继 20 世纪 80 年代之后,中国大陆青春片的第二次创作高潮于 2011 年前后到来。20 世纪 80

年代的青春片第一次高潮的成因主要来自政治和文化的"转折",即结束"文革",转向经济建设,实现对内改革和对外开放的全方位格局,由"文革"所形成的极左文化转向以"解放思想"为精神引领、以"文艺为人民服务、为社会主义服务"为根本导向的新时期社会主义文化。这一时期青春片所集中表现的对"文革"的反思与批判、对于改革开放的呼应与赞颂等两个维度即可说明这一问题。时隔近30年,青春片再次高潮迭起,且来势更为"汹涌",呈现爆发性增长。与80年代青春片高潮相比,此次青春片爆棚的原因应该是多方面的。一方面,21世纪以来,随着中国国力的不断增强,城市化进程加速,包括原住民、外来移民,以及第二、三代农民工在内的城镇居民大增,为以城市青少年为主要表现对象的青春片提供了增长的契机。近几年,"90后"长大成人、"80后"三十而立不再年少,大陆青春片导演的主力正是"70后"和"80后",表现青春或怀念青春正当时。另一方面,也得益于美国好莱坞、日韩及中国的港台地区青春片在大陆的广泛传播。此外,21世纪以来的大陆青春片大多改编自网络小说,这也十分契合作为"网生代"的"90后"和"00后"的审美趣味和需求。从文化的角度看,以大众文化为主体的城市消费文化、以美日韩和中国港台为代表的海外与境外文化、以网络文艺为代表的融媒体文化,共同促成了21世纪大陆青春片高潮的到来。当然,青春片的繁盛也在一定程度上体现出当下青年的精神需要和文化诉求。

2011年,台湾九把刀导演的《那些年,我们一起追过的女孩》在大陆上映,引起轰动。同年,大陆"80后"导演滕华涛的《失恋 33 天》上映后票房逆袭上扬，成为大陆青春片高潮的"引信"。紧接着的 2013 年，陈可辛的《中国合伙人》、郭敬明的《小时代》、曹保平的《狗十三》等影片陆续上映，以及之后两三年内此种类型电影的大量涌现，将大陆青春片的第二次高潮彻底"引爆"。

当我们回看 2011 年之前的青春片创作时，就会发现，其实在世纪之初的那些年，也是有一些比较独特的影片值得叙说的，譬如描写两名 19 岁的失业工人子弟抢劫银行未遂的《任逍遥》，表现三姐弟在转型时期走上各异人生路的《孔雀》，讲述农村打工少年与城市高中生因一辆自行车发生种种纠葛的《十七岁的单车》，表现支援三线建设的上海职工的女儿与当地农村小伙恋爱悲剧的《青红》，讲述 15 岁农村少年心路成长过程的《墩子的故事》，描写西北煤矿小镇三个莽撞懵懂青年因群殴亡命天涯的《赖小子》等。这些影片大多仍旧沿袭 90 年代以来的精英文化视角，主要表现的仍然是底层、边缘人群，或者是表现身份反差较大的城乡悲剧恋情，具有某种权力制约下的"残酷青春"意味。

客观地说，21 世纪以来，特别是 2011 年之后出现的大陆青春片大多以影像参与了对当代中国文化的回应、表达和塑造。这一时期青春片表现的对象主要是"正青春期"的中学生和大学生生活，及其与之相关的"后青春期"的职场生活。它们力图将学校与社会贯通表达，将当下的校园文化与职场文化进行勾连，以后者的复杂对应前者的单纯，以后者的冷漠对应前者的温暖。当然，学生生活并非全然的纯净美好，许多影片都表现了因为青春期而显现的"成长的烦恼"、爱的困惑以及叛逆的举止，即所谓"残酷青春"。譬如《狗十三》以极其生活化的方式表现12岁女孩李玩由童年到成年的"残酷蜕变"过程；《青春派》讲述高中生居然因失恋导致高考失利，在回校复读中重新体会爱情与友情；《七月与安生》表现从13岁开始交往的七月与安生两个女孩相知、相爱又相恨的故事。这类影片还包括表现中学生生活的《匆匆那年》《同桌的你》《左耳》《全城高考》《少年班》《谁的青春不迷茫》和《致青春·原来你还在这里》等。而表现大学生生活的青春片，则大多将学校生活与毕业之后的职场生活连缀起来，使其表现的视域更为阔大，譬如《致我们终将逝去的青春》《无问西东》《中国合伙人》《万物生长》《高考1977》《睡在我上铺的兄弟》《栀子花开》和《小时代》系列等。这里既有学校的生活空间，也有走出学校之后的职场；既有对于底层和边缘弱势群体的描述，也有对其他阶层的表现；既有对当下生活的直击，也有对历史的探寻。还有一些影片在表现"青春"时几乎跳离了学校空间，而直接在更为广泛的社会层面进行，譬如，描绘职场白领生活的《失恋33天》《杜拉拉升职记》和《等风来》，描述二十世纪七八十年代军队文工团团员的《芳华》，描述北漂青年的《后来的我们》，描绘各式爱情和命运的《有一个地方只有我们知道》《乘风破浪》《长江图》和《后会无期》等。2010年上映的张艺谋导演的《山楂树之恋》表现的是下乡编教材的城市女青年静秋与勘探队的老三从相识到相恋，但最终老三罹患白血病去世的悲剧故事。故事的发生背景是20世纪"文革"后期的70年代。影片凸显对于纯真爱情的肯定和对特定时代的反思，带有怀旧和唯美色彩，也是对当今时代偏重物质化和功利化爱情的一种批判。在 21 世纪以来的青春片中属于比较独特的一个。

在众多青春片"霸屏"的时候,其存在的问题也接踵而至。譬如针对一些具有"怀旧"色彩的青春片,有学者指出,它们其实是"没有青春的青春叙事",因为"银幕上的青春叙事迅速被各种早已取得主体位置的'合伙人'们所占领,形形色色的成功人士开始在当下现实完全缺席的情形下为自己的逝水年华献上一份奠礼。这样的青春叙事与今天真正的年轻一代没有任何关系,也很难说这种因注定要逝去而只能付诸追忆的青春可能具备怎样的示范意义"①。还有意见认为:"当前的国产青春片以讲述校园青春故事和初入社会的职场故事为主,情节多为恋情、友情、竞争与背叛,充满了封闭的、梦幻的校园想象与爱情童话,缺少昂扬向上的奋斗精神与朝气蓬勃的青春风貌。无论是诉诸怀旧,还是主打爱情,其视野、格局都显得非常有限,少有对现实的观照洞察和深入思考。"②总体来看,这些对于当下青春片问题的意见无疑是切中要害的。在我看来,电影是一种特殊的文化存在,具有比较鲜明的审美意识形态性。通过影像向年轻一代观众传达怎样的价值观、人生观和文化观,是电影人亟须解决的问题。目前的青春片似乎形成了某种迎合大众消费文化意向的套路,诸如表现青少年的堕胎、三角或多角恋、怀旧、群殴暴力等等。青春片表现残酷青春、迷茫青春、荷尔蒙青春不是不可以,关键是如何表现,站在怎样的文化立场去表现——是代表主流文化和社会主

---

① 孙柏:《〈无问西东〉的青春叙事和历史书写》,《电影艺术》2018 年第 2 期。
② 文卫华:《〈致青春·原来你还在这里〉:青春片不应只有爱情》,《光明日报》2016 年 7 月 25 日。

义核心价值观,以接地气、深思考、撼心灵的正能量表达直抵人心,还是趋附消费文化和泛娱乐化,以"娱乐至死"的心态去玩转青春?是将历史表现虚无化,仅仅描绘抽离具体时代环境的"情"与"爱",还是以责任感和使命感表达对现实人生的关怀和反思?在乱花渐欲迷人眼的青春片发展中,这些问题如果未能获得完满的解决,就有可能导致青春片的单一化、模式化和庸俗化,丧失表达的活力和锐利,最终丧失观众。这正如阿诺德·豪泽尔所言:"经济上和文化上没有地位的社会阶层无论对精英艺术还是对通俗艺术都没有明确的态度。他们是以非艺术观点来看待艺术作品的成就的。他们对作品的美学价值——即艺术上的优劣——常无动于衷,关心的只是作品是否涉及他们的实际利益、是否反映他们的思想和目标。"[①] 青春片的主体受众以"90后"和"00后"为多,他们可能也关注电影的艺术性,但对他们而言,更多的时候,电影是人生指南针和教科书。

从20世纪70年代末到21世纪10年代,四十年弹指一挥间。中国大陆青春片与中国的改革开放历程同声共气、同行并进,以影像的方式生动呈现了当代社会文化的变迁与发展,也寄寓着古老中华的重焕青春。祈望中国大陆的青春片,以四十年前的改革开放为起点,以21世纪中华民族伟大复兴为旨归,凤凰涅槃、再塑经典。

---

① [匈]阿诺德·豪泽尔:《艺术社会学》,居延安译,学林出版社,1987年,第232页。

影视艺术教育：以人为本的美育

在当下以视觉影像为主体的融媒体时代，影视艺术无疑扮演着不可或缺的重要角色。自20世纪90年代以来，电影、电视和网络视频叠加，在对报刊等传统印刷传媒形成巨大冲击的同时，亦在无形中塑造或者重塑了人的"阅读"方式、语言方式、生活方式和思维方式。除传统的文字之外，影像也正在成为伴随青少年成长的基本语言方式、情感传达方式和审美表现方式。因此，在诸种教育形式中，影视艺术教育正逐渐凸显其重要性，并成为学校德育和美育的构成要件，是"体智德美"整体育人计划和目标的重要一环。

一

美育是运用以艺术为主体的各种媒介手段，通过审美形象的感染作用塑造人的情感、思想和能力的教育形式，其目的在于实现人的全面发展。与智育、体育相比，美育更重形象性、情感性、精神性和创造性。作为美育的重要组成部分，诞生仅百余年的电影和电视，与需要借助于语言文字表情达意的文学有所不同。它们有着特别的艺术呈现方式，诸如包含自然美、社会美和人生美等在内的多元艺术形象显现的直观性，身临其境的逼真性和代入感，视听冲击力和奇幻感，以及或纪实，或玄幻，或穿越地对现实生活作直接再现或曲折表达等。这些特别的呈现方式，显然更易于为当下的青少年所接受。

"优秀的电影，可以让人们同时看见三重世界：理想世界的影子、生活世界的镜子、心灵世界的自我。"影视编剧、儿童文学作家李西西的这句话正是对影视艺术作为人生全过程全方位教育的一个独特读解。在这里，"理想世界""生活世界"和"心灵世界"通过影视展现出来，使人产生对现实与未来、物质与精神的深入认知与思考。这种全过程、全方位的美育，更多也更为重要的是指从人的牙牙学语到长大成人这一过程的教育，是谓"全时教育"。在人的幼年、童年、少年到青年的成长中，包含影视艺术在内的"体智德美"的培育贯穿始终，这对于人的世界观、人生观、价值观、道德观和美学观的形成至关重要且不可或缺。影视艺术对于人的成长影响是全方位的，它不仅对青少年包括情感、审美、气质、个性的心理要素的培养起到关键性作用，同时也会作用于其机体的正常发育、社会经验和行为规范的养成。这种美育并不局限于幼儿园或中小学校园，在家中或公共区域都可以实施。它打破了教育的时空限制，更具教育的自由度、多方位和多层次，可谓"全域教育"。《关于加强中小学影视教育的指导意见》中提出"使观看优秀影片成为每名中小学生的必修内容，保障每名中小学生每学期至少免费观看两次优秀影片"的要求，无疑是全过程全方位影视艺术教育的一个重要的实践方式和实现路径，它将会使影视艺术教育形成"全时"和"全域"态势。

二

"全时"与"全域"是影视艺术教育的突出特点。但实际上，在实施这种教育的过程中还应当充分体现其阶段性和差异性，即根据人的不同年龄阶段，实施不同内容和形式的影视艺术教育。这正如《关于加强中小学影视教育的指导意见》里所说，"加强中小学影视教育，必须遵循中小学生年龄特点和认知规律"。

学龄前儿童对于影视艺术作品的欣赏大多着眼于内容的评判，对作品的艺术表现技巧和方法等形式要素不太在意；处于小学高年级和初中的少年则具有把握影像语言的审美感受和审美评判的初步能力；高中和大学阶段的学生已形成比较成熟的审美观和较强的影视评论能力等。因此，影视艺术教育需要依据不同年龄阶段人的审美认知特点和规律，有针对性地"因材施教"，以获得实效。针对不同的年龄段，推荐各具代表性的影片，由浅入深地解析"公益"和"自信"的内涵，不仅使不同年龄段的孩子能够认知把握并铭记于心，也能够使其在愉悦观影过程中自然而然地获得对于不同类型剧情片以及动画片艺术的体味和感知。可以说，注重阶段性和差异性，是影视艺术教育实施是否有效、是否成功的评判标准之一。

在当下,我们应当积极开展全国性的影视艺术教育调研活动,深入了解大中小幼等不同年龄阶段学生的影视教育现状,以及不同地区影视教育的差异,编撰针对不同地区、不同年龄阶段青少年的影视艺术教育教材或读本,尽可能做到因地施教、因材施教,使影视艺术教育工作的开展更具针对性和实效性。

三

影视是典型的大众艺术,诚如著名电影编剧和作家柯灵所言,"电影是一种最富于群众性的艺术""电影观众比任何文学艺术的读者和观众都多得多,广泛得多"。"娱乐性"是大众艺术的一个重要特点,但正因如此,影视创作就更应当注重传达社会主义核心价值观的基本立场,使影视真正做到"寓教于乐",而不是"娱乐无底线",甚至"娱乐至死"。

从学校教育层面上说,"利用优秀影片开展中小学生影视教育,是加强中小学生社会主义核心价值观教育的时代需要,是落实立德树人根本任务的有效途径"。影视艺术类课程使得学生的学习更显生动性、趣味性和快乐性,更易于为人所接受。就社会教育而言,影视艺术教育可谓是有利于最广大人群的教育。它将正确的世界观、人生观、价值观等通过美的形象传播出来,做到"寓教于乐""寓美于乐"。人在年少时观看《钢铁是怎样炼成的》《地道战》《地雷战》和《南征北战》等电影,观看《渴望》《亮剑》《奋斗》《西游记》等电视剧,其观影体验往往会使之铭刻在心,甚至影响其一生,对其人生观、世界观和价值观的形成起到至关重要的作用。

四

影视艺术教育作为美育的一个重要分支,其所注重的是人的审美的能动性和创造性。在审美活动中,人的形象思维异常活跃,并伴随着抽象思维和灵感思维,其感知、情感和想象潜能被激发出来,创造力亦由此产生。从某种意义上说,没有想象,就没有艺术。影视艺术是综合性艺术形式,其中的"编导演服道化"就包含了文学、摄影、美术、音乐、建筑等艺术成分,它们都具有创造性要素。

近年来,以崛起的科幻电影为代表、融合现代高科技的电影工业的发展,对于以人的想象力和创造力为代表的综合能力的养成便具有重要作用。网络影像时代促成了人类生活的巨变,我们理应敏锐把握,并努力将影视艺术教育向广度、深度和高度持续推进。

电视电影的现实关注与文化立场

一

中国电影在近十年获得了长足之进步。这种进步既包含电影数量的激增和一些有颇具票房影响力的影片的出产,更为显明的是指得益于经济转型的电影产业化和市场化机制的逐渐成熟,这正如有关人士所感慨的那样:"回想中国电影业的这10年,多少有些让人恍惚:从本土电影一败涂地,一年也出不了几部观众愿意自费观看的电影;'抵抗好莱坞电影侵略'成为时髦话题,电影界人士苦苦思索韩国电影的自强之道,法国电影业的配额制度受到研究;中影公司只能靠垄断外国大片上映权维持生计,'华谊兄弟'还是个没人知道的小公司,到转眼间'麻雀变凤凰',电影业开始繁荣——观众进入影院,院线兴建,资金进入电影制作、发行领域,明星、导演受到追捧,甚至有多家影业公司已经或正在筹划上市。看起来,中国电影突然从冬天进入了春天。"① 电影产业和市场的繁荣,在我们这个相比较美国等西方国家电影事业仍显落后的国度,固然有十分重要的意义,但这并不能代表或者说明中国电影艺术质量的与日俱增,因为对于电影的精神内涵和艺术水准的质疑和拷问其实也在一直伴随着新世纪电影的十年旅程。从这个意义上讲,我觉得十年电影的长足进步还应该包括电视电影的诞生和成长。这不仅因为电视电影是一种融合电视和电影元素的新的跨类型影像形态,更重要的是,从它的大多数影片中所表现出来的写实主义电影风格及其文化立场给予我们以某种欣慰和信心。从20世纪90年代末至今,以中央电视台电影频道电视电影为代表的中国电视电影发展迅猛,它们具有制作成本较小、受众层面广、观看空间自由、观看主体性强等适应电视传播的诸多特点。与拥有大制作、大成本、大场面和大明星的"大片"相比,它们大多体现为小制作、小成本、小场面和小演员的"小片"。然而,某种意义上说,"小片"不小。在人们指斥中国电影,特别是一些所谓"大片"漠视现实、戏说历史之时,电视电影对于现实的直击与关注,以及由此所显示出来的文化立场成为其显明的标志与亮色。而对于现实生活的反映和揭示,其实正是自卢米埃尔兄弟以来电影现实主义传统的应有之义,克拉考尔的"物质现实的还原"理论,更是十分明确地设定了电影作为一种记录和揭示现实艺术的基本取向。

---

① 南方人物周刊编辑部:《中国电影文化复兴的样本,还是短暂的小阳春?》,《南方人物周刊》2009年第51期。

二

中国电视电影的这些特点，在第十七届北京大学生电影节电视电影单元参评作品（中央电视台电影频道选送）中得到了鲜明的体现。总的来看，它们大多秉承写实主义电影风格，通过对当下普通人生活与生存状态的表现，直面当下现实生活中的种种矛盾与冲突，并显明地表达出编导者以传统人生观、伦理道德观和价值观为主体的文化立场。

与"大片"中大场面渲染和人物群像塑造有所不同的是，电视电影侧重于在相对具体的生活场景中表现一至两个核心人物，对人物在现实中复杂生存状态的表现和内在精神的传达是其重要特点，也是其侧重于写实风格的基本趋势。在诸多电视电影中，编导们不仅没有回避甚至还将人物，特别是剧中的主要人物置身于现实的复杂生态中来表现。《无蝉的夏天》中围绕男主人公谈阳的生活环境并不理想——表哥背信弃义、怯懦无为，"赌友"唯利是图、蛮横无理；《从原点开始》里男大学毕业生回家乡当山村教师，在城乡生活的巨大反差中体验事业困惑和爱情危机；《骆驼圈》中曾经作为"杀人犯"的刑满释放人员素兰出狱后遭遇世人甚至孩子冷眼和侮辱；《方队》里国庆阅兵女兵方队队员戴蓓蓓之妹为求得一夜成名不惜弄虚作假；《独当一面》中功利与势利的女老总望女成凤攀附高枝；《火线追凶之血色刀锋》里专杀富人的割喉罪犯丧失人性、变态凶残；《铁流1949》中主人公刘铁柱面临从硝烟弥漫的战场奉命撤出、立即参加开国大典阅兵训练的急速转折。这些影片将人物置身于或无序，或险峻，或复杂的环境之中，其目的正是在于使人感知和把握处于转折时期中国普通人的情感、思想、价值观的博弈与冲突，其中，显示主要人物在应对这些环境时候的精神状态成为影片所要着力表现的内容。对于主要人物精神状态的传达应当说可以有多个途径，正面或负面、向上或向下、冷意或暖意、猎奇或写实等都能够构成一部电影状写人物境界的通道。与在内容和形式上主要表现社会负面与黑暗、人性堕落与丑恶、道德沦丧与腐败的美国等西方黑色电影不同的是，在中国的电视电影中，"令人印象深刻的是在呈现人物精神世界时，不去开掘与赞赏人的负面精神奇观和人性猥琐，而专注于描绘人心向善、向上的人文情怀，展示人与社会、时代前行的精神力量和道德力量，体现作品先进的人文立场和文化立场"①。也就是说，在复杂的生存状态中，通过与阴暗、欺骗、浮躁、猥琐、懦弱、势利、邪恶、变态、背叛等代表当下社会人生和道德负面情状的对比，从理解、同情甚至赞赏的视角描述或底层或普通或小人物的真善美，展示他们"富贵不能淫、威武不能屈、贫贱不能移"的精神境界，以及由他们的言行所标示的时代主流人生观、道德观和价值观，成为大多数优秀电视电影的不懈追求。这其实正是对巴赞所言电影"是'高尚'的最后避难之地"的形象阐释。巴赞曾在《导演德·西卡》一文中明确指出："对于电影来说，热爱人是至关重要的。如果我们不首先探索弗拉哈迪、雷诺阿、维果，尤其是卓别林的影片所反映的特有爱心、温柔和感伤情绪，那就不可能透彻理解他们的艺术。我认为，电影是名副其

---

① 赵葆华：《倚重文学精神和思想力量》，《文艺报》2010年6月2日。

实的爱的艺术,这一点胜于任何其他艺术品类。"①《铁流1949》的故事时间并非发生在当下,而是在1949年的开国大阅兵之际。红九连连长刘铁柱作为影片主角,是一个英勇善战的硬汉。正当他率部与敌激战之时,上级命令其撤退接受新任务。当这个满脑子"战斗"的热血军人得知新任务并不是战斗而是参加国庆阅兵选拔、进行立正稍息走正步的队列训练时,他一下子蒙了。影片通过"洗澡""换衣""体检"等多个场面的表现,凸显其在突然的转折面前的不知所措。在经历了许多事情之后,刘铁柱终于转变了思想,成为大阅兵训练中的优秀分子。此部影片并非对当下生活的呈现,但主角刘铁柱的转变,其实正是对转折时期人的观念、行为和价值观变化的隐喻,这种隐喻在暗示观众,人生道路的转折时期不可避免地会遭遇个人的情感或理想的挫折,甚至冲突,但最终只有那些与时代风尚同行,与国家民族利益一致的人,才能够获得积极向上的人生境界、意义和价值。《玛依拉的天池》表现出对新疆少数民族、歌舞、喜剧和风光等多种题材元素的融合,同时也表达出多种主题取向——诚实与欺骗、爱情与青春、现代与传统、汉族与少数民族(哈萨克族)等。女主人公朱丽集这些主题取向于一身。朱丽为了实现自己的原创音乐梦想,冒名顶替村长的外甥女玛依拉参加比赛,被玛依拉少年时的恋人哈里识破。朱丽经受了诚实与欺骗、求实与求名等的考验,最终回归到诚与实、真与善的道德层面上来,使之因诚实而可爱,因善良而美丽。

---

① [法]安德烈·巴赞:《电影是什么?》,崔君衍译,文化艺术出版社,2008年,第294页。

类似台湾电影《六号出口》的《歌舞日记》表现的是大学校园青春题材，具有歌舞片的质素，男主角多吉和女主角索拉是某学院歌舞系学生。影片围绕他们参加学校组织的歌舞比赛展开故事，其间，编导没有回避新一代青年在名利、情爱等问题上的自私心理、浮躁情绪和矛盾心态，但在一个皆大欢喜的结局中，还是将爱心、坦诚、善良和勇气等具有暖意的精神状态凸显出来。《骆驼圈》的女主人公失手杀害了实施家庭暴力的丈夫，20年后成为一名刑满释放人员。在孑然一人、无家可归之时，被草原牧民收留，开始了放养骆驼的生活。电影充分展现了其在重新融入社会时的艰难与困惑，与亲生女儿面对又不忍心相认的痛苦。影片着力表达的是女主人公以坚忍、母性、善良和爱意获得社会认可，最终走出阴影、自立自强、重获新生的精神炼狱之旅。这些电视电影所体现出来的人物精神内涵和境界，大多不是单一地直接呈现，而是以复杂的生活环境为背景，在与负面社会心理和价值取向的博弈中展开。由此，我们可以看到，展示人生或人性的暖意、发掘隐含在人物身上的真善美，不仅仅是生活本身的力量指引，也是艺术对于人生境界的提升，是电影艺术家对于社会运行的态度、立场和理想。电影作为大众艺术，其在娱乐大众的同时，也应该以艺术形象引领大众、提升大众，因为，在某些时候，大众的心理、趣味和情感常常处于不稳定的游移状态。这正如法国社会心理学家古斯塔夫·勒庞在谈到大众（群体）的感情和道德时所言："群体永远漫游在无意识的领地，会随时听命于一切暗示，表现出对理性的影响无动于衷的生物所特有的激情，它们失去了一切批判能力，除了极端轻信外再无别的可能。……群体是用形象来思维的，而形象本身又会立刻引起与它毫无逻辑关系的一系列形象。"① 因此，塑造具有向上、向善、向美时代精神和道德力量内涵的人物形象，使大众的心理、趣味和情感取向稳定，电影至少能够在暗示层面上对大众精神指向的真善美起到"润物细无声"的作用。而电视电影具有"小"的表现视角、内蕴丰满的核心人物、极具写实感的现实化环境，尤其适合表达这样的精神暗示。当然，这样的表现不应当成为对严峻现实做出逃避的托词，尽管诸多的电视电影也在一定程度上为我们展示了当下现实社会的负面元素。我们是在更高层面上希望电视电影在展示人性和人生暖意的同时，用另一只眼"直面惨淡的人生"，也许这会使得其内涵更为丰厚和深沉。

三

对于当下中国社会普通人生存状态的关注，对于现实人生矛盾与冲突的描述，以及由此所透射出的人性与人生的暖意，又内在地传达着近年来电视电影的文化立场。无论是编导们的主观故意抑或是无意，这种文化立场都在不同程度上显出对于传统人生观、伦理道德观和价值观的肯定，譬如《无蝉的夏天》所体现的仁义、诚信、宽容、博爱、勇于担当，《骆驼圈》所诠释的善良，《独当一面》和《玛依拉的天池》所昭示的诚实、守信，《铁流1949》和《方队》所表达的忠诚，《从原点开始》所宣示的执

---

① [法] 古斯塔夫·勒庞：《乌合之众——大众心理研究》，冯克利译，广西师范大学出版社，2007年，第59页。

着等。即使是类似《火线追凶之血色刀锋》和《歌舞日记》等具有悬疑、歌舞特性的影片，这样的文化立场的灌注也是显而易见的。我们不妨将此视为电视电影的编导者对当下社会流行的人生观、道德观和价值观所做出的一种反思姿态。这在很大程度上与当代的一些后现代电影所奉行的道德犬儒主义和感官快乐原则相悖，显示出编导理念中传统观念与流行观念间的冲突和差异。这种情形，令人不能不想起20世纪80年代中期风行于文坛的"寻根小说"，以及90年代初期文化研究领域兴起的"国学热"。这两次对于传统的"回眸"，恰好都是中国改革遭遇阵痛、道德遭遇冲击、价值观面临危机的关键时期。人们将目光投向传统，希冀回到传统寻找我们的文化之"根"，用以增强民族自信心或力图以此解决转型时期所遇到的前所未有的问题。当21世纪中国加快经济转轨和社会转型步伐、社会各阶层矛盾日渐突出的时候，当具有浓厚农业文明的前现代文化、具有鲜明工业文明特点的现代文化，以及打上网络信息时代烙印的后现代文化同时并存于中国当下社会的时候，当"娱乐至上""票房至上"已愈来愈成为一些电影机构或电影人的基本观念的时候，一部分电影人再一次向传统的人生观、伦理道德观和价值观或寻求答案或寻找支点或寻觅慰藉就成为一种必然。在这个意义上说，向传统寻根一直是30年来伴随改革开放主旋律的一个鲜明的变奏。当然，除此之外，电视电影所传达的这种文化立场，也许还是一种对于时下大众精神状态的迎合。在电视这样一个以家庭为中心的社会各阶层关注的大众传播通道里，电视电影的这一立场不啻反映着当下中国人在社会转型、利益冲突、信仰缺失的情形下所面临的人生困境、道德困境和价值困境,而向传统人生观、伦理道德观和价值观的求助似又成为突破困境的重要途径。在《无蝉的夏天》中,主角谈阳就是一个倾注编导文化立场的典型角色。这是四川小县城里一个靠开车跑运输维持生计的男青年,可以说他是一个处在底层的普通人,但这丝毫没有影响他成为一个"好人",一个有情有义、勇于承担、善良仁厚、诚实宽容的"好人"。正因为他的这一个性和品质,我们便不难理解他对于好赌成性、信义丧失、懦弱无为的表哥的宽宏大量与仁义,对于表哥嘱咐其关照的怀孕的女朋友的关爱与细心,对于有些老年痴呆并沉溺于往事和川剧的二爹的耐心和孝顺,对于向表哥索债的蛮横之人的淡定和诚意。即使是表哥的女友对谈阳由感激到欣赏再到爱慕,谈阳也只是发乎情、止乎礼,并未乘人之危,将表哥女友占为己有。如果从当下流行观念视之,这是一个不合时宜的"瓜娃子"(傻瓜),但他却是一个"瓜得有盐有味"的人。这里的"有盐有味",其实正是传统人生观、伦理道德观和价值观之基本元素的形象说辞。"无蝉的夏天"似乎是对工业文明逼近之下日渐衰败的农业文明、传统文化和自然生态的一种隐喻,它暗示着影片编导的某种隐忧。而作为一个"有盐有味"的人,主人公谈阳正是这个因为无蝉而无趣寂寞甚至变异的夏天恢复生机的"救心丸"。《独当一面》讲述的是一个具有70年历史的雷家面馆的故事,作为"80后"青年,雷家孙子雷峻在爷爷去世后面临放弃还是坚守面馆的抉择,经历一番波折之后,最终他选择继承爷爷家业重振"雷家面"。这个故事发生在当代,关涉的却是传统饮食文化的传承问题。影片传达出这样的信息:"雷家面"作为非物质文化遗产，它代表着传统、品牌、个性和声誉，以诚实守信和敢于担当的态度传承之、光大之，不仅是当代商家的职业操守之所在，更是作为一个青年创业者和守业者必备的责任。当然，这也代表着编导弘扬传统人生观和价值观的基本立场。

在道德失衡和价值失衡的今天，从近年电视电影中所表现出来的求助传统理念的倾向，本也是无可厚非的，这或许是社会与人生解困的一种途径。特别是在经济全球化一体化背景下，对于文化地域性和独特性的强调，对于文化"被同一"与"被吞没"的焦虑，就并非杞人忧天，也并非无稽之谈。但另一方面，我们也应该清醒地认识到，在传统文化秩序遭遇危机、新文化秩序尚未完全建立的当下，我们应当积极推进的恰是制度创新和传统转化。正如著名学者林毓生所言："建立民主和法治的制度与推行中国文化传统'创造性转化'。易言之，新的政治秩序与新的文化秩序的建设是现代中国人民最根本的任务。"① 因此，从这一角度讲，近年电视电影所传达的文化立场还可以继续向前推进一步，在弘扬传统人生观、伦理道德观和价值观的同时，探索表现现代中国新的人生观、伦理道德观和价值观，特别是要表现将中华民族传统观念与世界普世性人生观、伦理道德观和价值观的融合为一的社会主义荣辱观。就更为具体一些的表现譬如伦理道德观而言，在继续弘扬中华民族传统伦理道德观的同时，对具有当代内涵的生态道德观、人口道德观、职业道德观和"英雄"道

---

① 林毓生：《中国传统的创造性转化》，生活·读书·新知三联书店，1988年，第328页。

德观等的确立和表现，就应当成为电视电影的一个趋向和目标。如果能够做到这些，我以为中国的电视电影就会镌刻进更多的新的精神品质，以及更具时代意识的文化立场。不能说近年的电视电影对这样一些探索完全没有涉及，但总的来看仍然存在诸多缺憾，当然也就预示着其具有丰富而阔大的表现空间。

因为具有关注现实、表现民生的导向，以及传达传统人生观、伦理道德观和价值观的基本文化立场，近年的电视电影在美学形态上主要呈现为带有写实色彩的正剧，部分具有喜剧色彩，但几乎没有悲剧，剧情基本呈现为大团圆结局。这也许一方面是为了适应中国电视受众的心理需要，另一方面，这也是中国文艺传统使然。然而，在我看来，探索包括悲剧在内的多种电影美学形态的表现，对于中国的"大片"来说十分重要，对电视电影这样特殊的跨类型影像形态也应成为必然。因为，即使是从电视受众的角度来看，不同文化层次的人对于电视电影的诉求也应当有所区别。况且，对于基本或大多呈现为写实风格的电视电影来说，尊崇现实主义叙事法则也是非常重要的，这种法则的一个主要方面，按路易斯·詹内蒂的意思就是"反感伤主义的观点，摒弃轻浮的大团圆结局、想入非非的心愿、奇迹般的痊愈和其他伪乐观主义形式"①。因为，在表现现实情状、直击人生百态、传达文化观念等方面，电视电影有其独特的存在价值和影响力，这种价值和影响力不仅不会逊色于银幕电影，甚至还有可能获得某种程度上的逾越。

---

① [美]路易斯·詹内蒂：《认识电影》，崔君衍译，中国电影出版社，2007年，第359页。

贺岁片与软实力

一

作为中国文化形象的重要代表，中国电影在新的世纪已经走过了整整十年。在历史长河中，十年只是弹指一挥间，但对于中国电影来说，却具有十分重要的意义。这个意义主要在于，电影产业化进程的来临和加速，电影业由式微转向繁荣①。显然，电影作为工业和后工业时代的产物，既显示着国家之经济与科技

---

① 《南方人物周刊》（2009年第51期）发表的《中国电影文化复兴的样本，还是短暂的小阳春？》一文指出："回想中国电影业的这10年，多少有些让人恍惚：从本土电影一败涂地，一年也出不了几部观众愿意自费观看的电影；'抵抗好莱坞电影侵略'成为时髦话题，电影界人士苦苦思索韩国电影的自强之道，法国电影业的配额制度受到研究；中影公司只能靠垄断外国大片上映权维持生计，'华谊兄弟'还是个没人知道的小公司，到转眼间'麻雀变凤凰'，电影业开始繁荣——观众进入影院，院线兴建，资金进入电影制作、发行领域，明星、导演受到追捧，甚至有多家影业公司已经或正在筹划上市。看起来，中国电影突然从冬天进入了春天。"

的硬实力，同时也彰显着国家文化的软实力。如果说，一国之经济、科技和军事成就了一国的硬实力的话，那么，一国之观念、思想和意识形态等文化实力其实就代表着一国之软实力。它是一个国家综合国力的重要体现。20世纪90年代初，美国哈佛大学教授约瑟夫·奈提出了软实力（Soft Power）的概念，"认为软实力即国家的文化力量，包括三种力量，一是对他国产生的文化吸引力；二是本国的政治价值观；三是具有合法性的和道德威信的外交政策"①。可以说，国家的软实力具有多载体呈现的特质，电影文化是其中重要的元素，而中国贺岁片又是中国电影品牌最为集中的代表，是具有中国当代文化特色的"电影名片"。尽管贺岁片在中国大陆出现的时间不长，但若从中国当代文化的格局观之，它无疑应该是承继、弘扬和传播中国传统与现代本土文化的重要一极，在全球经济一体化的今天，传承与光大本土文化，凸显国家与民族个性，对于国家形象的塑造以及国家软实力的强化与提升都极具深远的意味。当然，我们这里所说贺岁片在中国当代文化和国家软实力中扮演的角色是就其总体质素而言的，它也许还带有某种理想化色彩，因为，近十年贺岁片的发展给予我们的仍然是一个喜忧参半的现实。

二

贺岁片的概念来自中国香港，从20世纪80年代起，香港

---

① 转引自"百度百科"。

的一些著名影视明星在岁末春节期间以自发自愿、不计片酬为原则，拍摄以"搞笑+动作"式喜剧内容为主体的电影，其本意是祝贺新年、迎新纳福、恭喜发财、祝福阖家团圆，带有浓郁的中国贺年文化色彩。也正是因为贺岁片上映的档期集中了喜庆、吉利、休闲、欢乐等因素，故而又使之具有浓厚的商业色彩，成为香港电影业追逐利益最大化的主战场。从1998年冯小刚拍摄的第一部贺岁片《甲方乙方》开始，中国大陆在进入新世纪之后逐渐掀起了愈演愈烈的贺岁片文化大潮。反观近十年的大陆贺岁片前行轨迹，我们完全可以清晰地看到一条中国电影艺术的复苏、壮大和成熟的路径，可以看到中国电影产业化和多元化的脉动，可以看到中国电影走向世界的可能性，这无疑是值得庆幸的。但如果我们将其提升至代表和彰显中国国家文化软实力的高度来衡量的话，中国大陆贺岁片的现状应该说还不能令人十分满意。其中一个很重要的表现就是，当代中国人独特而深刻的对于现实的关注、对于历史的反思、对于民生人性和人类的关怀，以及对于中华现代文化精神的发掘与弘扬等，还未能在其中得到充分的体现，狂欢化娱乐的导向仍然十分突出。其中的缘由与中国贺岁片的发源地——香港贺岁电影的基本理念和模式有关，另一个原因也许就来自美国好莱坞电影中"电影即娱乐"的观念。尽管经过新世纪十年的发展，人们已经逐渐认识到电影不仅是艺术，也是商业、娱乐，甚至是宣传的多元化功能，但我以为目前由中国贺岁片狂欢化娱乐所导致的譬如内涵浅薄与形式粗糙、专注视觉冲击、商业目光、同质化与趋同性等问题仍然不可小视。"狂欢化娱乐"是我对于巴赫金"狂欢化"理论的一个借用。在《陀斯妥耶夫斯基诗学问题》一文中,巴赫金曾详述过欧洲中世纪的狂欢节活动,他指出:"中世纪的整个戏剧游艺生活,具有狂欢式的性质。中世纪晚期的各大城市(如罗马、拿波里、威尼斯、巴黎、里昂、纽伦堡、科隆等),每年合计起来有大约三个月(有时更多些)的时间,过着全面的狂欢节的生活。不妨说(当然是在一定的前提下这么说),中世纪的人似乎过着两种生活:一种是常规的、十分严肃而紧蹙眉头的生活,服从于严格的等级秩序的生活,充满了恐惧、教条、崇敬、虔诚的生活;另一种是狂欢广场式的自由自在的生活,充满了两重性的笑,充满了对一切神圣物的亵渎和歪曲,充满了不敬和猥亵,充满了同一切人一切事的随意不拘的交往。"① 在这里我们可以看到,取消等级、消解权威、自由亲密、粗鄙宣泄是"狂欢节"的核心要素,巴赫金并没有否定甚至还肯定了狂欢节式生活给欧洲文艺带来的巨大影响。我们所要强调的是,在一个缺乏现实反思和人文关怀的社会转型时期,在一个亟须振奋民族精神、弘扬民族文化的国家崛起和复兴的关键时期,中国的贺岁电影是否就一定要或者说仅仅只是与喜剧、休闲、轻松、逗乐、调侃和打闹相联?一定要或者说大多数情况下与缺少文化含量和艺术品位的所谓"商业片"相联?的确,中国内地贺岁片与香港贺岁片在档期、内涵和商业运作等方面有相同之处,因为后者是前者之师。但我以为二者也有许多的不同,它表现在现代文化传统、意识形态观念、受众的观影习惯

---

① [苏]巴赫金:《诗学与访谈》,白春仁、顾亚玲等译,河北教育出版社,1998年,第170页。

以及文化质素等等方面。我并不反对中国内地贺岁片的狂欢化娱乐特性，但我更强调它的现实品格和精神的引领功用，不希望它给予受众的仅止于快餐式的笑。20世纪80年代美国著名媒体文化研究专家尼尔·波兹曼在谈到当代文化时就曾做过这样的预言："在这里，一切公众话语都日渐以娱乐的方式出现，并成为一种文化精神。我们的政治、宗教、新闻、体育、教育和商业都心甘情愿地成为娱乐的附庸，毫无怨言，甚至无声无息，其结果是我们成了一个娱乐至死的物种。"[①] 我当然希望波兹曼的这个预言不要在中国成为现实。

2008年，以都市平民为表现对象，以逗乐、调侃和讽喻为特色的"冯氏贺岁片"发生了重要转变，导演冯小刚拍了一部与他自己过去所有的贺岁电影迥然有别，又几乎与传统意义上的贺岁片大相径庭的《集结号》。在这之前，冯氏喜剧也触及一些社会人生或人性问题，但大多仅止于幽默调侃、自我解嘲等情感表达和情绪宣泄，未能进入更为深刻的层面，因此，常常是浅尝辄止。同一年，另一位导演——来自香港的陈可辛拍了一部似乎并不那么打斗的《投名状》。这两部电影，特别是《集结号》通过连长谷子地数十年对战友的寻找，深刻展示了生命价值的可贵、英雄荣誉的崇高以及人生追寻的执着这样一些颇具悲壮感，而非喜剧性的情感与行动。它与长时间以狂欢化娱乐为价值取向的贺岁片发生了微妙的错位，从而预示着中国内地贺岁片的某种转

---

① [美]尼尔·波兹曼：《娱乐至死 童年的消逝》，章艳、吴燕莛译，广西师范大学出版社，2009年，第5—6页。

折或觉醒。它们似乎在告诉人们,对现实和历史的严肃关注和反思,对人生和人性的审视与关怀,可以并且应该成为贺岁电影的应有之义、成为贺岁片的核心。因此,我们应当呼吁并倡导在贺岁片中形成多元化的表现理念,即在贺年狂欢化娱乐之中,不要忘记中华现代文化和民族精神等元素的发掘和展示,不要忘记现实反思、民生关怀和人类意识等元素的嵌入与弘扬。尽管有许多的不如意,但近十年来仍然还有《三峡好人》《云水谣》《手机》《天下无贼》《落叶归根》《长江七号》《周渔的火车》和《一声叹息》等贺岁片对现实社会、人生人性给予了相当程度的关注。贾樟柯的《三峡好人》纪实性地呈现了奉节拆迁民工的生活和当地的市井状态,重点讲述的是山西煤矿工人韩三明和女护士沈红分别来奉节寻妻和寻夫的故事。影片名为"三峡好人",实际上"好人"皆凡人。凡人有俗的一面,如贪念、权欲和野心,但凡人也是好人,即有信念并且执着的普通人。这是对中国底层民众生存现实的写实,也是对当下为富不仁现象的反思。《云水谣》以片中男女主角陈秋水和王碧云的感情纠葛为描述主线,将这一对恋人的情感历程投放在近60年从台湾到朝鲜再到青藏高原的历史时空之中,使现实与历史、人生与人性、爱国情与家国恨等交织互现。在《长江七号》中,香港喜剧明星周星驰用现实与幻想相结合的方式演绎出底层人生活的悲凉与无奈。《周渔的火车》讲述的是美丽善良的女性周渔,在清贫忧郁的男诗人和粗犷有魅力的男青年之间逡巡不前,表现出现实中情感选择的困境。《手机》中演员葛优扮演了一个说实话栏目的节目主持人,但他在生活中又处处遭遇谎言,影片涉及现实生活中的诚信、忠贞与虚伪、欺骗等问题。《一声叹息》真实而细腻地展现了当今社会生活中普遍存在的婚外情现象。《天下无贼》则是一个鼓励浪子回头、积极向善的故事。可以说，这些影片在不同层面上显示出贺岁片的新希望。它们初步彰显了当代中国人的社会主义核心价值观，以及电影作为社会文化、传播文化、艺术文化、市场文化和国家文化载体的基本功能，使人看到了电影承继、弘扬、传播中国传统文化和现代文化，提升国家软实力的责任意识。

三

有人说，21世纪是中国的世纪，我以为，从经济发展的角度我们可以做这样的认同，因为在西方陷入金融危机的时候，中国经济一枝独秀。而且我们已开始不满足于"中国制造"——做全球的大工厂、生产基地，要致力于"中国创造"。在文化上，我们是否也到了需要"中国创造"的时候呢？回答当然应该是肯定的。中华文化泱泱五千年，传统意义上的文化实力有史为证、不言而喻。但自近代以降，中国文化对于世界的影响力不仅日渐萎缩，而且在文化建设上，我们还曾经长期处于"被文化"和"被建设"状态，成为苏俄及英美等西方国家文化的仆从，理论失语、创作水平低下致使文化创造沦为空想。所幸的是，近年来中国经济飞速发展带来了综合国力的日渐增强。从世界大国崛起的经验来看，中国作为几千年历史的文明古国要全面崛起和复兴，必须要有遍及世界影响的现代中华文化的支撑。也可以这样说，中国的复兴首先应该是中华现代文化的横空出世，即国家软实力的强盛和壮大。美国在二战之后崛起成为世界头号大国，很大程度上就与美国文化的崛起和传播密切相关，其中美国电影功不可没。反观好莱坞的经典类型电影，诸如西部片、二战片、歌舞片、家庭伦理片等几乎都是对于现实美国精神和美国文化的形象阐释。正如霍华德·苏伯所言："电影不是现实世界的镜子，它是现实世界的解释。"① 这些并非机械模仿现实，而是渗透着美国文化理念的电影同样带给中国观众，特别是年轻一代观众以重要的影响。中国何时能够出现《2012》《后天》这样一类在一些人看来是"杞人忧天"式呓语的影片？我为这样极具想象力和现实批判精神，同时又充满着人类终极关怀和忧患意识的"想象灾难片"没有能够在中国出现深表遗憾！这是我们的政策原因，还是中国电影人缺乏想象力，甚或是还没有树立起人类终极关怀的基本意识？

国家软实力的核心是一种能够具有生命力、凝聚力、创新力、辐射力、影响力的民族精神和民族文化，这样一种精神和文化愈是深厚特出并富有现代内涵，就愈是具备辐射、穿透和影响的潜能，所谓"愈是中国的，就愈是世界的"即此道理。当然，与约瑟夫·奈的"软实力"概念——"一国通过吸引和说服别国服从你的目标从而使你得到自己想要的东西的能力"有所不同的是，中国国家软实力的提升和扩展的目的应该在于使中华民族自立于世界民族之林，而不是通过提升和强化软实力达到使别国或

---

① [美]霍华德·苏伯:《电影的力量》，周舟译，中国人民大学出版社，2008年，第325页。

别民族臣服甚至顶礼膜拜的目的。作为中国内地电影的旗帜,贺岁片以生动的形象诠释和伸张当代中国人的社会主义核心价值观,既是凝聚中华现代文化、提升国家软实力的需要,也是其优长所在,更是其品位标志所在。学者张颐武曾言:"国家的'软实力'体现在高端上是核心价值和文化理念,而要在高端上获得成功必然要有'低端'的支撑,也就是必须要在文化产业、娱乐业和文化消费品产业上获得广泛的、持久的成功。没有这两个方向的工作,'软实力'的崛起就难以实现。……我们面临着将中国的特殊性的经验转化成为人类普遍性文化资源的过程,也就是中国价值普世化的进程。这要求一方面使中国文化和精神的高端方面进一步被了解,为世界文化对话提供一个重要的新视角;另一方面,也面临着大众文化生产和消费的成功运作和国际化水准的提高。没有后者,前者就会成为没有广泛性的精英化的抽象之物;没有前者,后者就容易变成曲意迎合和取悦。"[①] 在我看来,贺岁片刚好能够成为这里所说的"高端"与"低端"之间的桥梁和纽带。回眸新世纪十年,我们惊叹于以贺岁片为代表的中国电影的产业化跃进,以及由这种跃进所带来的初步的繁荣。但我们并不满足于此,更不能止步于前。在新世纪又一个十年即将开始之际,我们寄予电影的是,致力"中国创造",打造精品和经典,无愧于中国现代文化形象的代表。

---

① 张颐武:《文化产业的发展和"走出去"》,《光明日报》2006 年 9 月 29 日。

历史正剧审美的承传与新变

20世纪90年代以来，在消费主义和后现代主义，以及移动媒体为代表的跨媒介传播与接受的语境之下，戏仿、反讽、自嘲、无深度、泛娱乐的轻喜剧往往成为电视剧的流量密码，而倾向于对现实与历史进行真实再现和深度追问的正剧则日渐边缘化。近年来，多部以建党百年为表现对象的重大革命历史题材电视剧赢得广大受众的良好口碑，成为"现象级"剧作。近期播出的电视剧《数风流人物》即其中的典型代表。这部聚焦众多党史人物的"群像剧"因其对历史的真实再现、对人物形象的深描、陌生化效应和青春化叙事，为历史正剧审美的当代承传与发展增添了浓重的一笔。

一

历史正剧最为重要的审美传统即融合悲剧和喜剧的基本要

素，对历史进行艺术化的真实再现。此正如黑格尔论及正剧的特点时所言："但是把悲剧的掌握方式和喜剧的掌握方式调解成为一个新的整体的较深刻的方式并不是使这两对立面并列地或轮流地出现，而是使它们互相冲淡而平衡起来。……尽管各种旨趣、情欲和人物性格现出差异和冲突，通过人类的行动，毕竟可以变成一种协调一致的实际生活。"① 电视剧《数风流人物》可谓表现由五四新文化运动至中国共产党成立为止的《觉醒年代》的续集。但时空跨度比后者更大，该剧表现的是由中国共产党诞生至中华人民共和国成立，即1921—1949年共28年的历史流变。而这也正是中国现代历史最为波澜壮阔的一段时空，是决定中华民族命运的关键阶段。《数风流人物》以40集篇幅真实再现这段历史，呈现以重要历史事件为中心的主要历史节点，但详略十分鲜明，对节点只运用若干镜头进行概要表现，而不做深入具体的展开，可谓惜墨如金。其重点是对人物形象的深度再现，在呼应"风流人物"剧名的同时，凸显剧作与同类型题材剧的新意所在。因此，这部剧以时间顺序做结构，以五四运动和新中国成立分别作为叙述的起点和结点，在每一个主要史实时间段里表现各类人物，形成类似于老舍话剧《茶馆》的人像串珠式结构。

对人物作深描是《数风流人物》对真实历史呈现的重点和特点。在此，"深描"借用的是美国人类学家克利福德·格尔茨等人的概念，即相对于仅仅描述人的外在行为本身的"浅描"，

---

① [德] 黑格尔:《美学》（第三卷下册），朱光潜译，商务印书馆，1982年，第295页。

"深描"更注重探讨和展示人的外在行为背后的意识、动机和意义①。《数风流人物》立足于历史正剧所要求的主要人物与事件的真实，着力于展示生活的"肯定"和"否定"等两个方面，人物追求着历史逻辑的必然性，且蕴含着信仰、思想、坚忍、行动、自省和献身精神等，呈现出丰富而非单一面向的情感和性格。这部剧主要表现的是以毛泽东为代表的中共一大13位代表，以及李大钊、陈独秀、周恩来、朱德、刘少奇、任弼时、邓小平、蔡和森、邓中夏和罗亦农等重要的党史人物。众多的人物集群使该剧称得上是"数星星"电视剧，但这并非类似电影《建国大业》那样的电影明星聚集。这里的"星星"是指我党历史上那些熠熠生辉的创建者、发展者和牺牲者。用怎样的艺术方式呈现这些家喻户晓的中共党史里的真实人物，《数风流人物》之前的影视剧有过诸多探索和经验。这些探索和经验既是此类型剧进一步创作的基础和条件，也提升了创作的门槛和难度。值得欣慰的是，《数风流人物》在人物深描方面取得了可喜成绩，使重大革命历史题材电视剧创作得以实现新的拓境。

《数风流人物》主要从两个方面对人物形象作深描。一方面，是织就密集影像细节，将人物置于现代中国革命时期的尖锐矛盾斗争之中，在各式具有强烈戏剧冲突效应的"场"氛围里凸显人物的个性。这些"场"包括五四运动、二七大罢工、五卅运动、"四·一二"政变、第一次国共合作、南昌起义、秋收起义、遵义会议、红军东征等在现代中国革命史上具有举足轻重意义的

---

① ［美］克利福德·格尔茨:《文化的解释》，韩莉译，译林出版社，1999年。

历史事件。譬如，该剧第一集开篇即直接呈现五四运动和陈独秀被捕，将中共早期创始人的形象塑造置于时代的大洪流之中，形象地表现出20世纪初中国社会的重大转折。另一方面，是对人物作还原表现，即在立足历史叙事的基础上，还原党史人物的本来面目。该剧重点聚焦的主角是毛泽东——一位从党的一大代表最终成为开国领袖的人物形象。剧作生动表现了坚守共产主义信仰的毛泽东等人，在时代的大浪淘沙过程中，成长为推动中国现代革命历史中流砥柱式的"风流人物"。通过诸多人物的话语，如李大钊在广场上的宣讲、陈独秀与毛泽东等人的对话等，将现代中国遵循马克思主义、推翻反动统治、选择中国共产党的历史必然性揭示出来。剧中一大代表王尽美、何叔衡、邓恩铭和陈潭秋的先后被捕牺牲，将"坚持真理、坚守理想，践行初心、担当使命，不怕牺牲、英勇斗争，对党忠诚、不负人民"的建党精神揭示出来。在遵循历史真实性原则的前提下，该剧还原了另一些中共党史早期人物的本来面目，如陈独秀、李达、刘仁静、包惠僧、周佛海、陈公博、张国焘等，将其青年时期的追求和后来的思想行为转变，以及最终的人生结局细致呈现出来。由此，我们可以看到这些被还原的人物形象所包含的多维抉择、多重个性和多元面向。

二

《数风流人物》从两个方面切入对人物的深描，显示出一个最为重要的艺术特质，那就是在常规遵循的同时，凸显陌生化的表现及效应。"陌生化"原本由俄国形式主义理论家什克洛夫斯基提出,主要强调的是艺术作品在内容和形式等方面对包括常规与常情在内的艺术表现惯习的破例或背离,以"陌生"的面貌体现作品具有超越感的别出心裁。该剧第38集里,柳亚子在盛赞毛泽东词《沁园春·雪》的同时,问及毛泽东"风流人物"之含义,毛泽东的解释是"风流人物"就是指推动历史发展的人民大众,为了人民幸福和民族复兴而前赴后继的烈士们,正在为人民幸福为民族复兴而奋斗的仁人志士。这无疑是对"风流人物"内涵不同流俗的别样阐释。以此为出发点,该剧一方面顺应我们思维的惯性,将对人物的再现和叙说置于有关党史的最新权威叙述之中,体现为对常规的遵循,或曰是对党史影视叙述母题的遵循。一般历史正剧对于人物性格及命运的表现和以事件为主要线索的矛盾冲突结果,都具有圆满解决的特点。因此,该剧常规遵循的另一层含义在于,对于党的一大13名代表的命运与归宿的展现,以及以1949年中华人民共和国成立作为圆满结局。这无疑体现出该剧基本按照正剧的常规逻辑进行演绎。此正如韦勒克和沃伦所指出的那样:"我们几乎无可否认,存在一种'结构'的本质,这种结构的本质经历许多世纪仍旧不变。但这种'结构'却是动态的:它在历史的进程中通过读者、批评家以及与他同时代的艺术家的头脑时发生变化。"[1]因此,另一方面,该剧的人物表现在诸多方面又打破了我们思维的惯性,呈现出新的

---

[1] [美]雷·韦勒克、奥·沃伦:《文学理论》,刘象愚等译,生活·读书·新知三联书店,1984,第164页。

面貌,产生陌生化效应。这对于作为"重大革命历史题材电视剧"叙述来说是至关重要的,因为思维惯性所导致的墨守成规和陈词滥调对推进此类历史正剧的发展无疑具有杀伤力——"我们常常会合上小说或走出影院,厌倦于从一开始就已经一目了然的结尾,不满于那些我们已经看到过多次的陈词滥调式的场景和人物"①。

具体而言,《数风流人物》表现的党史人物众多,但主要以党的一大13名代表和党的主要创始人的命运浮沉为主线,是人物群像塑造,而非如人物传记剧那样以一个人物贯穿故事的始终。与"群像剧"定位相关,该剧中"星星"般的人物形象都不是工笔式的细致描绘,而是一种写意式(速写式)的勾勒。在以时间为经、众多关键事件密集连缀的叙述中,剧作以片段镜头的组合构筑人物形象既遵常规又显"陌生"的精气神。譬如,通过展现革命工作、家庭生活等,描述观众比较熟悉的党史"高光"人物毛泽东、周恩来和瞿秋白等人中青年时期的先锋思想与丰富情感。对于张国焘、周佛海、陈公博、刘仁静等最后背叛革命或者脱党的一大代表,该剧对他们的个性、人生及其转变过程亦予以生动、具体的展现,将过去我们停留于常规概念层面的对其的认知"坐实"。剧中的张国焘形象即如此。张国焘从一个北大的进步学生、党的创建者和红军领导人,最后走向分裂党和红军、投敌反共,是一个思想逐渐失去信仰的渐变过程。该剧为所有人

---

① [美]罗伯特·麦基:《故事:材质、结构、风格和银幕剧作的原理》,周铁东译,天津人民出版社,2014年,第70页。

物的忠奸善恶设定了一个根本的衡量标准,即是否具有非常牢固的共产主义信仰。13位一大代表里最终走向新中国的毛泽东和董必武,以及后来成为党和国家领导人的周恩来、刘少奇和邓小平等人,都是因为拥有这样坚定的信仰而成为真正属于"特殊材料"炼成的民族和时代的"风流人物"。

"陌生化"效应也体现在《数风流人物》的人物对话和场面细节的刻画当中。与电影相比,电视剧更像是对话的艺术。如果说电影非常强调光影、构图、音乐等,那么电视剧则主要通过人物的对话构筑戏剧情节、塑造人物性格、推动情节发展。而是否具有别具一格的人物对话,亦是衡量电视剧成功与否的重要标尺。《数风流人物》里许多人物的对话都尽显这一特点。比如,陈独秀在建党是否要接受共产国际的领导问题上,与共产国际代表马林进行针锋相对的交锋;在国共合作问题上,陈独秀与李达等人激烈争执。此外,与儿子延年、乔年之间爱恨交织的话语,在监狱里跟同事或同志的对话,与妻子的日常话语表达等,都透射出党的早期领导人陈独秀别于常态概念的日常化、世俗化话语方式。毛泽东在该剧里亦有十分生活化的语言表达,比如毛泽东在家乡和他的弟弟等亲人在一起交谈,与刘志丹、李达等人的对话等。《数风流人物》在细节设置方面十分用心,如毛泽东在水田里赶牛扶犁、延年为父亲做家乡菜、李大钊就义前为妻子洗头、杨开慧为改姓名扇孩子耳光等,充分显现出割不断的绵绵亲情。该剧还以较多场面直接表现中共党内激烈的争议争执,凸显出浓烈的现场感和历史真实性。譬如,表现陈独秀跟共产国际马林之间的冲突、中共党内因不同意见产生的争论(李达拍桌子反对陈独秀的独断"家长制"作风，对国共合作的不同认知，毛泽东与陈独秀争议革命以城市还是以农村为中心问题）等。这一方面反映了建党初期我党面临的非常复杂的生存环境；另一方面也在表明建党初期党内生活的活跃状态。"陌生化"效应还通过党史人物的家庭生活等进行扩展式表现，譬如剧里表现的毛泽东、陈独秀、李大钊、瞿秋白、周恩来和张国焘夫妇等多对夫妻，以此帮助观众从不同侧面更多更深广地认识了解党史人物。剧中所再现的家庭或夫妻关系人物数量之多、类型之广泛，为之前同类型电视剧所少见。

三

包括党史人物在内的中国现代历史人物的艺术化表现，可谓新中国成立，特别是新时代以来文艺作品表现的重中之重。如何在90后、00后等网生代成长的语境里，将以"重大革命历史题材"为代表的，已经成为中国当代文艺传统的宏大主题、领袖人物和知名事件等继续再现出来，给予这些毫无革命历史经验的年轻人以全新认知，其实是当下文艺发展的重大课题。从某种意义上讲，作为演绎中国共产党诞生到新中国成立重大历史进程的历史正剧，《数风流人物》已经具备了史诗性影像教科书的基本特质，即通过历史与现实经验的艺术呈现，形象化地诠释现代中国革命的发展史和精神史，以及由此所生发出来的中华民族之涅槃重生和伟大复兴。此正如黑格尔所言："所以一种民族精神的全部世界观和客观存在，经过由它本身所对象化成的具体形象，即实际发生的事迹,就形成了正式史诗的内容和形式。"① 将凝聚民族精神的传奇故事传播给当代青年,使之清醒知来路、自信满当下、同心向未来。"从电影的创始,除了那些认为影片实质上是一种有利可图的公众娱乐之外,还有另外一些人把电影主要看作是向广大的观众提供信息(或甚至是进行宣传)和教育(甚至是说教)的手段。……电影将要改变人类对世界的感知。"② 可以说,诺埃尔·伯奇论及电影功用的话语同样亦适用于类似《数风流人物》这样的电视剧。

《数风流人物》与前些年播出的电视剧《恰同学少年》有着类似的表现理念,即对红色历史的"青春叙事"。该剧所侧重叙事的内容,即着力表现党史人物青年时期的人生经历。党的一大代表年龄最小的19岁,最大的也仅30多岁。该剧表现他们在生命的花样年华,为国家和民族的兴亡忧思、奋起、献身,书写最具华彩的人生故事。而他们的故事正寓意着中国共产党的诞生、发展、成熟、壮大,犹如一个人从幼年、少年成长为青年和壮年的"心路历程"。这样的青春叙事,可以促使已经偏于程式化的红色历史叙事产生艺术观感上的"陌生化"效应,也是全方位多角度多层次表现党史人物的情感、思想和行为等演变历程的深度再开掘。此可谓"重大革命历史题材"在新时代的艺术表现新趋向,既是创作者的新思考和新实践,也是接受者的新体验和新收

---

① [德]黑格尔:《美学》(第三卷下册),朱光潜译,商务印书馆,1982年,第107页。
② [美]诺埃尔·伯奇:《电影实践理论》,周传基译,中国电影出版社,1992年,第144页。

获。这既是基于影视美学的新变,也是传统文化、革命文化和现代文化在当代的新融合,正所谓"题材可以产生形式,以及选择题材就是进行一次美学选择"①。

青春叙事的另一含义是指其叙事的形式。一方面是凸显青春化的表演,即扮演党史人物的特型演员基本是尚未成为大明星的青年演员。该剧从剧情演绎、人物对话与行动表现,都具有一种类似《国际歌》般热血沸腾、激情洋溢且具有强烈冲击力的气势。历史正剧要体现历史发展的基本规律和伦理要求,但其演绎应当是"莎士比亚化"而不能是"席勒式",即创作者以浓郁的情感呈现剧情、表演者呈现剧中人物的浓郁情感。该剧呈现的嘉兴红船上继续进行党的一大会议的那场戏即如此。当会议结束之时,代表们情不自禁地唱起《国际歌》,慷慨激昂、畅快淋漓的声调为建党精神做出了很好的诠释。该剧不仅以毛泽东诗句"数风流人物"命名剧名,还以毛泽东不同时期的诗词连缀全剧,加之瞿秋白、周恩来、刘少奇等在剧中吟诵诗作,洋溢青春气息的时代"风流人物"之革命浪漫主义精神呼之欲出。剧作在人物身份与性格、事件主要过程,甚至在置景、服装和道具等方面不惜资金力求还原历史原貌,在引领青年观众沉浸式观剧上下足了功夫。除此之外,该剧运用大量闪回镜头、平行蒙太奇叙述等,使剧作整体呈现适宜表现人物群像和多个事件的交错叙事,形成情节推进的快节奏,十分契合当下年轻受众的欣赏习惯和趣味。当

---

① [美]诺埃尔·伯奇:《电影实践理论》,周传基译,中国电影出版社,1992年,第154页。

然，从某种角度讲，剧中这样以大量平行蒙太奇组接的镜头有些令人目不暇接，一集当中，花开几朵各表几支的情形普遍存在，具有显见的利弊。"利"是众多人物得到了展示的机会，哪怕是极短时长镜头的展示。人物形象的全面性和丰富性得到保证。"弊"是叙事的频繁中断与接续，令观看的从容性和舒适度减弱，进而对人物形象的认知难以做到十分精准和深化。

以上三个方面的特点，凸显出电视剧《数风流人物》严格遵循历史真实、还历史本来面目、叙历史基本大势的创作理念，并以其出色的演绎形成对于历史正剧审美的承传和新变，为创作经得起时间检验的重大革命历史题材电视剧提供了可资借鉴的优秀范本。

"看不见战线"英雄的独特再现

一

新世纪以来,以《暗算》和《潜伏》等为代表的谍战剧风靡荧屏、收视飘红,与都市家庭伦理剧、战争剧、历史剧等成为受众追捧的重要电视剧类型。这些谍战剧大多描述的是新中国成立之前国共两党情报人员在多条战线上的"暗战",其最早的剧作可以追溯到1981年央视播出的《敌营十八年》,但表现新中国成立之后的"谍战"则为数不多,迄今为止,仅有表现海峡两岸情报人员斗智斗勇的《誓言无声》(2002)和《誓言今生》(2012)、描述我国导弹技术系统研发的A国间谍较量的《谍战之特殊较量》(2004),以及聚焦国家能源情报战的《落地请开机》(2008)等。令人欣慰的是,近期在中央电视台播出的电视连续剧《于无声处》,为此类谍战剧增添了一笔浓墨重彩的亮色。

在我看来,《于无声处》是视角独特、视野开阔、意义重大的现实主义剧作。1983年中国国家安全部组建,2013年中共中央国家安全委员会成立。而此剧的故事时间刚好从1984年开始直至21世纪的当下,跨越新时期和新世纪,成为首部表现改革开放30年国家安全题材的电视剧。在我国处于全面建成小康社会、全面深化改革、全面依法治国、全面从严治党的关键时期,在面临复杂多变的安全和发展环境,维护国家安全和社会稳定任务繁重艰巨的情况下,这样一部反映国安卫士电视剧的播出,可谓正逢其时。应当说,这部剧的表现视角是独特的。它呈现的是和平时期维护国家安全的故事,但它并没有空泛地表现包括政治、经济、文化和国土等在内的含义繁复的"国家安全",而是选择其中的"海上军事与科技安全"这样一个角度来展开叙事。具体来说,就是将其镜头聚焦于事关国家海上军事实力的事件上——在全剧34集中,前21集与后13集形成两个故事单元,分别讲述从20世纪80年代中期直至21世纪的三十年间,围绕位于中国渤东的军工202厂的核潜艇与凯越集团的航母设计制造,中国国安人员与A国间谍组织之间所进行的惊心动魄的对垒与较量。某种程度上说,这种聚焦达到了以一斑见全豹的效果,即以涉及维护军事科技的一个方面的"国家安全",透射出对于整体国家安全问题的关注。更有意味的是,《于无声处》所给予我们的已经不止于对国家安全的单一表现,它还有着视野更广、更具深意的主旨层面,那就是以跨越三十年时空的影像叙述,形象而生动地呈现中国改革开放的辉煌历程,及其跨越式发展、神话般崛起的不朽之盛事;形象而生动地呈现境内外敌对势力"亡我之心不死"的冷战意识和行动,及其破坏与反破坏、颠覆与反颠覆的复杂国际环境和殊死斗争。这种影像叙述无疑闪耀着现实主义的光辉，它既是显在的对某一具体的国安故事的"写实"——为"看不见战线"的勇士塑像，再现其寓英雄传奇于日常生活的现实人生；它更是对改革开放三十年中国国家形象现实变迁的"写实"——由封闭一隅到海纳百川、由贫穷落后到繁荣富强、由韬光养晦到合作共赢、由"第三世界"到全球"第二大经济体"等，都通过"蓝鱼"（核潜艇）和"蓝鲸"（航母）的成功研制表现出来。"一个国家的电影总比其他艺术表现手段更直接地反映那个国家的精神面貌。"①《于无声处》再好不过地印证了克拉考尔的这句话。因此，从这个角度说，这部剧作并非传统意义上以政党、集团、帮派等暗战博弈为主线的谍战剧，而是具有全新理念的现代国安剧。它立足于一个正在崛起和复兴、拥有主权的现代民族国家的安全问题，以一个故事个案诠释既无内患亦无外忧的理想的国家存在状态，表达对当下国家治理和国家利益建构的形象化思考，体现出深邃视野和责任担当，是习近平同志在文艺工作座谈会上所说"把爱国主义作为文艺创作的主旋律""增强做中国人的骨气和底气"的生动实践。

二

塔可夫斯基在谈到电影导演工作如同"雕刻时光"的时候

---

① ［德］齐格弗里德·克拉考尔：《电影，人民深层倾向的反映》，李恒基译，见李恒基、杨远婴主编《外国电影理论文选》（修订本，上册），生活·读书·新知三联书店，2006年，第311页。

说:"从庞大、坚实的生活事件所组成的'大块时光'中,将他不需要的部分切除、抛弃,只留下成品的组成元素,确保影像完整性之元素。"① 在艺术表现上,《于无声处》也同样遵循着这一原则。该剧并未详尽描画军工 202 厂和凯越集团设计制造核潜艇与航母的过程,这一方面也许是出于严守国家机密的需要;另一方面,当然也是更为重要的,剧作表现的着力点不在于此,而是能够凸显影像完整性和重要性的人物。应当说,该剧塑造了多个系列的人物群像,譬如马东、王禹、杜哲、高进、朱英功等国安部门领导和侦查员,冯舒雅、陈其乾、冯景年、马承志、陈厂长、韩主任、汪科长等企业专业技术人员或各级领导,雅各布、张文鸿、齐延志、乔敬堂、茹珂、查理、迈克·李等各色境内外间谍等。

在这些人物形象谱系中,马东、陈其乾和冯舒雅无疑是贯穿全剧始终的三个核心人物。在充分展示人物关系的复杂性的同时,剧作致力于人物表现的立体化。而人物形象塑造得是否立体鲜明,很大程度上有赖于他性格的特殊性和主体性是否能够完美融合。因为"人物性格必须把它的特殊性和它的主体性融会在一起,它必须是一个得到定性的形象,而在这种具有定性的状况里必须具有一种一贯忠实于它自己的情致所显现的力量和坚定性。如果一个人不是这样本身整一的,他的复杂性格的种种不同的方面就会是一盘散沙,毫无意义。和本身处于统一体,艺术里的个

---

① [苏]安德烈·塔可夫斯基:《雕刻时光》,陈丽贵、李泳泉译,人民文学出版社,2003年,第64页。

性的无限和神圣就在于此"①。《于无声处》对于人物立体化表现的路径是,既写出人物性格的核心要素,也表现人物性格的其他侧面,让人物"活"起来。作为主要人物,胡军饰演的男一号"马东"形象的性格核心是他的忠诚、坚定和执着。马东在该剧前后两个单元中扮演角色的身份不同,在前21集中,他是一个假扮工厂保卫科干事的国安侦查员,而在后13集中,他则变成了一个真的保卫科干事和非国安侦查员。但身份的逆转,并未改变其性格的核心,无论岗位有怎样的变化,都不能动摇他对国安工作的热爱、对祖国的坚定忠诚、对亲人的大爱无疆,他是数十年于无声处坚守一个信念的人,"信念之美"和"崇高之美"在他身上得到鲜明映现。除却这一性格核心之外,马东性格的其他侧面也在剧中得到生动的表现。譬如,他并不是故作正经的古板之人,他机智聪明,设置多个迷魂阵,在张文鸿和茹珂面前假扮成一个贪财之徒,使其放松警惕。他有些不那么循规蹈矩、不按常理出牌、桀骜不驯,语言有时还透着幽默调侃、小孩子气,这从他与父亲的弟子、自己的顶头上司王禹处长的关系,与陈其乾的相处等剧情中都可以看出。这些个性使得马东这个形象更为可敬可爱,他的多侧面性格与核心性格的组合,成就了这一人物形象"接地气"般的立体与丰满。在某种程度上,"马东"也为传统谍战剧中正面人物形象模式的多样化提供了新的经验。尽管在前后两个故事单元中,陈其乾的身份和性格发生了重大变化——作为助理工程师的青年知识分子与作为境外敌对势力委派的"起

---

① [德]黑格尔:《美学》(第一卷),朱光潜译,商务印书馆,1979年,第307页。

死回生"的间谍,从青年时期的单纯甚至有些迂腐,有些自私和小心眼,到二十年之后的老成、凶险、不择手段。三十年的时间似乎将陈其乾雕刻成了两个人。但其实,他性格中的韧劲、温情、为爱不计代价的执拗、坚守做人底线等核心要素基本未变。这些缠绕着正能量与负能量的复杂性格元素直接导致了其所有的行动,以及在这些行动中所呈现出来的犹疑、纠结和矛盾。从青年时期在受蒙蔽的情况下,犹豫、彷徨、被动地介入间谍活动,到中年之后从海外归来,自愿从事为境外敌对势力服务的间谍活动,以至在不知情的情况下将承志带入其中,险些使之成为牺牲品。在得知承志为自己亲生儿子的消息之后,幡然悔悟。通过杀死迈克·李、代替儿子去交易等行为,与间谍机构决裂,最终选择服毒自杀结束生命的方式,为自己留存了一丝舐犊之情和人性底线。这一系列的行动,其实都体现着陈其乾这一形象的性格轴心和性格侧面。因此,人们很难简单地将其认定为"正"还是"邪""好人"抑或是"坏人",因为这个人物在凸显其性格核心的同时,杂糅了尽可能多的复杂因素。从人物塑造的类型上看,这是一个令人爱恨交织的、具有较多阐释空间的圆形人物。相对于上述两个主要男性形象,剧中还有一些塑造得比较有个性的女性形象,诸如性格泼辣豪爽、敢爱敢恨的汪都楠,假装纯情实则阴险的境外间谍茹珂等,但最为重要和出彩的女性形象当属左小青饰演的冯舒雅。这位 202 厂总工的女儿,自己也是工程师,漂亮优雅,书卷气浓,其性格核心可谓"纯"与"真"。这表现在其作为"文艺青年"的浪漫、善良与正直,追求爱情的高度与纯度,懂得知恩图报等方面。在面对两个男人的追求时,舒雅表现出鲜明的情感倾向和价值立场，显示出现代知识女性的基本品格。在以硬派男性形象为主体的国安剧里，冯舒雅形象的设置无疑使之平添了些许"柔"的况味、"文"的气息和"美"的色彩。

"艺术家在进行概括和个性化过程的某个时候能够凭借想象的力量，进入自己主人公的肉体和心灵，用他们的眼睛去观看世界。"①《于无声处》人物形象塑造的这些特点，实际上也在很大程度上体现出该剧编导对于人物的理解，及其自身对于情感的态度和倾向。

三

与冯舒雅等女性形象的加入相呼应的是，《于无声处》在表现国安活动的同时，还用大量篇幅表现爱情和家庭。将家庭伦理剧的元素糅入其中，使全剧显示出强烈的生活气息，也增强了可看度。当然，更为重要的还是通过此来体现国安工作"于无声处听惊雷"和"于无形处建奇功"的职业特点。剧中王处长办公室里高悬的大幅画框中的这两行醒目大字，既昭告着国安工作的"座右铭"，也将其在和平时期依托于以亲情、爱情和友情为内容，以家庭为背景的日常生活之特质揭示无遗。

在剧中，三个主要人物——马东、冯舒雅和陈其乾，构成该剧人物关系最为重要的一个"三角"。这是"关系三角"——

---

① [苏]B.日丹：《影片的美学》，于培才译，中国电影出版社，1992年，第125页。

马东名义上是202厂保卫科干事，冯舒雅与陈其乾为大学同学，现分别是202厂同一车间的工程师和助理工程师；同时也是"情感三角"——马东与陈其乾都对冯舒雅情有独钟，而冯舒雅更喜欢马东，陈与马又先后成为舒雅的丈夫。在"关系"与"情感"的两重三角人物关系的建构中，剧作强化了三个人物对爱情追求的坚定与执着，以及由此而引发的种种行动，甚至冲突。冯舒雅对于爱情有着自己的清醒认知，被马东拒绝后，在母亲和陈其乾的双重情感压力下，与陈其乾结婚，在坚持中有妥协。陈其乾为爱情可以做出一切，甚至不惜丧失理智，为爱而疯狂。作为一名国安侦查员，马东为坚守原则欲爱不能，内心充满纠结与痛苦。剧作生动地展示了其坚强的意志与信仰，以及勇于牺牲、不计得失、拥有大爱、侠骨柔情的人格魅力。特别是，当得知舒雅的丈夫陈其乾消失并车祸死亡、舒雅怀了陈其乾的孩子时，马东为了安抚舒雅，毅然决定离开国安队伍，与其结婚，在关键时刻显示出对心爱女人"会用一生一世去爱你"的坚定承诺。而当马东得知舒雅因生子引发大出血，不得不切除子宫，以至今后不能再生育时，也仍然不离不弃，以继父的大爱将其子承志抚养成人。剧作并未刻意营造悬疑剧特有的视觉和听觉奇观、奇音，而是在日常生活中表现马东的形象，将其放置在侦察、恋爱、婚姻和教子等多种复杂的环境中，写出其如普通人般抉择时的矛盾心理，以及最终所做出的超越于普通人意志的决定。

与日常生活的表现相协调，《于无声处》剧中有多场突出表现人物情感的戏，它们催人泪下、感人至深。譬如第21集中，当舒雅从王处长那里得知马东真实身份时的百感交集，马东真诚地向舒雅求婚的场面；第 14 集里，陈其乾向舒雅深情告白，表达爱慕之情；第 18 集中，陈其乾不惜冒着被处分的危险，帮助舒雅寻找到手表并向其求婚，舒雅被其真诚和执着打动；第 34 集陈其乾认子场面等。这些都使得"国安"的"硬"题材有了某种"软"的元素，散发出直抵人心的温暖气息。该剧还将悬疑和诗意结合，充溢着"文艺范儿"。马东与舒雅背诵电影《简·爱》中的经典台词，剧作片头与片尾的唯美素描画，"英语热""诗人热"、海魂衫、假衣领等 20 世纪 80 年代的特有文化现象，都为营造全剧的清新格调奠定了基础。

　　作为独特的国安剧，《于无声处》的情节处理跌宕起伏，在常态的斗智斗勇描述中，凸显人物性格。其链式结构使两个故事单元既相对独立、又密切相连。它体现在敌我双方的主要人物设置既具有贯通性，也有分属性。前者如马东、王禹、杜哲、冯舒雅、冯景年、陈其乾、汪都楠和雅各布等人，他们的存在无疑成为沟通两个故事单元的桥梁和纽带，使全剧结构具有内在的整一性。而陈厂长、汪科长、冯母、王宇航、马承志、查理、乔敬堂、齐延志、张文鸿、茹珂和迈克·李等则是分属于两个单元的人物。剧作将他们分别"嵌入"不同故事单元中，旨在强调故事的时代感和剧情的相对独立性。此外，该剧具有正剧品格，却不乏喜剧元素，这也使得全剧节奏张弛有度，紧张与轻松共存。

　　当然，如果从更高的要求上讲，作为国安剧的《于无声处》也存在一些不足之处，譬如它的悬疑色彩。剧作往往用较多剧集设置铺陈悬念（包袱），例如谁是"教授"？谁是"天使"？谁是"老鹰"？吊足观众胃口，但解决悬念往往只是以剧中人物的一句话作交代。剧中写到的其他"复醒"特务也是如此。这一方面显得有些草草了事,另一方面,这些"交代"往往也是意料之中的成分多于意外之感,"突转"的运用不够。在长篇电视连续剧中,营构足够多的矛盾冲突,以推动复杂情节的发展,是应有之义。而构成复杂情节的"复杂行动",按亚里士多德的说法,即"指其中的变化有发现或突转,或有此二者伴随的行动"。突转"指行动的发展从一个方向转至相反的方向"①。这也如西摩·查特曼所言:"悬念与惊奇是一对互补的而不是对立的术语。二者在叙事中可以通过复杂方式共同作用:事件链条可以自惊奇进入悬念模式,然后以'扭转'(twist)结束,也就是预期结果的落空——另一种惊奇。"② 因此,悬念、突转、惊奇,在悬疑类型的电视剧中,是应当逐一体现出来的。另外,该剧在人物形象塑造方面也有一些遗憾。汪科长的女儿、曾经追求过马东的汪都楠出现在后13集里,且长期居住于马东与舒雅的家中,其作用好像在于服侍"姥爷"冯景年、解密马东与舒雅的身世等,但总体来看,汪都楠在后一故事单元的现身实为有些多余,于情理、于剧情都并无太多意义。也许编导欲通过此表现马东的大度和怜悯心,但似有些牵强为之,且与塑造马东的"国安"形象相距较远。除马东、王禹之外的其他"国安"人物形象塑造,如杜哲、高进等人的性格特征描绘流于一般化,雅各布等境外间谍形象也

---

① [古希腊]亚里士多德:《诗学》,陈中梅译注,商务印书馆,1996年,第88—89页。
② [美]西摩·查特曼:《故事与话语:小说和电影的叙事结构》,徐强译,中国人民大学出版社,2013年,第45页。

存在不同程度的脸谱化倾向。

  尽管存在不足，但总的来说，仍然是瑕不掩瑜。在当下娱乐至上、以收视率为尊的电视生态中，《于无声处》的出现犹如清风拂面。它为看不见战线的英雄塑像，它所表现出来的现实主义态度和品质，其实就是在坚守以人民为中心的创作导向，坚守为历史存正气、为世人弘美德的职业伦理。这不仅使我们为之感佩、为之点赞，更激励我们沿着这样的道路不懈前行。

三、纵览与反思

现实直击与人生关注

江苏报告文学创作有着良好的历史承传。近 30 年间，以凤章、徐志耕、杨守松、庞瑞垠、杨旭、张茂龙、傅宁军等为代表的本土作家笔耕不辍，致力于江苏报告文学的繁荣与发展。2013 年江苏报告文学创作又取得了新的实绩。在这一年里，傅宁军、裔兆宏、谷代双、周国忠、张文宝等作家，发表或出版了一批在全省乃至全国产生重要影响的作品，显示出江苏报告文学新态势和新面貌。2013 年 10 月 19 日至 21 日，中国报告文学学会和中国作协报告文学委员会在江苏常熟沙家浜联合举办全国报告文学创作交流会。来自全国各地的报告文学作家、业余作者和爱好者 100 余人与会进行交流研讨，共话报告文学的创作和发展。在北京、南京、无锡等地举办的多场作品研讨会，使江苏报告文学声名远播。

一

与其他文体相比,报告文学的优势在于,以知识者的立场,通过非虚构的方式直击当下现实、关注社会民生、反思文明发展。因此,这一文体具有较强烈的现实性和在场感。

作为江苏报告文学创作的重要作家,傅宁军在2013年出版和发表了《淬火青春——大学生从军报告》《悲鸿生命——徐悲鸿的生前死后》和《前沿:何厝纪事》等三部(篇)报告文学。大学生群体、文艺界名人、海峡两岸,成为傅宁军报告文学创作的三个主体描述对象。这一特点亦突出表现在其2013年的创作中。长篇报告文学《淬火青春——大学生从军报告》是继作者创作《大学生"村官"》之后的又一部反映当代大学生与社会关系的作品。与一些报告文学作家关注校园里大学生生活有所不同的是,傅宁军重点表现的是大学生当"村官",大学生"从军"等走出校园、走向社会的生活。这一独特的表现视角凸显的是当代大学生在社会整体构成中的个性特征和精神特质,以及他们在军营大熔炉里"淬火""裂变",历经挫折、失败、痛苦,最终成为将自身优势与现代军事素质相融合的现代军人的锤炼过程。作品有着浓郁的历史感,其描述的时间维度跨越二十世纪八九十年代和21世纪以来的十余年,描述的人物众多,且具有层次感和代表性,既有80年代分配去部队、如今成长为集团军将领的"60后"白吕、马成效等人,也有90年代大学毕业应征入伍的王海涛、黄高峰、唐云珍等师团级军官,更有21世纪以来进入部队的国防生宋云华、覃文强、胡维轩、卫伟等。诸多大学生军官、大学生士官、大学生士兵组成了新时期直至新世纪中国新军人群体的壮阔群像。从老百姓到军队一员,从书生意气到英姿勃发,从浪漫自由到意志坚定,作品以诸多感人事例清晰地展示出当代大学生的"兵魂"塑造历程。作品更为内在的意蕴也许还在于,通过艺术展现大学生这一特殊知识群体的"淬火青春",凸显一种凤凰涅槃式的人生重铸,一种中华崛起的坚韧精神和意志,一种伟大复兴的执着期待和追寻。

傅宁军的另一篇作品《前沿:何厝纪事》将描述的视域投向台湾海峡两岸,以小小的"何厝"将大陆与台湾、历史与现实紧密相连。位于厦门东南海滨与台湾大小金门遥相呼应的何厝村,曾经是海防前沿,见证了海峡两岸多年的政治对峙和战火硝烟,特别是轰动全国的1958年"8·23"炮击金门之战。作品通过何明全、陈菲菲、何亚猪、许冰莹、汤丽珠等厦门与金门两地人对过去的追忆,以及对今日和平生活的描述,将两岸由敌视到善待、由封锁到交流、由炮火变焰火的新旧变迁呈现在读者面前。表现出两岸同胞愈来愈紧密的交往,以及对于两岸实现统一的热切愿望。这篇作品以小见大,聚焦的是"何厝"这样一个海岛小村,表现的却是民族统一、中华复兴的大命题。

记者出身的裔兆宏在2013年出版了他的《美丽中国样本》和《国家情怀——援疆"霍城模式"启示录》两部长篇报告文学作品。这两部作品同样也体现出对现实的直击。《美丽中国样本》以南水北调东线和中线沿线省份对水污染治污采取各种有力举措,确保水质达标,输送合格水源北上为描述对象,诠释其作为"美丽中国样本"的意义。作品具有记者型报告文学的特点,即敏锐触及现实焦点和热点问题。譬如作品开篇就在"引子"中描述北京等地在 2013 年初遭遇的严重雾霾天气，直指环境形势的严峻。然后，笔锋一转，写到北京水资源匮乏，继而为引出作品所要描述的主要对象做出铺垫——"在这个春天里，当我们在为北京水资源揪心之时，许多人却在为南水北调工程而辛劳地忙碌着"。作为比较典型的全景式报告文学，《美丽中国样本》视野宽阔，气势恢宏，涉及的地域、事件和人物众多，丰富的数据一方面凸显作者调查采访之深入，另一方面也强化了作品的可信度和说服力。在作者饱含激情且流畅自如的叙述中，以"一江清水北上"为代表的自然之美、和谐之美、人文之美，成为构建"美丽中国"的典范和方向。

《国家情怀——援疆"霍城模式"启示录》以江苏无锡对口支援新疆霍城县为描述重点，勾画出"十年援疆十载情"的壮丽画卷，几代中央领导集体决策东部经济发达地区支援包括新疆在内的西部地区，促进其发展，以求共同富裕、实现小康社会之宗旨。此即是"国家情怀"。作品重点表现江苏干部援疆的"霍城模式"，项雪龙、张叶飞、王进健、唐仲贤、张士怀等"东部沿海发达地区援疆干部的先进理念、超前的思维方式，给霍城各族干部群众带来了革命性的改变。这种思想方式的改变，是人的精神面貌的改变！是灵魂性的改变！这是任何金钱都无法衡量的，这也给霍城人创新求变带来了巨大的动力"！在富于激情的叙述中，作者详尽描述了昔日贫穷落后的边陲小城在经济、政治、文化、社会、民生等方面发生的巨变，从多个维度确证了"霍城模式"的成功。

二

对现实直击，以天下为己任，是报告文学的应有之义，也是江苏作家的共识。在对现实的观照中，一些作家还特别致力于江苏地域重要经济和文化现象的再现，显示出浓郁的"江苏特色"。谷代双的长篇报告文学《我欲因之梦寥廓——高淳："螃蟹文化"现象》以南京高淳地产螃蟹为对象，形象生动地表现高淳螃蟹产业由生产到流通、从各自为政到品牌树立的艰辛历程。作品对"螃蟹文化"的诠释可谓高屋建瓴、别出心裁，对人物的再现也可谓生动传神："农民县长"孔德华想方设法支持农民养蟹，以求共同富裕；蟹业"大亨"邢青松辞职"下海"创业养蟹，带领群众组成水产合作社，打造"固城湖螃蟹"航母；老村支书张福喜穷则思变、逼上梁山"粗陋"养蟹；水产局局长陈贤明开创生态养蟹"高淳模式"；"草根英雄"汪桂伢探索螃蟹水草栽培；商务局局长甘成功筹划成立"城里的圩乡"——全国最大的螃蟹专业市场；史团结首创《固城湖螃蟹之歌》和"黄金甲螃蟹"；李树飞开辟网销螃蟹的电商通道。而高淳"螃蟹文化"的最高境界，正是各级领导历经十二载举办的以生态、慢城、旅游为特色的高淳螃蟹节。它将小小的螃蟹升华为知性、理念、文化，成为"坚忍、顽强、团结、进取、科学、发展的精神象征"。

如果说，《我欲因之梦寥廓——高淳："螃蟹文化"现象》彰显了南京高淳地区特有的"螃蟹文化"，张文宝的长篇报告文学《水晶时代》则是对连云港地区"水晶经济"的形象再现。东海县以水晶闻名。但改革开放之前，水晶并没有给这里的农民带来财富和富裕，20世纪90年代初，东海县委领导人用水晶引导农民致富、开启农民的商品意识，将水晶产品推向市场，走向中国和世界。何建明在《水晶时代映射的光芒》(《连云港日报》2013年12月19日)一文中说："《水晶时代》描写了整整一代东海农民，在计划经济向市场经济转换、各种思想相互激荡、诸多矛盾困难比较集中的特定历史时期，不满足于贫穷落后的物质文化生活，为追求思想开放、生活富足、精神幸福，而勇敢地向命运抗争、向社会抗争、向自然抗争，他们不畏艰难困苦，不怕流血牺牲，敢于承担风险，敢于走前人没有走过的道路，终于开辟了一片光明灿烂的新天地，阔步走上了奔向富强、实现梦想的康庄大道。"

在关注地域物产之外，刘水的报告文学《湖天新月曜菱塘》的题材独树一帜，它将笔触指向江苏唯一少数民族乡——扬州高邮菱塘回族乡，以此来表现民族文化融合的主旨。作品由"风云篇""风物篇""风情篇""风雅篇""风采篇""风流篇"六个部分组成，充分展示菱塘回族乡的历史变迁、自然风光、民族风情、文化教育、乡镇建设、经济成果和对外交流，尽显其民族之乡、电缆之乡、宜居之乡和幸福之乡的特色与魅力。圭襄、叶炜等合作的《大风起兮——振兴老工业基地的徐州传奇》全面表现振兴徐州老工业基地的重大事件和重点人物，讴歌徐州人民奋勇争先的勇气和气概。徐良文、张国擎、周伟合作的《三千里路人和水》则以江苏南水北调东线工程为描述对象，生动展示江苏水利人牺牲、奉献与拼搏精神，以及人与自然和谐相处的科学发展观。

在谈到地域关注时，我们还需提及江苏籍著名作家何建明2013年创作的长篇报告文学《江边中国》。它与作者近几年写下的《我们可以称他为伟人》和《我的天堂》构成了其"苏南书写"的三部曲。这部作品聚焦的是苏州张家港市永联村和它的当家人——被誉为"中国最美基层干部"的村党委书记吴栋材。作品以细腻的笔触详尽书写30余年永联村的历史与现状，重点是写吴栋材受命赴任村支书，带领全村村民披肝沥胆、攻坚克难、改天换地、基本实现城乡一体化的感人事迹，并将这种描述置于中国改革开放的时代大背景下进行。作品以国际视野和国家眼光看一个村庄和一个人的发展及其意义，以政治、经济、文化的多维视野观照一个人和一个村庄的变迁。如果说，70多年前，费孝通先生的《江村经济》是关注旧中国苏州农村历史变迁的调查研究；那么，何建明的《江边中国》则是讴歌新世纪苏州农村从苦难到辉煌、由贫穷到小康的艺术史诗。

三

关注人生、关怀生命，成为2013年江苏报告文学又一重要侧面。它深刻表现出江苏报告文学作家的写作取向和价值判断。其中，有如下作品是值得我们叙说的。

周国忠的长篇报告文学《弟弟最后的日子》可以用三个字概括，一是真——表达了生命的真实，情感的真实。不仅写出"弟弟"罹患绝症的残酷之真，更写出了"弟弟"面对死亡的态度之真，还写出了家庭手足的亲情之真。这部作品因其"真"而见其"诚"。是真实的写作,更是真诚的写作。这样一种"真的写作"态度和写作方式,也是对当下文学中存在的虚情假意、虚伪造作写作的有力反驳。二是宽——这部作品具有宽阔的阐释空间,我们完全可以从文学、哲学、医学、宗教、社会学、伦理学、心理学等维度对其进行阐释。书中兄弟二人谈及信仰、终极关怀、人生意义、做人原则、处事态度等直指当下现实问题,尖锐而深刻,故它也是现实批判书、思想启示录。三是慢——这部书需要我们用一种非常安静的心来品味。如果你不能静下来,肯定是读不下去的。这也是对目前浮躁文风的反驳。作品发表后引起较大反响,被一些评论认为"是一部用诗性语言诠释生命意义的令人深思的书,是一部用散文书写的精神史诗,是一部震撼人心的泣血佳作和生命大书"。(《无锡举行周国忠〈弟弟最后的日子〉研讨会》,《中华读书报》2013年10月23日)

《悲鸿生命——徐悲鸿的生前死后》是傅宁军书写江苏宜兴籍大画家徐悲鸿先生的鸿篇大著。这部作品对徐悲鸿的一生做出详尽描述,在生动叙述其卓越艺术成就的同时,也描述了他在转折时期所做出的努力和所遭遇的困惑,还有他曲折丰富的情感历程。"本着不回避、不猎奇、不渲染、不伤害的原则",严守非虚构规范,力求还原真相,是作者的写作追求。最终将一个"跋涉于画坛艺海,纠葛于缠绵情爱,献身于民族国家"的伟大艺术家和教育家的真实形象再现出来。面对"几乎勾连着一部中国近代史和当代史"的徐悲鸿之人生,作者的叙述和描绘可谓条理有序、生动自然、简洁舒展,其深入的田野调查不仅保证了作品内容的可靠性和真实性,也使人获得强烈的现场感。

马越的《难忘初心——星云与扬州》主要表现的是一个人——蜚声海内外的星云大师,与一座城——扬州之间的内在联系。作者在其《追寻名城之灯——我写〈难忘初心——星云与扬州〉》一文中说道:"十二岁出家的扬州和尚,二十三岁带着一口浓重的乡音南下到台湾岛,人地生疏,言语不通,尽管挨过饿、坐过黑牢,却凭借坚忍不拔的毅力、创新开拓的精神以及博采众长的学识,用了半生的时间,在当时偏僻落后的台湾宜兰创建了闻名世界的佛教圣地——佛光山,他不仅完全融入当地的文化,创建了学校、美术馆、图书馆、出版社、书局,更走出台湾本土,先后在美国、澳大利亚等地创办大学,以'人间佛教'的思想开创了现代佛教的新篇章。年逾古稀后,他回归故土,参与佛事活动、建设图书馆、开办文化讲坛,反哺家乡的父老乡亲。"作品在描述星云大师曲折人生轨迹的同时,也表达出对其人格风范的敬佩,对其难舍故土情怀的褒扬。

此外,长北的《飞出八咏园——问道途中的流年碎影》描述自己从一个大难不死的扬州女工成长为大学学者的经历。沈国凡的《走近真实的雷锋》通过采访雷锋生前战友、查阅诸多一手材料,以"15问"的形式,解答人们最关心的有关雷锋的诸多问题,还原了雷锋有血有肉、可敬可亲可爱的真实人生。

现实直击、地域关注与人生书写,无疑是2013年江苏报告文学创作最为重要的三个维度,它显示出这一文体在江苏的顺畅发展,以及愈来愈多的活力与魅力。当然,我们也由衷地祈望江苏报告文学在作家队伍、作品数量和质量、作品评论等方面能够得到更大发展空间,使江苏"文学强省"的称号更加名副其实。

多彩的"人"与"城"

2014年的江苏报告文学呈现总体平稳发展的态势。这一年,包括鲁迅文学奖在内的多个全国性文学奖项评出了最新一届获奖作品。作为江苏文学的重要组成部分,报告文学也获得诸多奖励。傅宁军的《淬火青春——大学生从军报告》、杨守松的长篇报告文学《大美昆曲》获第十三届全国精神文明建设"五个一工程"奖;章剑华的《承载》获"石花杯"第五届徐迟报告文学奖提名奖;傅宁军的《此岸,彼岸》、董晨鹏的《我的兄弟,我的姐妹》、何建明的《江边中国》、张文宝的《水晶时代》、马越的《难忘初心》、唐晓玲的《逐梦之城》获江苏省第九届精神文明建设"五个一工程"奖;刘剑波的《姥娘》、李风宇的《花落春仍在》、王成章的《抗日山》、傅宁军的《此岸,彼岸》、张文宝的《水晶时代》获江苏省第五届紫金山文学奖。还有多部作品获得江苏各市级奖励。如果说,上述作品是近年江苏报告文学发展的生动见证,那么,2014年江苏报告文学作家仍然不负众望,交出了令人满意的答卷。这个答卷的一个鲜明印记就是凸显了"人"与"城"的多彩书写。

一

在有关"人"的书写方面，报告文学作家们表现出他们一以贯之地对于现实人生的强力关注。这里有对于底层群体原生态的零距离观照，也有对卫士的忠诚与执着的倾情描述，更有对创业者追梦与造梦的生动再现。

董晨鹏的《我的兄弟，我的姐妹》是 2014 年度关注底层群体报告文学中比较独特的一部作品。这部书的副题为"一个工会主席的家访周记"，它以一个企业工会主席对属下普通一线职工的每周一次的家访为线索，真实再现了 35 个家庭的生活状态和精神面貌。这些家庭成员大多并非权贵与精英，而是拿着这个城市最低工资的底层员工。他们是保洁员、保安员、收费员、食堂厨师、电梯工、司机、机动队员，他们或是这个城市的贫民，或是户籍还在农村的农民工，或是来往穿梭于城乡之间的务工者，总之，是名副其实的草根、弱势、百姓。作品以朴实的话语记录这群凡人日常生活的苦辣酸甜，还有他们"如草木一般衰荣的悲欢离合的情感"和"难以泯灭的对未来美好生活向往的信念"。作者视他们为"我的兄弟，我的姐妹"，其观察和写作的视角显然不是带着精英优越感的居高临下式道德俯视，而是站在这些草根阶层的立场上，体现出比较深刻的底层关注和人文关怀。他写出了我们这个时代的"小人物"，但他所着力凸显的并不是"小人物"们的不幸和悲哀、粗俗与猥琐,而是其热爱生命、自强不息、敬业乐业、保持精神自尊与高贵、积小善成大德的人生情怀和思想境界。他甚至给予这些"卑微的高尚者"以礼赞——他们的精神品质是我们民族精神的最原始根基,他们"事实上是我们这个国家真正的基石,没有他们双手的撑持,我们这个国家的政权就会变得没有任何意义。"作者没有止步于对"小人物"的描述,他将自己的思考做出进一步的提升,以表达其对当下中国政治、经济、文化、社会和文明等问题的深刻反省。

这部作品的"独特"还表现在书写者"四位一体"角色及其所获得的特别意义上。作者身兼叙述人、采访者、单位领导和作家四重身份,这与偏重客观叙述和采访的报告文学作家,以及偏重主观叙述的散文作者均有不同。而这样做的优势就在于,作者可以将他的"家访",其实正是一种"田野调查"的方式进行到底,"零距离"地观照、描述和思考被采访对象,也使被采访对象得到最为充分的"自然呈现"。这样即可凸显作品的表现对象和作家书写的原生态,使文本具有特殊的亲切感、现场感和真实性,是对非虚构性的生动诠释和成功坚守。在文中,作者还十分自然地加入了对于镇江地理、历史、民俗和食俗的描述。这既是在保持叙述的张弛有度,也是在为其文献价值的实现加分,为目前的非虚构写作提供另一种路径和空间。

2014年度,有多部作品着力于对各式"卫士"形象的表现。其中比较突出的代表,是裔兆宏发表于该年度的《淮河赤子情》。这篇作品入选中国报告文学学会主办"2014年中国报告文学优秀作品排行榜"。该排行榜的"推荐语"称作者"运用生动的细节和形象的语言,着力刻画为保护淮河少受污染之害倾尽全力的'淮河卫士'霍岱珊的形象。这是一位视淮河如母亲,甘愿抛弃工作,主动踏上守卫淮河难途的环保志士,在其身上集中体现了一种宝贵的志愿精神和现代公民意识。"在作者充满激情的描述中,河南某地方报社摄影记者霍岱珊用镜头揭开淮河沿岸污染真相的故事展现在读者面前。作品表现的不再是一位堂·吉诃德式的孤胆英雄,而是一位满怀环保意识和责任意识、"位卑未敢忘忧国"的中国公民,一位一呼百应的领军人物——"'淮河卫士'霍岱珊,从颇具悲情色彩的独行侠,发展到拯救淮河的上千人志愿者队伍;从一家人的拯救行动,发展到系统化的监测网络;从'对抗式'地揭露污染真相,发展到企业自觉接受监督的'莲花模式';从少数人的行动,发展到公众的深度参与拯救母亲河行动;从单纯的揭露污染真相,发展到帮助村民摆脱饮水困境……"作品写出了生态环保意识由个体自觉走向全民自觉的艰辛历程。裔兆宏的另一篇报告文学《公仆》,描述的是南水北调工程中丹江口库区各县市的移民干部。刚做完手术、拔掉输液针管上"前线"的移民局局长王玉献,善于化解矛盾、微笑面对责难的女乡长向晓丽,忘我工作、累死在移民第一线的镇党委副书记刘峙清等,作者为我们勾勒出一组真情对移民、"敬民如父母"、做人民公仆的群像。

朝煜的《面对大海的诉说》写的是"小岛卫士"王继才夫妇守卫苏北灌云县临近日本的孤岛——"开山岛"的事迹。他们在艰苦的生活条件下,二十年如一日,恪尽职守,甘于清贫,遭遇种种磨难,抵御种种诱惑,但为国守岛,便"觉得非常值"。

作品通过诸多生活化语言和生动细节的描绘,形象地传达出"小岛卫士"的爱国情怀、诚信品质和坚韧意志,还有以岛为家、乐在其中的生活态度。

军旅老作家徐志耕的新作《归来》,描述的是牺牲在台湾的红色特工、华东军区海军部联络处高级情报员戴龙的英雄传奇,以及在儿孙们的寻找之下,烈士忠骨历尽曲折终回故里的经历。作品充满深情,写出了隐秘战线上的共产党员之铮铮铁骨和浩然正气。"纵然是消逝了,伟大的仍然伟大。纵然是凋谢了,光荣的仍然是光荣。"作品卒章显志,揭示出包括戴龙在内所有忠诚卫士的崇敬精神与不朽价值。

《为使命亮剑》是唐灏书写无锡"公安卫士"风采的一篇报告文学。作品再现了无锡公安特警"豹之队"在保障国家安全、维护社会秩序、保护公民生命财产安全等方面所做出的贡献。展示出特警们英勇顽强、为民除害的战斗风采,以及亲民爱民的赤诚之心。

在表现创业者的追梦与造梦方面,报告文学集《创者赢》是2014年度必须提及的一部作品。这不是一个作家的个人之作,而是由傅宁军、鲁敏、李风宇、章红、育邦、李凤群、黄慧英、赵锐、娜彧等23名江苏知名作家,描述23名在南京创业企业家事迹的集体创作。这部副标题名为"来自魅力南京的23个创业传奇"的著述分为四个部分,每一部分的开头均有"名家寄语创业"一栏,由著名作家麦家、苏童、叶兆言、刘醒龙、范小青、黄蓓佳、周梅森和储福金等亲笔撰写或人生感悟或城市推介式的"创业寄语"。应当说,这23篇作品虽然短小精悍,但意义非同一般。因为作品所描述的对象大多为成功的"海归"或自主创业人士，诸如逯利军、黄浩、徐静、陈俊、毛文凤、朱祥云、何宏昌、孙荣久、梁超、李祥等等。他们来自IT、电子信息、文化创意和通信制造等行业，在南京创业与成长。作品通过不同角度表现了这些创业者的追梦过程，写出了他们在这一过程当中的苦乐酸甜，凸显的是"创者赢"的主题，展现的是新一代企业家们的南京梦、中国梦和世界梦。"今天，陈姚建平先生根植中国，是科技创业的领军人物；明天，他或许就是我们南京的马克·扎克伯格、比尔·盖茨或乔布斯。"满震在《用梦想改变世界》一文的结尾所写的这句话恰好印证了这一主题。而这部作品更具深意的也许还在于，它以生动的事实说明，"六朝古都""十朝都会"固然是南京的标志性符号，但新世纪的南京更是适宜各种人才创业的热土，是创意之都、创业之都。这正如范小青在"寄语"中所说："南京以人才高地著称，优秀创业人才汇聚南京，将创业文化带进了南京，共同努力塑造南京的城市精神和独特风貌，打造南京'中国创业硅谷'的名片；同样，文学上的'南京现象'也十分引人注目，这是南京的另一张名片，一张集聚文学人才的名片。"

与《创者赢》"名家写名家"有所不同的是，李新勇的《到江尾海头去》表现的则是一群平凡年轻人的追梦之旅。作品描述的是，一群来自长江之头四川宜宾的大学生来到长江之尾的江苏启东创业的故事。这些在启东乡村担任教师等职业的年轻人，经历过迷惘、困惑、孤独，最终成长起来，成为教学骨干，并在当地相亲、结婚、生子，成为扎根第二故乡的圆梦者。作品既写出了不同文化区域的冲突和交融,更写出了这群年轻人在启东这片土地上形成的开拓、包容、创新的品质。"中国梦的描绘和实现,70后承担起了极其重要的责任,而李新勇的这部书,就是一个青年为了实现自己的'中国梦'的奋斗史。"(朱一卉:《无畏青春的文化书写》)

除却上述有关底层、卫士和创业者三类人物的描述,在对于"人"的表现方面,还有傅宁军有关台湾名人李敖纪实的最新版本——《李敖大传》;在此之前,作者分别于2003年和2010年出版了《完全李敖》和《李敖:我的人生不可复制》。此次为修订增补版本。作者将一个多面的真实的李敖形象再次展现在世人面前,并对其独特的个性和家庭生活进行了详尽描述。纪萍的《女检察官手记Ⅲ》,聚焦的对象为一群特殊的女性。此书所有篇章均取材于真实女性犯罪及与女性有关的案例,涉及爱情婚姻、财富贫困、家庭暴力吸毒等等当下种种社会热点问题。

二

对于"城"的书写,在2014年的报告文学中具有代表性的主要有三部作品,即唐晓玲的《逐梦之城》、杨守松的《大美昆曲》和何建明的《南京大屠杀全纪实》。

近几年有关苏州的长篇文学纪实日渐增多。2009年,苏州籍著名报告文学作家何建明出版了他的五十余万言的报告文学《我的天堂》,这部作品着力再现的是改革开放三十年来苏州经济腾飞的现实。2014年,唐晓玲的《逐梦之城》则以中国历史文化名城苏州的复兴之梦为叙述主线,从政治、经济、文化、城市建设、古城保护、生态等多个角度,生动记录了具有2500年建城历史的苏州之发展与变迁,以及一代又一代苏州人在这个"人间天堂"里寻梦与追梦的奋斗历程。"建设美丽苏州,宜居苏州,和谐苏州,幸福苏州,写好'中国梦'的苏州篇章。"这既是作者对全书主旨的归纳,也是其叙述的着力点。此正如丁晓原在《城市与梦的深度叙事》一文中所言:"《逐梦之城》既真实地反映了苏州经济社会发展的客观存在和城市特质,又鲜明地体现了作家个人的主体性。这种主体的个人性体现在对中国梦主题的理解、对书写对象具体材料的取舍以及语言表达方式的运用等方面。"除去对苏州经济发展的叙述外,作品还用较多篇幅描绘苏州古城"历久不变"的魅力所在。"保护古建筑就是保护我们心灵的故乡",作者基于这样的理念,为我们展现出"小桥流水人家"的平江历史街区、"姑苏第一街"的繁华胜景、"东方之门"的前世今生,以及"好住湖堤上,长留一道春"的千百年姑苏生活图画。不仅如此,作者更是细致地梳理出古城"历久不变"原因,诸如好风水与科学规划,文化名流与贤臣能吏主政,精致温柔、有理有节的发展模式和生活方式,将柴米油盐变成风花雪月的高素质市民的存在等。这既是对历史古城的一种深入思考和挖掘,也是在为中华文化的传承提供新鲜经验。这与著名作家杨守松近期出版的《大美昆曲》有着异曲同工之妙。

《大美昆曲》这部作品是杨守松继《昆山之路》《小康之路》和《昆曲之路》之后,描述"人类口述和非物质遗产代表作"的重要作品。作为一个江苏昆山人,杨守松的报告文学视野大多离不开这个魅力四射的长三角名城。1990年和2004年,他先后写下了《昆山之路》和《小康之路》,形象地诠释昆山神话般崛起的秘密。而2009年的《昆曲之路》和新作《大美昆曲》则将昆山"第一宝"昆曲的历史与今天全景式地描述出来。由"经济昆山"到"文化昆山",从"物质昆山"到"精神昆山",作者为我们构建了一个全方位、立体化的"昆山"形象。

《大美昆曲》的采访时间长达八年之久,作者遍访港澳台和中国内地,积累了百余万字的写作素材。作品由上篇《古与今》、中篇《人与戏》和下篇《缘与源》三部分组成,广泛描述了发源于昆山的昆曲的历史流变、当代昆曲艺术大师和名家的卓越贡献,以及昆曲爱好者和研究者们的故事。从大江南北到美国、欧洲,作品的叙述纵横恣肆、时空交错,语言充满韵味和激情,思考充满胆识和智慧。它写出了昆曲和昆曲人的"大美"——"昆曲的盛世,成就了中国文学和艺术史上一个堪与唐诗宋词和明清小说并驾齐驱的戏剧的辉煌",也道出了成就如此"大美"的艰难,甚至真切地表达了对传统艺术与文化的鲜明态度——"昆曲命不该绝!尽管时代更迭,世事兴替,昆曲人却筚路蓝缕,薪火相传,自强不息,为雅为文为艺术,苦苦坚守"!特别是作者有关"昆曲不是陈列品""昆曲不是三陪女""昆曲不是流行文化"等言论,切中要害、振聋发聩,显示出其推进昆曲可持续传承和发展的良苦用心。因此,在这个意义上说,"这部报告文学不仅仅描写了昆曲发展现象,更为有意义的是通过昆曲的案例,思考了我们民族文化发展的重要问题,深入探索民族戏曲艺术的发展规律"。(木弓:《迎接昆曲的大美时代》)

在有关"城"的书写当中，苏州籍作家何建明的《南京大屠杀全纪实》也是值得一提的重要作品。它入选了中国报告文学学会主办的"2014年中国报告文学优秀作品排行榜"。这部为2014年12月13日第一个"国家公祭日"而特别写作的报告文学，以60万言史上最长篇幅的文学纪实形式，全景展示了中国现代史上令人不堪回首的那场旷世国难，成为别具一格的文学证言。

有关南京大屠杀的文学纪实作品，在何建明撰写此书之前，比较有影响的主要是徐志耕为南京大屠杀50年祭所写的《南京大屠杀》，美籍华裔作家张纯如写于1997年的《南京浩劫》，以及姚辉云的《南京大屠杀·1937》和《世纪大审判》等几部作品。它们从不同侧面和角度形象而细致地描述了南京大屠杀的基本历史事实。相比较而言，何建明的这部报告文学无论从体量、内涵、还是艺术表现方面，都是迄今为止最为全面深入之作。作品力求全方位还原历史和历史人物，追寻事件背后的要素并加以深刻的反思。与之前已经出版的同题材纪实作品相比，何建明此书更具描述的广度和深度，可谓之"全景纪实"。这一方面是指作品对于事件过程的历时性描绘，从"杀戮前的大决战"到"大屠杀第一天""大屠杀第一周"，再到对于大屠杀罪犯的审判，形成一个从开端、发展、高潮直至结局的完整叙事链条，让读者十分清晰地了解事件状态的全过程。"全景纪实"还体现在对于大屠杀事实的呈现上。作品中不仅有国民党官兵和市民等幸存者的口述、回忆录、文字叙述，还加入了日军官兵等加害者在当时或战后的"阵中日记"、回忆录和其他文字材料。它从另一个角度证明了"南京大屠杀"绝非中国人的"说谎"和"虚构",而是一个确确实实、真真切切的历史存在,它构筑的是一个"非人间的浓黑的悲凉"。

报告文学并非仅止于非虚构式的"纪实",它还需要体现作家的思考,最终成为既具文献价值,又有思想价值的文学文本。从这个意义上说,在《南京大屠杀全纪实》中,反思无所不在。跨文体写作又使得作品的"全景纪实"和全方位反思得以落实和出彩。在作品中我们可以看到,除却叙述和描写之外,大量渗入其间的是新闻报道、文告、日记、回忆录、法庭证词、书信、口述、碑文、诗歌等多种文体,它们集合在作家的写作主旨之下,结为一体。这种多文本聚合的作用在于共同说明、互相映照,极大地凸显了作品所要呈现的原生态事实。作品还将宏大历史书写与具体事件、人物的表现紧密结合。文中大量细节和场面描写、人物对话等,使作品的生动性和感染力呼之欲出,使人在清晰地了解事件全貌的同时,也对作家着意"特写"的诸如拉贝、魏特琳、蒋介石、唐生智等人物印象深刻,真正体现出文学纪实的艺术魅力。

纵观 2014 年的江苏报告文学创作,我们深感其对"人"与"城"描述的广泛性和深刻性。应该说,这一创作特质与报告文学的文体气质是契合的。江苏报告文学作家理当以更大的勇气和智慧,深入江苏大地、关注江苏人民,在建设经济强、百姓富、环境美、社会文明程度高的新江苏的征程上,以笔为旗,抒写更加动人的现实华章。

接地气与有生气

2015年，江苏报告文学继续凸显"接地气""有生气"的文体特质，在表现创业创新的江苏人、纪念中国人民抗日战争胜利暨世界反法西斯战争胜利70周年、地域书写等多个方面斩获颇丰。当我们立足江苏、放眼世界之时，不难发现，对于世界非虚构文学而言，这一年极具重要意义，因为专事纪实写作的白俄罗斯女作家阿列克谢耶维奇获得了诺贝尔文学奖。《我是女兵，也是女人》《来自切尔诺贝利的声音》《锌皮娃娃兵》和《二手时间》等，是这位记者出身的女作家写下的纪实性文字，它们揭示人类历史进程中的大事件对普通人的影响，关注"生物的人、时代的人、人类的人"，以揭露真相、还原事实的立场，反思战争、核爆炸等带来的人性扭曲与生态灾难，表达对人类的终极关怀和人类未来命运的忧思。这样一种为人类的知识分子写作，不仅是对"娱乐至死"消费文化的警醒，对当下江苏乃至中国的报告文学创作的启示作用也是不言而喻的。

一

承继优良传统，江苏报告文学作家在2015年仍然着力书写"强高富美"新江苏的建设征程，倾情再现那些勇立潮头、敢于争先、勇于创新、善于创新的江苏人。

傅宁军的长篇报告文学《长江星辰》再现的主人公为江苏张家港市长江村老书记郁全和，以及郁全和与郁霞秋两代长江村人的接力创业。作品描述了长江村从土地紧缺，到工业化拓展，再至全方位发展的转变与转型。这是农业文明向工业文明的转变，是前现代社会向现代社会的转型。作品展示了改革开放以来长江村从贫穷到小康，向基本实现现代化迈进的沧桑巨变，折射出以苏南地区为代表的江苏改革开放和现代化建设取得的巨大成就。在线性结构中，作品杂以大量运用闪回手法的交错叙述，在使结构更为丰富的同时，又凸显出叙述的主线，即郁全和老书记的创业史。人物的再现也使这部作品可圈可点，譬如作为父女、老少、掌门人等多重角色的郁全和与郁霞秋。作品表现郁全和的韧劲和智慧，具有小说式的生动，又充满真实生活的实感和质感，更具感人的力度。作者经过深入细致的田野调查所获得的非虚构性，在丰富的细节与场面中得到落实。与之相联系的，是作品中随处可见的哲理性思考，它们诠释长江村崛起的意义，也是对作品高度与深度的有力提升。

姚正安的《不屈的脊梁》聚焦扬州高邮基层企业家，扬州升达集团董事长、扬州宏远电子有限公司总经理张椿年。作者写作此书出自真诚的内在需求——与写作对象并无深交，写作动机和欲望的逐渐凸显，完全是在于被张椿年的命运、事业和人格所打动。其写作方式值得肯定，遵循非虚构作品的创作原则，作者进行深入细致的田野调查，走访主人公的家人、身边人、朋友、同学、老师、同事等，甚至远赴新疆石河子、广东东莞等地进行实地采访，获得大量一手资料，为真实再现主人公打下坚实基础。作品体现出强烈的现场感和介入感。文中"命运悲歌"和"咬定青山"两章，描述张椿年个人坎坷的身世：出身儒雅之家，父亲被打成"反革命"，高考受挫，当农中教师，做沈阳工厂工人，当兵病退回乡，在县里的电器厂、模具厂和无线电元件厂，由普通工人成长为厂长。通过"勇立潮头""百年大业""儒商风范"等章节，作品突出描绘张椿年成功的事业——致力推进企业改革、广纳人才、质量为本、诚信至上和追求品牌，以及具有魅力的"儒商"品格——自律、热诚、务实、简朴和求知，还有"不屈服于命运、不屈服于贫弱、不屈服于诱惑"的人格风范。这不仅为江苏报告文学中的企业家形象增添新彩，也由主人公的经历折射中国经济社会发展，特别是国企改革的艰辛历程。当然，作品在思想深度、人物刻画和艺术表现等方面仍有进一步提升的空间。

  与上述两部作品相类似的是，王成章的长篇报告文学《国家责任》写的是连云港鹰游集团董事长张国良及其团队，历经30多年卧薪尝胆，将一个濒临破产的小纺织机械厂，发展成为现代化的国家级重点高新技术企业集团，实现碳纤维产业化的故事。蔡永祥的《大地追梦》再现了镇江市农科所原所长赵亚夫心系农民，以科技兴农富农的感人事迹。作品主要表现赵亚夫为

"弱农"致富而进行的"科技示范""互助合作"和"整村推进"等三次艰难探索过程,着力表现这位身处第一线的现代农业探路人一心为农、乐于奉献、坚忍进取的工作精神和人格魅力。黎化的《闯荡南非洲》将描述的视野由中国扩展到非洲。作品叙述的是,2000年前后,江苏南通东部乡村数千名民营企业商人到南非洲自发销售南通的家纺产品,遭遇绑架勒索、武装抢劫、政治动荡、货币贬值等种种凶险,克服语言、气候和文化的差异,最终成为中非友谊的使者。《一条路与一个时代》是江苏宁沪高速公路股份有限公司和镇江市作家协会共同编辑的报告文学集。它将一条高速路与"一个时代"联系起来,既以细腻的笔触,多方位、多角度地展现宁沪高速公路成立20多年来的辉煌历程,描述了大量饱含真情实感的人和事,也从一个侧面反映出江苏乃至中国经济与社会的高速发展。

二

2015年,适逢中国人民抗日战争胜利暨世界反法西斯战争胜利70周年。在这一具有历史意义的重要时刻,江苏报告文学作家没有缺席,他们奋笔疾书,重温那些烽火岁月里难忘的人和事,诠释"前事不忘后事之师"的深刻哲理。章剑华出版了记录故宫博物院90年历史的长篇纪实文学"故宫三部曲"——《变局》《承载》和《守望》。其中,《承载》主要再现的是抗日战争时期故宫文物"南迁"的重要事件。故宫万件文物的万里大迁徙,可谓世界战争史上规模最大的文物迁移,它形象地诠释了"文化抗日"的深刻内涵,无疑是中国抗战文学题材的新拓展。从1931年"九一八"事变直至1950年新中国成立之初,作品基本按照故宫文物南迁的始末顺序结构全篇。作品写到南迁计划的酝酿、争议、冲突、成行,几经周折,途经上海、南京、长沙、重庆、贵阳、汉中等地,最终在中国西南部的安顺、乐山和峨眉山等地安顿下来,抗战结束,又重新东迁至南京,最终回到故宫,将过去有关文物南迁的零星叙述转换成全景式的系统展现,将"重物不重人"的记录变成形象化的书写。在书中,作者不是简单地记录故宫文物南迁的过程,而是写出围绕南迁所展开的各方角逐,在始终伴随着南迁与反对南迁的斗争和冲突中再现人物性格。刻画了易培基、马衡、那志良、吴玉璋、李宗侗、高茂宽等一批力挽狂澜于既倒的忠诚的知识分子形象,凸显这些人物以生命守护国宝、抵御外族入侵、捍卫与传承民族文化血脉的崇高使命意识和担当意识。

《雨花》杂志以2015年第9期全部篇幅刊载纪念中国人民抗日战争胜利暨世界反法西斯战争胜利70周年特刊——"烽火记忆——铁血叩响东方"。其中有数篇纪实性"口述历史"、回忆录和纪实文学等。傅宁军的《中国胜利日:1945年9月9日》、蓝博洲的《寻找祖国三千里》、唐海的《战时香港》、赵恺的《离骚》、向守志的《神头岭伏击战》和傅奎清的《第一次打鬼子》等,多角度表现这场全民族的抗战。傅宁军的《中国胜利日:1945年9月9日》以油画家陈坚所作大型油画《公元一千九百四十五年九月九日九时·南京》的诞生过程为情节线索展开叙事,力图还原南京受降日的历史情境。这是迄今为止唯一幅描述南京日军受降仪式的史诗性画作,作者陈坚秉承真实再现历史的理念,查阅大量原始资料,拜访健在的国军抗战老兵,核对受降仪式上的人、事和细节,使"这幅油画对一个个细节的真实考证,几乎到了严丝合缝的苛刻程度"。油画最终得以顺利完成,在中国人民抗日战争胜利60周年之际公开展出,轰动一时。赵恺的《离骚》描述的是新四军四师师长彭雪枫将军在洪泽湖畔度过的最后三年岁月。将军拨军费助学,建水师抗湖匪,创建拂晓剧团、骑兵团和《拂晓报》,爱书如命喜《离骚》,反扫荡收复失地,冒暑西征英勇牺牲。在简洁生动、情深意长的记叙中,一个为国为民的新四军高级将领形象卓然而立。

三

"地域书写",是江苏报告文学作家的"最爱"题材之一。2015年,又有诸位作家将纪实的笔触投向江苏、江南,深情讲述这片土地,以及土地之上人们的前世与今生。

当代纪实文学中对于"飞地"的描写并不多见,因此,张晓惠长篇纪实文学《北上海,这片飞地上的爱恨情愁》的出版就显得难能可贵。作品以一个真实人物田崇志的日记为线索,再现了1950至1980年的一个相对封闭的空间——蛮荒的、偏远的、独立于正常社会之外又自成一个小社会、混合着监管教育劳动特殊功能的"上海农场"。它位于江苏省大丰区域之内,却属于上海市管辖,是典型的"飞地"。这个"农场"混合着规训者与被规训者三个层次人群,他们包括上海派遣来的行政和技术管教干部,由长大成人的流浪儿童、农场工人和上海"知青"组成的"职工",还有由改造后的游民、妓女、小偷、吸毒者和劳教犯人等构成的"场员"。作品写出了以黄序周局长、邹鲁山主任、杜仲宾老师等为代表的管教干部的奉献精神和人性化管理,写出了"新社会将鬼变成人"的历史巨变,写出了包括田崇志在内的七对职工、场员或知青男女的美好幸福婚恋生活。当然,作品也有立足于人性和人道立场对管教政策的反思,譬如"纵火案揭秘"讲述的一起放火烧房的冤案、"芦荡中骤起的枪声"叙述服刑犯大逃亡事件等。作品还以"蹉跎岁月,青春之歌"为题思考知青运动的意义和价值。

《北上海,这片飞地上的爱恨情愁》有着比较浓厚的纪实色彩。作为采访者的"我"在文中时常出现,摹写现场状态、人物神情或抒发感慨,具有布莱希特式的"间离"效果,强化了作者对叙述的掌控、对叙述对象的态度,营造出非虚构的现场感。作品中叙述人称的交错,如第一人称"我"(包含作者、田崇志等)和第三人称叙述,造成多声部"复调",呈现对描述对象的多种认知。对于"北上海"这块"飞地"的寓意,作品似还可进一步"深挖",以显示飞地文化的多样性,以及融合着城与乡、新生或沉沦、社会与时代、地方与国家等多元化的"飞地记忆"。

报告文学《循古向新——苏州古城保护纪实》由朱文颖、戴来等9位苏州作家采写而成。在包含序篇、水之篇、街巷篇、古迹篇、园林篇、历史街区篇、民生篇、文化传承篇和尾篇在内的9个章节里,作家们以独具个性的文学手法记录苏州古城保护三十年的风雨历程。在全面描述对这一国家历史文化名城保护的诸项成果的同时，也向读者展示了一个现代化新苏州的活力与魅力，以及古城保护的理念和意义。

陈跃的长篇报告文学《韵河——扬州牵头中国大运河申遗八年纪实》，由"运河三老《公开信》产生始末""保护行动与申遗故事""扬州，运河长子的荣光""那些宣传者、志愿者和利益相关者""《中国大运河申遗文本》出笼始末""专家的运河印象"和"任重道远，大运河保护永远在路上"等章节组成，是目前唯一一部完整记录中国大运河八年申遗历程的文学纪实。作品讲述扬州等35座城市联合申遗的曲折经历，沿线一亿七千万居民对运河的深情与保护，将大运河作为中国重要的经济和文化长廊的意义与价值生动地揭示出来。

周桐淦的短篇报告文学《筑梦江南——写在江南机器制造总局诞辰150周年》，以"梦起江南""梦断江南""梦舞江南"和"梦圆江南"四节内容，书写1865年成立于上海黄浦江边的江南机器制造总局150年发展的艰辛历程。"从曾国藩开办江南机器制造总局，到陈绍宽呼请制造中国航母，从1865至2015，150年的栉风沐雨，江南人创造了许多中国第一"，他们现在正雄心勃勃制造中国航母，力争为世界书写和平。

李伶伶与王一心，是江苏文坛专注于传记文学写作的文学伉俪，迄今为止，他们合作出版了20余种、数百万字的传记作品。这些作品主要致力于书写中国文学艺术界的名人，如鲁迅、胡适、丁玲、梁实秋、徐志摩、张爱玲、梅兰芳、程砚秋、陶行知、苏青等，其写作的视角在于以"不虚美、不隐恶"的原则真实展现人物的本来面貌。2015年，李伶伶与王一心合作出版了《五味人生——杨宪益传》和《绝代芳华牡丹香：那些中原才女们》两部纪实作品。《五味人生——杨宪益传》描述的是中国著名翻译家杨宪益的人生传奇。主要表现传主的出众才华、坚毅勇敢、热情乐观，及其集传统与现代知识分子特点于一身的人格魅力。《绝代芳华牡丹香：那些中原才女们》是一部出自同一地域的古今文艺人物的传记合集，主要写了班昭、蔡文姬、上官婉儿、刘喜奎、庐隐、冯沅君、凌叔华、石评梅、孟小冬、沉樱、陆晶清、赵清阁、潘柳黛、陈香梅 14 人。作者对每位人物不做由生至死的"小而全"的小传式书写，而是选取其人生中的重要事件或重要片段，以映射其整个人生。对于这些被人一再书写的人物，作者没有陷入史料的堆砌和简单的重复，而是通过对史料以及前人成果的挖掘与研究，试图有新的发现和新的观点，写出新意和意味来。

《布衣壶宗——顾景舟传》的作者徐风历时两年足迹遍布大陆及台港地区，遍访 70 余位故旧、家属、徒弟和学生，从"纤夫""橹公""舵手"三个视角，多角度、多层面地表现当代陶艺大师顾景舟的一生。在书写顾景舟身世和品格的同时，详细介绍了他高度融合"工"和"艺"，创造出精湛、高雅、形式多样的紫砂工艺品，用毕生心血，将紫砂技艺发展成为面向世界的成熟的工艺艺术门类。

张文宝的纪实文学《刘少奇过苏鲁交通线》讲述的是 1942 年 4 月，化名胡服的刘少奇从江苏阜宁沿苏鲁秘密交通线来到临沭县朱樊村。在朱樊村的四个月里，刘少奇在紧张的工作之余，帮助孩子读书识字，办抗日小学，教育引导儿童团员保护减租减息，挫败敌人阴谋。最后，孩子们与民兵一道，闯过重重难关，护送刘少奇安全通过敌人的封锁线。该著作在史实的基础上，生动艺术地再现了刘少奇的这段革命经历。

蒋亚林的《从呼兰河到浅水湾——萧红传》，高保国的《寻找张思德——一位作家的采访手记》，以及浦玉生的《湖海散人——罗贯中传》等作品，在题材选择、人物再现、思想内涵、艺术传达等方面亦有可圈可点之处，为2015年江苏报告文学、传记等非虚构文学写作增添了光彩。

风云际会烁古今

作为一种"时代文体",报告文学无疑需要凸显其观照当下现实的"时代性"。2016年,江苏报告文学在聚焦区域经济社会文化和教育发展、讲述中国故事和传统美德、讴歌英烈和书写历史人物等方面收获较丰,体现出这一文体平稳发展的基本态势。我们欣喜地看到组织化文学生产对于包含报告文学在内的纪实文学的进步与繁荣之重要作用,譬如"雨花忠魂·雨花英烈系列纪实文学"的强势推出,江苏省作协重大文学项目回顾研讨会的召开,江苏省作协报告文学创作座谈会暨连云港"一带一路"采风活动,以及姚正安、徐风等多个报告文学作家作品研讨会的举行等。2016年的江苏报告文学果实累累,期待来年春暖花开。

一

相比较而言,江苏报告文学作家长于对生于斯长于斯的这片热土的关注。近年来,"一带一路"倡议又进入作家们的视野之中。张文宝的长篇报告文学《在时代的交汇点上——一座城市与一带一路》将聚焦点集中在江苏省的连云港。作品对这个实施"一带一路"倡议的交汇点城市做出全方位展示,再现其在港口建设、中哈国际物流合作基地、连云新城、经济技术开发区、徐圩新区、跨海大桥和道路建设等方面所取得的成绩。作品以充分的数据和朴实的叙述,不仅写出了"一带一路"倡议给予连云港的意义——"这是连云港遇到的最大机遇,是时代又一次对连云港的垂青",而且,通过描述上至市委、市政府各级领导,下至各行各业普通群众的"能干事、干成事",揭示今日连云港"独步中国、风流倜傥"的不凡气势。

如果说,《在时代的交汇点上》书写的是江苏北部地区的当下状态,那么,范小青等三人的报告文学则是对苏南地区的最新描绘。这种描绘的切入视角是台商与苏南。范小青的短篇报告文学《诚品在苏州》写的是坐落于苏州工业园区的苏州诚品书店。这是台湾诚品书店在大陆开设的第一家。作品着重表现这一企业创新创优新理念,由传统的图书销售拓展到画廊、出版、展演、文创商品和艺文空间等领域,力求在文化和经济方面达成与苏州的共赢。"诚品生活苏州"于是成为这个城市的新名片。周桐淦的短篇报告文学《手绘银杏湖》记录的是台湾商人林铭田倾力打造南京 15 平方公里新地标——银杏湖风景区。这个景区包括茶园、草地、花卉园、树林、湖水、儿童乐园、高尔夫球场和农业生态游览园等。作品以简洁的语言,生动地写出了人物的本真、坚韧和远见。梁晴的短篇报告文学《阿聪》的主人公是从事树脂化工行业的台商孙先生（阿聪），作品详细地描述这位致力于沟通两岸经济和文化交流的商人，投资昆山、办厂、开发环保的水性漆，以及发起建造华东地区具有闽台特色的最大妈祖庙——昆山慧聚寺。

王资鑫的长篇报告文学《马踏扬州路》再现的是中国扬州鉴真国际半程马拉松赛的十年历程。这是唯一以人名命名的世界马拉松比赛。作品写了一百余名"扬马"的策划、组织、志愿者和运动员，并将"扬马"与鉴真的个人品格联系起来，凸显执着、拼搏、开拓和无私精神，最终揭示出一座历史名城与现代体育运动的紧密关系。

在关注江苏文化与经济发展的同时，支教与助学题材也成为2016年江苏报告文学的一个亮点。将琏的《支教：在小凉山的28年》记录江苏海安教师对云南宁蒗彝族自治县长达28年的支教行动，题材别致，细节充分，描述生动。改革开放近40年来，报告文学写教师和教育的不少，诸如聚焦高考及其产业的《黑色的七月》，关注贫困大学生勤工助学的《落泪是金》，有关乡村教育的《中国山村教师》等。相比之下，《支教：在小凉山的28年》是特出的，因为它再现的是东部教育发达地区支援西部教育落后地区的故事，是当年中国"西部大开发"战略的形象体现，同时也涉及中国教育体制和教育理念等重大命题。作品真实再现与还原了以朱朝书、景圣喜、景宝明、梅德润、丁爱军和田宝山等为代表的各式性格鲜明的支教教师形象。作品的深度在于，它也真实写出能够折射当时教师生存现状的支教动机与现实诉求，既表现海安支教教师与云南当地风土人情的交融，也没有回避东西部之间存在的从思想观念到生活方式等方面的种种矛盾与冲突。当然，作品着力凸显的仍然是这些教师在宁蒗支教的各个岗位上坚守爱岗敬业、爱生如子的职业伦理，坚韧不拔、不畏艰苦的顽强意志，以及高超的教学水平与先进的教育理念，以此显示他们作为"教师"的基本气质和风范，在客观上诠释出"民族团结、乐于奉献、文化大同"的基本理念。作者坚持非虚构写作原则，强调可信度和原生态，摒弃随意拔高或刻意纯化。以亲历者、亲见者和采访者三位一体的视角，倾注感情追踪支教群体28年，三进宁蒗调研，采访近半数支教教师，使作品更具现场感和真实性。与《支教：在小凉山的28年》题材相近的是邬丽雅的短篇报告文学《江花怒放吕梁山》。作品记录江阴青年赵新忠和赵忠惠被山西贫困山区学校教育资源匮乏所震撼，在给团中央写信之后，决定辞职去山西吕梁义务支教。两人被联合国开发计划署授予"国际青少年消除贫困奖"，江阴市被团中央命名为"志愿者之乡"。在他们的带动下，江阴市历时20年为吕梁地区培训青年教师2000多名，坚持不懈实现精准扶贫。"为吕梁打造一支扎根黄土带不走的教育骨干。"

二

讲述中国故事，已日渐成为当下文学的一个基本趋向。作为"时代文体"的报告文学当然不可缺席。2016年，傅宁军出版了他的长篇报告文学《眼泪与欢笑——围头湾纪事》。这部作品讲述的对象是福建晋江的围头村。这是一个距离台湾所属金门岛最近的大陆村落，有"海峡第一村"之誉。作品以作者的采访为线索,叙述这个曾历经1958年"8·23"炮击金门海战的最前沿村落,如何从两岸对峙变为"两岸一家亲"的故事。"眼泪与欢笑"的书名,即对这一历史和现实的形象表达。当年炮击金门的参战民兵洪建财、洪我洲、洪水平、吴秀梨等,在改革开放的时代,与金门同胞"相逢一笑泯恩仇",从势不两立的"仇家"变成儿女亲家、生意伙伴,成为一个中国的坚定维护者和践行者。作品以第一人称"我"为叙述视角,细腻而清晰地将作者采访的全过程记录下来,给予读者强烈的现场感。尤其令人寻味的是,围头村和金门岛在保留原样的基础上都不约而同地分别建造了一个"8·23"炮战遗址公园,在作为吸引眼球的旅游资源的同时,又成为一个让年轻人认知海峡两岸历史和现实的生动教材。这正如作者在作品中所言:"我感动于围头人的从容,解除了军事禁地的寂静,蒸腾着富庶与喜庆的元素。也许,围头最可贵的是心态,是这乡村生活的点点滴滴。普通百姓的庸常日子,很能体现海峡涌起的和平意愿。"

为普通人的公益之心和仁爱之举"树碑立传",亦是中国故事的应有之义。徐向林的长篇报告文学《白方礼,一个人的爱心长征》写的是"感动中国"人物白方礼老人。这位天津的三轮车夫心怀对知识的敬畏与渴望,节衣缩食,不仅培养了儿子女儿成为大学生和中专生,还在20世纪80年代,白方礼就以74岁高龄捐出自己的全部积蓄5000元,资助家乡辍学的贫困孩子上学。这之后,白方礼开始了他的"爱心长征",历时18年捐资35万元帮助300名贫寒学子上学。有评论指出该书"通篇就洋溢着这样的公益之光,传递着这种温暖人心的公益精神"(郭瑛)。无独有偶，裔兆宏的《母爱高于天》写山西阳曲县的一名80高龄老人韩雅琴历时33年收养656名儿童的故事。作为20世纪80年代的国企下岗职工，韩雅琴自立自强，率领一群下岗人员自谋生路，收养"无家可归"的刑满释放人员或问题少年，开办理发店、修理店、饭店等，让"儿子们"有了安定的家，走上自食其力的道路，或上大学或成为国家干部和企业家。

此外，裔兆宏还以两篇有关产业的报告文学诠释"中国故事"。一篇是描述浙江省杭州市下沙杭州经济技术开发区发展历程的《下沙，一个世界瞩目的地方》。这篇作品重点叙述的是"下沙制造"如何转型为"下沙智造"。围绕这一主题，作品详细再现了杭州经济技术开发区的产业升级、一批具有较强竞争力的"智能工厂"的打造、发展科技、集聚人才等行之有效的举措，这些举措使之异军突起为全国此类开发区的明星，最终成为G20峰会的举办地。另一篇作品《"温氏帝国"之谜》则是再现广东新兴县农业产业化龙头企业温氏集团的故事。由养鸡开始，温鹏程及其父亲温北英通过不懈努力，克服重重困难，打造出一个融畜牧养殖为一体的科工贸农多元化发展的农企航母，为当代农业的转型升级提供有价值的范例。

三

南京雨花台，长眠着数以万计的烈士英魂。由中共江苏省委宣传部策划，江苏省作协计划编撰出版"雨花忠魂·雨花英烈系列纪实文学"丛书100部，以文学纪实的方式缅怀这些为国家独立、民族解放和人民幸福而牺牲的烈士。2016年,丛书的首批10部作品出版。张文宝的《爱莲说:何宝珍烈士传》写的是何宝珍烈士。作者着力于凸显人物的人格魅力和内在精神品质,精心安排全书的结构。他在文尾以"何宝珍大事年表"方式记录人物一生的主要经历,正文十六章的主体篇幅则力避流水账式的"由生到死"的刻板"生平"叙述,而代之以截取何宝珍人生历程中的几个精彩时段,将其组构成一个能够鲜明勾勒人物个性品格的结构,以浓烈的文学性话语生动再现这位奇女子不同凡响的一生。作品通过这些精心的结构安排,既写出了何宝珍作为一名忠诚的共产主义战士所具有的坚定信仰,及其披肝沥胆、出生入死的大无畏革命精神,也通过描述人物与刘少奇、与父母、与亲生儿女的家庭生活,充分显示其在革命家身份之外,作为一个伟大母亲、妻子、女儿的柔情与人性。张晓惠的《碧血雨花飞:郭纲琳烈士传》以"如同姐妹如同亲人"一般的笔触,深情讲述雨花英烈郭纲琳矢志不渝、为国家民族大义而壮烈牺牲的青春年华。在再现英烈音容笑貌之时,作者甚至实践了自己精神的穿越之旅——"写作就是探寻拷问自己的灵魂,星空下,阳光里,我不止一次地思索,不止一次地隔着时代与岁月的长河,就信仰与郭纲琳交谈探讨"。在此,纪实写作的对象仿佛不再仅仅是被叙述的符号,而是成为能够与作家对话交流的活生生的人。王成章的《去留肝胆:朱克靖烈士传》,蒋琏的《青春永铸:晓庄十烈士传》,龚正的《流火:邓中夏烈士传》,邹雷的《飙风铁骨:顾衡烈士传》,刘仁前的《"民抗"司令:任天石烈士传》,徐良文、于扬子的《落英祭:恽代英烈士传》,周荣池的《夜行者:毛福轩烈士传》，薛友津的《残酷的美丽：冷少农烈士传》等作品，亦从多个角度再现雨花英烈的生动形象。作者们在深入雨花台现场、查阅历史文献、访问有关人士的基础上，十分注重对英烈个性与生平以及历史场景的艺术性还原，力求凸显英烈事迹与英烈精神的时代意义与当代价值。

在"雨花忠魂·雨花英烈系列纪实文学"丛书之外，《雨花》2016年第9期为雨花英烈人物还特别设置了"殷红的记忆"专刊。其中有10篇短篇纪实作品再现中共英烈的事迹。唐诵的《第一位血溅雨花台的中共烈士金佛庄》写第一位牺牲于雨花台的中共党员金佛庄；吴安淮的《炼狱1948》记录中共高级特工卢志英被叛徒出卖、被捕，最后牺牲于雨花台；海安的《红叶童话与傲雪红梅》叙述叶刚和郭凤韶夫妇投身革命的经历；张晓阳的《铁骨寒香，碧血千秋——记革命作家洪灵菲》还原左联五烈士之一的作家洪灵菲，以笔为旗从事革命事业；梁弓的《吴江侠女——缅怀革命家张应春女士》写出身于吴江书香门第的张应春投身革命的短暂而光辉的一生；葛逊的《采一枝桂花献给您——献给雨花英烈黄瑞生》写自幼成绩优秀、投身中共地下工作，被敌人逮捕后宁死不屈的黄瑞生。

另外，张文宝的纪实文学《锤炼》表现周恩来带领小红军翻雪山、过草地，讴歌其伟人风范和长征精神。吴光辉的纪实文学《消逝的中共密使电波——开启长征序幕的红色特工卢志英》叙述中共特工卢志英受中共中央军委委派，前往南京、上海、江西和贵州等地，以中共密使、商人、国军上校、杀手、囚徒等多种身份进行地下活动，成功获取敌人围剿苏区的重要情报，率红军冲出重围,使红军转危为安。

对于抗战历史的再现,主要有刘志庆的长篇纪实文学《塘马1941》和裔兆宏的纪实文学《烽火侠侣》。前者叙述的是1941年在江苏溧阳塘马地区发生的一场新四军十六旅官兵与日伪军之间的战斗,再现了罗忠毅、廖海涛等领导的抗日武装与敌人血战到底的英雄气概。后者表现20世纪20年代台北师范学校学生李友邦夫妇领导学生运动,成立义勇总队抗击日本殖民统治的传奇般革命生涯和爱国气节。

2016年,还有诸位作家出版了有关历史人物的纪实作品。王一心的《民国大先生——陶行知传》,以细腻而流畅的话语、整体倒叙结构再现中国现代杰出的教育家陶行知先生作为"劳谦君子"、理想主义者和自由主义者的人格风范和学识魅力。除却叙述陶行知生平之外,作品重点再现的是其自喻"人生第一件大事"——创办晓庄乡村师范学校的艰辛历程,"为了事业他可以不惜一切,他的理想主义是如此彻底",作品中的这句话再好不过地道出了陶行知为人做事的独特风格。齐红的《目送芳尘——民国知识女性的生命寻踪》书写白薇、沉樱、凌叔华、关露、萧红、杨刚、蒋碧微和王映霞等民国知识女性,表达对生命的理解、探究和怜爱。江淮的《千川独行》以诗性的叙述表现诗人赵恺的个性与人生。董尧的"北洋风云人物"系列,包括《袁世凯》《段祺瑞》《曹锟》《张勋》《张作霖》《吴佩孚》《徐树铮》《张宗昌》《孙传芳》和《徐世昌》10部,以文学纪实的形式描述北洋时期的十大军阀,充分展现其在民国历史前期的人生轨迹,同时也写出了那个风云际会旧时代的症候与变迁。

价值引领与百态人生

2017年注定将成为一个标志性年份。这一年，中共十九大胜利召开，中国特色社会主义进入新时代。在建设社会主义文化强国的新语境下，"不忘本来、吸收外来、面向未来"，构筑"中国精神、中国价值、中国力量"成为时代文艺的强音，深刻地影响着江苏文学创作。这一年，江苏报告文学作家仍然活跃在江苏乃至全国文坛，创作出诸多具有影响力的作品。章剑华的《故宫三部曲》、蒋琏的《支教：在小凉山的28年》、陈恒礼的《中国淘宝第一村》、徐风的《布衣壶宗》和张晓惠的《北上海，这片飞地上的爱恨情愁》等五部作品荣获第六届江苏紫金山文学奖。

一

组织化写作成为近几年江苏报告文学的一个亮点。这种方式表现为由中共江苏省委宣传部等有关部门策划领导，江苏省作家协会组织实施,省内多位著名作家参与写作。它体现出新时代党对文学工作的方向性引导,对文学深度介入现实和传达社会主义核心价值观功能的强化,对文学大省作家资源的充分利用。其成果主要有"雨花忠魂·雨花英烈系列纪实文学"、《最美江苏人》和《两岸家园》等。

2017年出版的《最美江苏人》,是以江苏省作协主席范小青领衔、由江苏知名作家集体撰写的报告文学集。它描述的是近几年在江苏大地涌现出的全国及江苏省的"时代楷模"和"道德模范"。这些被浓墨重彩书写的对象,或为农业科技专家(赵亚夫),或为乡村领头人(吴栋才、钱月宝、吴协恩、钟佰均、郁霞秋),或为技术能手(田明),或为敬老模范(李银江),或为援疆干部(王华),或为京剧名家(黄孝慈),或为民营企业家(崔根良、周海江),或为守岛卫士(王继才夫妇),或为服务群体(南京站"158"雷锋服务站)。在作家们的笔下,我们看到:赵亚夫俯下身子,把论文写在大地上,五十年如一日悯农、爱农、帮农,以发展高效农业、成立专业合作社、创造农业经营和管理新模式等切实有效的行动,真心实意为农民服务,以"骨子里对农民的大爱"赢得广泛赞誉;王继才夫妇三十余年以"享受苦难"的心境忠诚守卫孤岛,每天风雨无阻地在岛上升起五星红旗,其清醒的海洋意识和绝美的爱国情怀由此凸显;田明立足油田岗位,勤于钻研,乐于奉献,先后完成90余项革新成果,当选中石化技能大师,成为名副其实的"大国工匠";吴栋才、钱月宝、吴协恩、郁霞秋和钟佰均等,作为乡村第一或第二代领头人,不畏艰辛、不忘初心、牢记使命,带领群众致富奔小康,在平凡的岗位上干出了不平凡的业绩。作品倾力写出这些平民英雄和道德典型在新时代所呈现出来的道德之美、人格之美、勤劳之美、创新之美和奉献之美,这些"最美江苏人"的故事为江苏甚至是全国百姓树立起了令人景仰的价值坐标和精神坐标。

《两岸家园》是范小青领衔编写的另一部报告文学集。这部作品再现的是22个台湾企业家在江苏大地上的创业置业故事。它填补了中国报告文学台湾题材的一个空白。在苏台合作交流30年、"九二共识"25周年、《告台湾同胞书》发表38周年、改革开放即将迎来40周年的时刻,这部作品的出版正逢其时、意义重大。作品中所表现的22个台湾人,多是事业有成的行业精英,他们既是台湾2300万民众的一分子,更是跨越海峡、联结大陆与台湾的"桥梁"。他们与江苏的交往折射出以江苏为代表的当代中国大陆的经济崛起与社会转型,以及两岸交流生态与心态的历史变迁。作品写到台湾企业家在江苏投资创业,视江苏人民为亲人,视江苏大地为家园,以成为"江苏人"为荣耀。《手绘银杏湖》中的林铭田先生"到了南京,有种归家的感觉",《工匠赖天富的"愚公填海"》中的赖天富先生由东台海边咸腥腥的海风闻到了台湾南投老家的"味道"。这绝非在商言商的客气话,而是完全道出了他们的心声。台海两岸"家"的味道,所体现出来的当然是民族文化的同根性和血缘性,所谓"打断骨头连着筋"。这是感情的基础、文化的基础、采访的基础和写作的基础。这部作品为我们的当下文学讲述"中国故事"、讲好"中国故事"提供了一个新的视角和新的境界。"中国故事"不仅仅是中国大陆的故事,也是包括台湾在内的全体中国人的故事。作品的写作方式很特别，是由22位江苏知名，甚至是享誉全国的著名作家书写22位台湾人，这使得作品呈现出不同视角、不同笔法，形成万花筒般多元观照的效应。作品中的人物身份和职业各异——有从事机械、汽车配件、电子、医药、高新科技、百货、纺织、服装和体育用品等实业，也有的经营教育文化产业、开发生态景区。这些人物的性格、身世与成长经历也各不相同。但作家们大多更为关注，或者说着墨更多的是，写出这些人物率真质朴的人性、良好的家教传承、追求自我完善的坚韧意志、不畏艰辛勇于争先的拼搏精神、知足常乐回馈社会的价值取向。范小青笔下的诚品公司总经理吴旻洁，鲁敏笔下的华新丽华公司董事长焦佑伦，周桐淦笔下的银杏湖公司董事长林铭田，徐晓华笔下的常州双语幼儿园创办人角本清，储福金笔下的盛辉药业公司董事长张家铭，张文宝笔下的爱仕沃玛公司法人代表刘宗岳等都是如此。作品写出了人物的"精气神"，是对文学即"人学"的生动实践和阐释。

"雨花忠魂·雨花英烈系列纪实文学"在2017年得到继续推进，又有10部作品出版发行。它们是：刘仁前的《丹心如虹：谭寿林烈士传》，蒋亚林的《栽种一棵碧桃：施滉烈士传》，李新勇的《风向与信仰：金佛庄烈士传》，张晓惠的《热血荐轩辕：李耘生烈士传》，雪静的《红骨：黄励烈士传》，辛易的《忠贞：吕惠生烈士传》，周新天的《文心涅槃：谢文锦烈士传》，唐金波的《云间有颗启明星：侯绍裘烈士传》，李洁冰的《世纪守望：徐楚光烈士传》，以及杨洪军的《雄关漫道：陈原道烈士传》。与这一系列已出版的其他作品一样，这10部作品所再现所描述的仍然是秉持崇高信仰、坚定必胜信念的革命烈士,他们牺牲时大多年仅二三十岁,正值人生最美好的年华。但在面临民族大义、国家兴亡之时,他们都能挺身而出、义无反顾,充分显示出"用特殊材料炼成"的共产党员的境界与风范。作为观察者和记录者,作家们对纪实文学文体的写作准则也有着比较准确的把握,这无疑是确保"雨花忠魂·雨花英烈系列纪实文学"具有还原真实历史之文献价值的重要前提。这正如李新勇在《风向与信仰:金佛庄烈士传》的"后记"中所说:"小说创作必须依靠虚构,而历史人物长篇纪实文学的撰写必须依靠基本史实。……在这部以雨花台烈士金佛庄为核心人物的纪实文学中,金佛庄的生平事迹无法虚构,必须真实。在此基础上,让人物有血有肉地在文字中复活,这就是一个纪实文学作家的任务。"

除此之外,组织化的报告文学写作还有表现劳模先进事迹和平凡"好人"的《最美劳动者——无锡市惠山区劳动模范人物写真》《好人素描——讲述无锡市惠山区道德榜样的故事》;记录公安干警生活的《岁月铸忠魂》,描述医疗系统先进人物的《生命之渡》,以及讲述华侨奋斗历史的《归雁圆梦——镇江新侨海归创业纪实》等。

二

大凡优秀的报告文学作品,都十分看重对于人物的艺术再现,而不仅仅是对于事件的单一叙述。2017 年江苏报告文学在此方面的表现亦是可圈可点。无论群像还是个体,无论普通劳动者还是文化名人,在作家们的笔下都显出独特的光耀来。

首先需要提及的是董晨鹏的《共和国平民简史——一个工会主席的家访周记》。这是作者继《我的兄弟,我的姐妹》之后的第二部"一个工会主席的家访周记"。其书写的对象仍然是作者所在单位的基层一线员工,诸如保洁员、保安、司机、绿化工等。作品以8章篇幅描述镇江地区平民百姓在共和国成立至今的数十年岁月里的生活变迁。文中涉及的内容广泛,譬如妇女的婚姻、家庭及社会地位,军婚和退伍军人,传统节日习俗,地方民俗民风,文化休闲活动,户籍制度,农村土地产权等,力图以平民家庭个体的小历史生动呈现国家民族巨变的大历史。与《我的兄弟,我的姐妹》相似的是,这部作品仍然以现场感和亲历性见长,延续了将叙述人、采访者、单位领导和作家角色融为一体进行观照的基本写法。作品文辞简洁明快,叙述客观冷静。对于这些普通劳动者"简史"的叙述,作者已经不仅仅是一个"忠实的记录",更是一种阅历的"丰富"、心灵的"捶打"和精神的"成熟"。这正如作者所说:"写作这本书的历史,同时也是我个人精神进一步发育的历史。"

与董晨鹏作品的群像再现有所不同,杜怀超的《大地册页:一个农民父亲的生存档案》则是以农民儿子的身份描述自己"父亲"大半生的生活轨迹。这是一个乡村男人的生存史,也是一个农民父亲的奋斗史。作品饱含真情地描绘了父亲所亲历过的扒河、打号、捕鱼、种地、粜米、买车、看病、婚姻、上学和内斗等,既写出了农民生活的种种勤恳、辛劳、困苦、甜蜜,也从中折射出苏北农村自新中国成立之初到改革开放近50年的历史变迁和文明转型,其中也不乏作者对"三农"问题的反思和探索。

如果说,杜怀超叙写的是父亲的生存档案,那么,尤泽勇则是在构建自己的生存档案。在《下乡记》中,尤泽勇以第一人称"我"的视点,叙述自己当知青的7年生活经历。20世纪70年代,作者从上海到苏北高邮农村的北尤庄下乡插队,从普通知青到乡村会计再到县委干部,作者的人生经历了许多颇具戏剧性的变化。作品还以速写式的表现手法,描述了许多生动质朴的人物——祖父、妹妹、农民、知青、队长、支书、教师和秘书等等,并涉及20世纪70年代苏北农村的日常农民生活、农活、政治活动和农村制度,折射当时苏北农村真实的社会风貌,可谓政治、历史、社会、经济和风俗画的多重叠加。作品的细节与场面丰富有趣,诸多文字呈现出对农民作为中国社会脊梁的赞叹。

在表现基层民众的同时,还有一些作品致力于对地方名人的纪实。韩献忠、孙中、葛安荣的《梅兰珍传》主要再现的是无锡市锡剧团原团长、锡剧梅派创始人梅兰珍一生钟爱锡剧艺术,创锡剧"梅腔",培养弟子数十人,桃李满天下。刘兴尧、丁杰的《太湖冰梅——杨企雯传》写的是常锡文戏"四小名旦"之一、锡剧第一代女腔奠基人杨企雯八十九年的艺术人生之路,凸显其对恩师的敬重、对同行的求教,以及对青年一代演员的精心培养。作为"文学江苏读本"系列之一,陆克寒的《报人小说家——话说李宝嘉》描写的是晚清著名小说家、报人、《官场现形记》作者李宝嘉的传奇人生。陈芳梅的《马金保创业记》表现的是江苏力乐集团董事长马金保的艰苦创业史。

说到"百态人生书写",就不能提及引起广泛反响的丁捷的

《追问》。这部作品所再现的对象既非底层平民,也非道德模范,而是曾经位高权重的落马高官。它及时而鲜明地回应了当下中国老百姓热切关注的反腐败斗争。一方面,作为省属上市文化集团的纪委书记,作者亲自参与查处了多起违纪违法案件,具有亲身体验;另一方面,作为一名作家,作者在有关纪检部门的安排下,调阅了600多件腐败案件卷宗,与全国28名落马官员直接对谈,从中精选8名落马高官的口述实录,写成《追问》一书。作品真实呈现了这些落马官员腐败堕落的前因后果及其对党和人民事业所造成的危害。作家二月河在该书的"序"中写下了这样的文字:"《追问》是当下一部难得一见的长篇非虚构文学,更是一部令人震颤的当代'罪与罚'。""《追问》是一部与所谓'落败者'正面交锋的心灵碰撞实录,更是一部哲思蕴含于理性追问之中的'醒世恒言'。""《追问》是一部融入其中、摒弃说教的人文反腐教材,更是一部运用文学力量贯通历史与现实的'劫后人语'。"应当说,这样的评价是十分中肯到位的,它道出了《追问》的深刻内蕴。这部作品在每章口述开始前或结束后多有写作者的一段叙述,或是对即将展开的对谈进行描述,或是写自己对对谈对象的印象与评价,或是纪录二人对话,或是表达自己的感慨等,目的在于营造一种令人身临其境的浓郁的现场感。

三

聚焦本地区经济社会文化发展,关注作为发达省份的江苏对西部欠发达地区的援助,是近几年江苏报告文学作家常写常新的题材。2017年裔兆宏发表的《国家情愫：中国大援疆全纪实》就是其中比较具有代表性的一篇。这部作品以全景式描述方式，着重书写新时期以来内地19个省市支援新疆建设发展的国家振兴战略行动。作品从安居、医疗、教育、文化、产业支持、民族团结、村级政权建设、援疆干部等若干角度表现内地援疆的主要方面，再现的人物众多、事例丰富。作品传达出这样一个强烈的理念，那就是促使内地与新疆人民"像石榴籽一样紧紧抱在一起"的动力，正是来自"祖国"的信念——"在新疆这片神奇的国土上，无论是世代居住在此的各族儿女，还是肩负屯垦戍边使命的兵团战士，无论是'到祖国最需要的地方去'的支边青年，还是新时期的援疆人，他们的心中始终与'祖国'的命运紧密相连，难舍难分"。

雪静的《大美浦口》所重点叙写的对象既非人也非物，而是一个地域——位于江苏省南京市长江以北的浦口，一个国家级新区的所在。此书是一种地域书写，一种融合了历史与现实的状态型非虚构写作。世间不乏有关浦口的叙述，但《大美浦口》是独特的。这是一个作家眼中的"浦口"，是一本有关浦口的文学化百科全书，或曰"地质队员"的一次"美的勘测"。作者抓住报告文学具有强烈现实性的特质，对浦口厚重的历史、活力的现实及其无限量的未来作出全方位描述，使老南京、老浦口重新打量和认识自己，让对浦口一知半解或完全陌生的人获得全新感受。全书分为九章，每章聚焦浦口的一个街道，将其所属"江浦""永宁""汤泉""星甸""桥林""泰山""顶山""盘城"和"沿江"9个街道管辖区域的特色如数家珍地一一道来。在看上去有些"乱花渐欲迷人眼"的描述中,作者力求写出浦口的自然之美、人文之美和工业之美,写出由"十颗珍珠"所构成的浦口的个性与魅力。作品看上去铺陈很多,思接千载,但却始终围绕一个叙述的核心——浦口的天地人、精气神。其文献资料蕴含十分丰富,有事实与史实,也有传说和故事。作品里的人物虽多为片段速写,但亦能显示特出之性格。譬如响堂文人石淮当考官出别具一格的考题,当代草圣林散之写对子,谭天觉烈士战俘营里与日寇斗争,侦察科长沈鸿毅深入敌方腹地探情报,黄胜及其子孙为报恩开发江滩荒地等。为更具形象性和直观性,作品还加入了大量图片,以便图文互现和互释。作品叙述以呈现真实的写实性文字为主,但也有诗意的表达洋溢其间。

汇聚时代的巨变与交融

2018年，江苏作家秉承报告文学创作宗旨，以行走的姿态，行走于苏南苏北之间，不懈耕耘，持续发力，写作了诸多令人难忘的作品，为再现美好江苏贡献智慧和力量。

一

庆祝改革开放40周年，是2018年的"重头戏"，江苏报告文学没有缺席这一重要时刻。这一年的金秋十月，《实践之树常青——改革开放40年江苏报告文学选》在南京首发。这部由中共江苏省委宣传部、江苏省作家协会共同编辑出版的报告文学选集，分三卷收录了65篇（部）作品。其中，第一卷选录改革开放前30年（1978—2008）的30篇作品，第二、三卷选录改革开放近10年（2009—2018）的35篇作品。这些篇目是在大量优秀之作的基础上精选出来的，呈现出"改革开放"主题的鲜明性、所选作家的代表性和入选作品的典范性。可以说,它汇聚的是改革开放40年以来江苏报告文学的优秀之作,既是江苏乃至中国改革开放巨大成就的"艺术文告",也是对40年来江苏报告文学创作的一次"继往开来"的集中检阅。透过这60余篇报告文学,江苏改革开放40年波澜壮阔的绚丽画卷依次展开,那些曾经影响江苏乃至全国的政治、经济和文化的事件和人物,在这些作品里基本上都得到了生动再现,譬如写下《实践是检验真理的唯一标准》著名文章的南京大学教授胡福明,苏南农村现代化建设的样板——华西村与吴仁宝、长江村与郁全和,"说了算,定了干"的实干书记秦振华,"把论文写在大地上"的科技专家赵亚夫,30余年如一日坚守海岛的王继才夫妇,舍己救人的教师殷雪梅,扶贫济困不留名的"莫文隋",油田高级技师田明,做电商致富的苏北沙集小镇农民,闯荡南部非洲开拓贸易的南通农民企业家,援助云南教育欠发达地区的海安基层教师,城市建设企业里的基层服务群体,以及南京青奥会、南水北调东线工程、"一带一路"、铁路高速公路等基础设施建设、反腐败斗争等。这无疑是对"文章合为时而著,歌诗合为事而作"的现实主义文学创作传统的真切继承与践行。

  由中共镇江市委宣传部和镇江市文联等单位联合组织编写的《四十年四十人——镇江改革开放的历史时空》,从一个城市的角度诠释改革开放所带来的历史巨变。作品由40名作者写作的40个短篇构成。它选择具有代表性的40位在镇江生活、工作或学习的人物,讲述其40年的生活经历和奋斗轨迹。其中有这个城市的各界精英,也有普通人,譬如全国劳模、饭店老板、裁缝女工、报人、农民企业家、女检察官、潮男、"鳗鱼大王"、艺术传承人、供销员、演员、骨伤科医生、保安、代课老师和"小巷总理"等。作品力求以个体的成长见证城市的成长，通过这些饱含情感又颇具典型意义的真实个案，勾勒镇江这个立于改革开放最前沿的长三角重要城市的成长壮大和繁荣发展的基本轨迹。

与城市纪实相关的另一部报告文学是苏州市作家协会编辑的《城韵》。与《四十年四十人》有所不同，这部作品再现的是古城苏州的文化艺术新貌。在全书 12 章的篇幅里，苏州的文学、书道、画派、音乐、工艺、芭蕾舞、昆曲、评弹、滑稽戏、影视、书店、博物馆等文化艺术的承传与新变渐次展开，为我们描画了一个立足文化传承和文化创新的全新都会。这诚如丁晓原所言："它或如一盘有着苏州文化味蕾的可口什锦，也是一个呈现出苏州文化进行时态的新表情包。"作品让我们确信，在现代城市转型中，古城苏州不仅得改革开放风气之先，成为领先长三角乃至全国经济发展的重要城市；它对于绵延两千多年传统文化的继承与光大，使之独具生生不息的活力和韵味。驱动经济苏州的强大引擎其实正是文化苏州。以《城韵》致敬改革开放 40 年，意味隽永，因为它形象地诠释了"文化兴国运兴，文化强民族强"的深刻内涵。

2018 年，作家陈恒礼深扎苏北睢宁大地，创作并出版了《东风吹》和《逐梦下邳》两部报告文学作品。《东风吹》再现的是睢宁县沙集镇东风村农民电商的创业故事。某种程度上可将其视为《中国淘宝第一村》的续集。沙集镇是苏北地区唯一的省级中国电商特色小镇、"中国淘宝第一镇"，"沙集模式"就诞生在这里。在作品中，被誉为新时期"小岗村"的沙集东风村农民，充分发挥其聪明才智，在电商行业实现产品设计、品牌打造、诚信确立和质量提升等四大战略要素的全面升级。其中，作品对于农民电商领军者的描述令人记忆深刻，譬如孙寒、陈雷和夏凯"三剑客"，刘兴利、刘明、程怀宝、邱雨和江永"五君子"等。苏北大地贫困县的农民因互联网的崛起而"任性"、而自由、而创造，成为"撸起袖子加油干""幸福都是奋斗出来的"生动诠释，他们得益于改革开放的基本理念，他们又亲身践行改革开放。这正如书中所说，"你想不关注都不可以，你想不惊奇都不行。这是一场由农民悄然发起的革命，定然会引起你的思索和追问，希望做一次深层次的探秘"。陈恒礼与刘书君合著的《逐梦下邳》写的是睢宁县的古邳镇，作品以"新书：一片升起来的乡村""村书：一条奔流诗意的故道""民书：一群眺望远方的生命"和"旧书：一个沉下去的古国"四个部分聚焦这片古老而年轻的土地。下邳有着"中原水陆通衢，商贸繁荣之地"的千年古城之辉煌历史，也有新时代的绿风歌舞、果园茂盛、岠山松翠、骑河新村和特色农业，"近五千年来的古下邳，在今天走到了一个新时代的重要转折关头。一幅前无古人的崭新发展蓝图，正由古邳人向世人展开。古邳人民用自己的双手，用自己的智慧和汗水，描述着自己的绚丽梦想，这是下邳人几千年来的中国梦！"作为睢宁本土作家的陈恒礼，其记录的目光始终朝向脚下这片蕴含乡愁和希望的土地，其执着和坚定值得点赞。这或许也是"地方性写作"的一种方式和途径。

此外，这一年还有书写重大工程、展现中国基础建设风貌的报告文学出现，譬如张晓惠等人的《奔向复兴号——盐城高铁建设纪实》和刘跃清的《南京长江大桥》等。前者详尽记录了盐城高铁建设从规划设计到施工建成等基本历程；后者则从新中国成立前大桥轮渡写起，全景再现了当年气势恢宏的南京长江大桥建桥史，以此表现中国工人阶级"自力更生、奋发图强"的爱国热情和创业精神。

二

文学是人学，报告文学亦当如此。2018年江苏报告文学作家致力于英雄模范、企业家、医生、文艺工作者等各界人物的再现。在充分彰显这些人物的爱国情怀、为民意识、创业精神和文化风范的同时，这些作品也清晰地表现出内蕴呈现上鲜明的价值取向。

在书写英雄模范的报告文学当中，刘晶林的《海魂：两个人的哨所与一座小岛》是其中比较突出的一部作品。有关王继才夫妇的守岛故事已见诸多种报刊影视网络媒体报道，这部作品则是第一次以长篇报告文学形式重现这一感人故事。作品以王继才夫妇从1986年上岛至今32年的守岛经历为描述主线，详尽再现了这一对秉持"家就是岛，岛就是国"朴素理念，以爱国情怀凝聚于心，以恪尽职守实践于行的"时代楷模"和"爱国拥军模范"。改革开放以来，我们所树立的每一个"时代楷模"都有着自身独特的内涵和存在价值，都从不同维度诠释着社会主义核心价值观。作为体现崇高精神和中华传统美德的"时代楷模"，王继才夫妇是一面彰显爱国和敬业核心价值的鲜艳旗帜。作者并没有因此而刻意将人物作不接地气的"拔高"状,或敷以单调乏味的"纯色",而是力求写出其真实个性,写出活生生的"这一个"。作品以"海魂"比喻人物,将王继才坚毅、朴实、忠诚、乐观的个性和品质放置于恶劣的生存环境之中来表现,在强烈的对比和映照中完成对于这一人物内在精神品格的艺术再现,写出了平凡人的不平凡人生。作品还描述了在"守岛"与"离岛"选择面前主人公曾经有过的犹疑与纠结,以及逐渐坚定起来的决心和意志,显示出人物表现的可信度。作品在文中穿插讲述了作者本人曾作为连队指导员的守岛经历,王继才女儿王苏和儿子王志国的坎坷成长过程,以及他们立志继承父母守岛事业的决心等,使叙述富于张力,达到多角度和多层次表现的效果。高保国的《烈火金刚》描述的是救人英雄周江疆的故事。周江疆生前系江苏通州建筑总公司第十分公司总经理。2012年7月2日凌晨,通州建筑总公司第十分公司烟台驻地发生火灾,为抢救公司员工,周江疆义无反顾冲进火海,大声呼唤公司员工迅速撤离。10名员工全部获救,而年仅28岁的周江疆却不幸遇难。作品从周江疆天南海北的游历写起,详尽叙述其从少年到青年的成长历程,还原了一个"高在人品、富在心灵、帅在行为"有血有肉的救人英雄形象。高保国创作的另一短篇报告文学《富民为乐》以特定的视角切入对于"时代楷模"赵亚夫的描述。作品没有拘泥于对赵亚夫生平事迹的线性描述,而是在交错叙述中凸显从20世纪60年代初大学毕业至21世纪的这些年,主人公赴日学艺、汶川赈灾和"带富"戴庄等事实,重点描述其一以贯之的"富民"理念和实际行动,以及由此凸显出来的主人公的人生观和世界观、幸福观和快乐观。

2018年,"雨花忠魂·雨花英烈系列纪实文学"出版第三批作品,其中包括薛友津的《青春的瑰丽:陈理真烈士传》,王成章的《以身殉志:邓演达烈士传》,李洁冰的《逐梦者:刘亚生烈士传》,吴万群的《生命的荣光:朱务平烈士传》,肖振才的《逐潮竞川:孙津川烈士传》,裔兆宏的《信仰无价:许包野烈士传》,杨洪军的《抱璞泣血:石璞烈士传》,吴光辉的《青春祭:邓振询烈士传》,刘剑波的《青春绝唱:贺瑞麟烈士传》,曹峰峻的《红灯永远照亮中国:吴振鹏烈士传》,蒋亚林的《金子:杨峻德烈士传》,龚正的《任凭风吹雨打:罗登贤烈士传》和李建军的《血花红染胜男儿:张应春烈士传》等。中共英烈形象再次以纪实的方式呈现在读者面前。这些形象给予我们阅读的关键词是青春与梦想、信仰与意志。历史与现实的紧密结合,使我们深刻体察到烈士们为党奋斗、为民献身的拳拳初心,以及启迪后人的强大精神力量。

除去对英模人物的纪实之外,2018年江苏报告文学对于业界专家、文化工作者和企业家的描述也多有呈现。蔡永祥的《大医许祥生》讲述的是镇江市中医名家许祥生充满传奇的故事。许祥生17岁时跟随父亲学医,历经艰辛,最终成为泽被世人、彰显仁心的一代名中医。其不仅为镇江名医留住声名,也从一个侧面折射出中医传统文化在当下的绵延传承和发扬光大。董新建的《110在行动》再现的是镇江公安110报警服务台的故事。这是我国第一部以110集体为描写对象的长篇报告文学。作品叙写了 30 多个生动的事例,以展现公安 110 作为警民互动平台之"安全守护神"的风采。周国忠的《四俊散记》再现的是作者与文学艺术界四位著名人物——艾煊、高晓声、董欣宾、郑奇等人的交往实录,其真实的事件、动人的细节和感人的友谊,通过作者诚挚而朴素的书写展现出来,令人感奋动容。王峰的《张继青:笛情梦边"张三梦"》叙述江苏省苏昆剧团国家一级演员、昆剧表演艺术家张继青的艺术人生。徐向林的《从海平面到地平线》讲述江苏神龙控股集团董事长潘书柏的创业故事,从一个侧面反映改革开放 40 年草根创业者的奋斗历程。作品以潘书柏个人成长经历为叙述线索,生动地还原了创业者从童年至今的生活、学习与创业经历。其细节描写、心理刻画、"导读"文字,以及对盐城及里下河"西乡"地区的历史和民俗描述都独具特色,使潘书柏的创业与时代语境紧密地勾连在一起。徐良文和沙滩的《金色乾坤》以历时书写的方式,将常州知名企业家俞金坤的成长与成功的人生路径倾情写出,形象地演绎了一个长三角农民"经风雨见彩虹"的艰辛创业史。这部作品由"我本农民""队办厂的激情岁月""踏平坎坷成大道""地铁挟风云""高铁穿越原野""山登绝顶我为峰"和"大遥观,我的家"七章构成,详尽再现了俞金坤由普通农民到队办厂厂长、再到今创控股集团董事长的一路艰辛与辉煌。它既表现了主人公俞金坤积极传承和践行"苏南模式"乡镇企业家的"四千四万"精神,即"踏遍千山万水、说尽千言万语、吃尽千辛万苦、历经千难万险",也努力发掘和再现人物的"创新求变"意识,及其由传统生产者向现代企业家的出色转型。

三

2018年适逢苏台交流合作30周年，江苏报告文学对此也有较好的反映。其中主要有傅宁军撰写的《南京先生》、江苏省台办编著的《交融——苏台交流合作三十周年》和无锡市作协等编辑的《最是橙黄橘绿时——40年40个锡台故事》等作品。

《南京先生》这部作品写的是百年之前一位南京本地的中医江允辗转赶赴台湾马祖的北竿岛，为当地群众祛除瘟疫、救民于危难之中的故事。这个故事生动再现了来自博爱之都南京的江郎中以高超医术和仁慈之心悬壶济世、普济众生，以及当地民众不忘"先生"、感恩铭记之举。作者通过这个带有某种传奇色彩的故事告知读者，台湾与大陆血脉相连、情意相通。作品所呈现的描述视域十分宽阔，历史与传说、现实和当下均汇聚于此，大陆与台湾、南京与台湾的关联渊源被清晰写出。作者选择一个民间中医来讲述南京故事，显示出一个有别于传统南京故事讲述的新视角，这就使得南京故事的讲述更为多元化和个性化。作品描述了北竿岛与南京等地的诸多人物，诸如珍藏周家祖传"南京先生"神像的周木兴，按"南京先生"中药方子拿药治病的周起财，兴建萧王府庙的总干事陈汉功和副总干事袁孝文，少年时与萧王府庙相邻、老来回福州长乐认祖的北竿塘岐小学老教师曹依菊，少小离家老大回的老兵何文德等。这些描述虽大多为片段速写，但亦显生动。此外，作品在结构、语言、细节等方面的表现也颇具匠心，多个生动的场面描写令人难忘。

《交融——苏台交流合作三十周年》或写实或写意的文字，

充分显示出大历史的波澜壮阔和小历史的纤毫毕现，以及国家、民族、家庭和个人的恩怨情仇与旷世悲欢。而无论何种文体、何种身份、何种视角，最终都聚焦于海峡两岸，情牵于江苏与台湾。可谓是以苏台为言说对象，诠释海峡两岸中国人渴望和平发展的深厚情谊和坚定意志。

无锡市作协等编辑的《最是橙黄橘绿时——40年40个锡台故事》分为交流交往、同胞亲情、经贸合作、成果推介四个部分，力图全方位多角度展示锡台两地交流合作的人和事。作品既写出了无锡乡贤魂系故里的桑梓情怀，也再现了姻缘千里一线牵的两岸美满婚姻；既有吴文化、紫砂文化和佛教文化的两岸交流，也有台商捐资助学乐善好施的慈善之举；既有台湾知名企业投资无锡的深度发展，也有台湾青年在无锡的落户创业。同胞情深和两岸根深的意蕴由此被鲜明地凸显出来。

恢宏历史回眸与多彩现实追踪

对于江苏报告文学来说，2019年无疑有着诸多的收获。这一年，适逢中华人民共和国成立70周年，报告文学作家们倾情叙写江苏70年的发展史和奋斗史；这一年，以苏北作家为代表，报告文学一以贯之地直击和追踪建设"强富美高"新江苏的当下现实；这一年，江苏省报告文学学会成立并举办了多个作品研讨会，恢复中断多年的"江苏报告文学奖"的评选，并意在筹办报告文学期刊、作家培训等工作，以期推动江苏报告文学事业的持续繁荣和发展。

一

2019年，中华人民共和国迎来70周年华诞。在这个重要的历史节点，江苏报告文学作家以高昂的热情再现江苏大地70年的奋斗历程和辉煌成就，创作了诸多优秀作品。

对长江大桥等国家重点建设工程进行形象的再现，是这些作品的亮点之一。章剑华的《大江之上》可谓题材重大、主题鲜明。在充分挖掘史料和采访的基础上，作品以武汉、南京、江阴等长江大桥建设的典型个案描述，在三个代表性年代（20世纪50、60年代和80年代至今）的历时态叙述中，呈现了新中国长江大桥建设的恢宏画卷，折射了新中国工业的发展历程，显示出中国国家工程的气势，以及中国特色社会主义建设的制度与道路自信。从一个侧面凸显新中国成立70年的沧桑巨变。"长江大桥"在此已经不仅仅是一座座有形之桥，更是自力更生、勇创奇迹的精神之桥，以及跨越四海、联通世界的友谊之桥。作品叙述线索清晰、语言简洁、故事性强，还再现了从毛泽东、周恩来、邓小平、江泽民、习近平等党和国家领导人，到各级干部群众知识分子等众多的人物群像，其中对于梅旸春、彭敏、西林、李国豪、周世忠、吕正操、茅以升等主要人物形象的描绘尤其显得真实生动。刘跃清的《天堑变通途：南京长江大桥纪实》则是专注于南京长江大桥建设个案的再现。作品由1949年之前沟通"此岸与彼岸"的南京长江轮渡写起，通过诸多当时参加建桥的工人和解放军官兵的口述，详尽描述了南京长江大桥建设过程中建设者所遭遇的种种艰难困苦，及其最终凭借"自力更生，发奋图强"的拼搏精神建成大桥的壮举。钱兆南的《桥魂》写的是正在建设中的镇江五峰山长江大桥。作品真实再现了大桥建设者的建设过程、所遇到的艰辛和困难，以及他们的聪明才智和执着坚守，特别是在建造大桥过程中所呈现的"中国智慧"和"中国速度"。

与长江相关的另一部作品是杨波的《横渡长江》。这部为纪念渡江胜利暨南京解放70周年而作的作品，以1949年4—6月间，中国人民解放军向国民党军队发动的大规模渡江战役为中心事件和叙述线索，全方位、多角度呈现中国社会上自国共两党领袖和高级将领，下至底层官兵与城乡百姓等各阶层人物的命运抉择。大量鲜为人知的史料与文献，使之视角广阔、意蕴丰厚。作品并未完全局限于对于战役的单一叙写，而是表现出中国现代历史的关键节点及其必然趋势。

除此之外，一些以书写新中国成立70年来江苏地域涌现的各类卓越人物的报告文学也值得一提。于兆文与余滔合作的《天路淮军》是江苏省作协庆祝新中国成立70周年重大题材文学作品创作工程项目，再现的是20世纪70年代工程兵淮安籍八百官兵修筑新疆天山独库公路的壮举。作品将宏大叙事融入个体叙事之中，以"小历史"叙写"大时代"。题材选择具有新颖性，叙写淮安农村859名农家子弟参军入伍，由内蒙古至河北、湖北，最后到新疆天山修筑国防战略工程——独库公路。他们克服重重艰难险阻，甚至付出生命代价，历时十年完成。作品是对新中国"激情燃烧岁月"的"保护性发掘"和倾情再现，也是"中国故事"的重要组成部分，既是对理想主义、艰苦奋斗精神的弘扬，也体现出"压倒一切困难，而不被困难所压倒"的英雄主义气概，呼应了习近平总书记所提倡的文艺创造新时代"新史诗"的历史使命。这部作品个案丰富、多视角聚焦，凸显"以人为本""以人民为中心"的创作导向，回归文学是"人学"的基本理念。譬如，对"修路"作多视角的聚焦，既有历时书写，即由"乌拉山下"到"长江岁月"再到"铁血天山路",也有对于不同类型个案的描述,譬如烈士事迹、官兵现场与今昔、军嫂与后勤记忆等。作品再现了诸多个性突出、饱含情感的人物形象,细节丰富、现场感强、语言朴实。徐向林的《本色》描述的主人公是陆子华。作为江淮动力机厂(集团)的老厂长,他历经半个多世纪的人生风雨,但仍然初心不改,带领"江动"改写盐城工业"一穷二白"的历史,并促其崛起腾飞,表现出一个真正共产党人的人格魅力和精神品质。作为中宣部2019年主题出版重点出版物,杜怀超的《大地无疆》以中国科学院南京地理与湖泊研究所名誉所长、我国著名地理学家周立三院士的科学研究为线索,抒写其赤诚的爱国之心,以及无私献身科学事业的精神。董晨鹏的《冲天》通过对巴玉藻、陈怀民、吴大观、钱云宝等若干代表人物事迹的叙述,抒写近现代中国航空事业筚路蓝缕、历经坎坷、最终走向辉煌的壮歌,揭示了为民族振兴自强不息,甚至以命相搏的冲天精神,表现出梦想、精神和历史的高度。

二

对"强富美高"新江苏建设发展现实的直击和追踪,是江苏报告文学接地气、写民生、抒民情优良传统的当下体现,呈现出报告文学作为"时代文体"鲜明的现实性。

令人欣慰的是,在这样对现实的直击和追踪当中,苏北报告文学创作成为其中的新亮点和新收获。张文宝的《万国互联——中哈物流合作纪实》涉及的是新时代"一带一路"话题,即有关中国与哈萨克斯坦的物流合作。作品重点再现中哈两国在连云港港口共建的中哈物流合作基地的建设与发展，特别是处于新丝绸之路"新欧亚大陆桥"桥头堡的连云港借力发展的现实。作品描述以基地总经理刘斌为首的中方人员与哈方人员萨吾特、娜比拉、达尔汉、丹尼、卡尔等的真诚交往，从零起步，用五年时间建成了中哈物流合作基地，并将之打造成陆海联运的实体平台，使连云港汇入"一带一路"的大合唱，成为江苏省"一带一路"交汇点建设的核心区。周淑娟与王圭襄合作的《贾汪真旺》再现徐州贾汪区的转型绿色发展，呼应新时代中国经济转型的全新主题。这部作品的作者之一周淑娟是土生土长的贾汪人——"我出生于徐州煤区，从小到大，目睹一片片采煤区变成了塌陷区。人到中年又惊喜地看到塌陷区变成了风景区"。而这部作品正是选择三个具有代表性的对象——从以煤为业转型为多种产业共同发展的马庄村，全力修复生态环境的贾汪区，打造中国自主装备品牌的徐工集团等再现贾汪诸多方面的"真旺"，并在其中重点叙写习近平总书记为其"捧捧场"买香包的马庄村王秀英老人、马庄村兴旺发展的带头人孟庆喜老书记，矿区工人成长起来的知名作家周梅森，聚沙成塔植树建园的胡大勋，全国煤矿塌陷地农业生态自然旅游目的地潘安湖等人和事。作品立足苏北徐州资源枯竭型地域的生态修复及其事业的持续性发展，其标杆意义却已经辐射至江苏甚至全国。

与周淑娟同为徐州作家的陈恒礼，2019年出版了报告文学《苏北花开》。这部作品主要以徐州睢宁新农村建设为聚焦点，由"风""雅""颂"三部分构成。作品重点再现的是睢宁高党、官路和湖畔槐园三个集中居住区的建设过程。前两个部分主要描述睢宁高党村在产业、人才、文化、生态和组织等方面的全面振兴之路，写出了高党村民既脚踏大地又仰望星空的情怀与梦想。第三部分叙写以高党村为样板的睢宁县另外两个集中居住区——双沟镇官路小区和魏集镇湖畔槐园，以此共同勾勒睢宁乡村振兴的美丽图画。"通过土地规模化流转和农村集中居住两项举措，睢宁复垦新增土地，形成管理有序、集体收益，老百姓得实惠的可持续发展的土地运营模式。""全县所有农村实现就地'城镇化'安居。故土未离，乡情依旧，变化的是多出了'满满的幸福感'。"为中国东部发达地区的欠发达农村区域的发展提供了可资借鉴的"理念"与"道路"方案。陈恒礼坚持深入苏北睢宁农村创作系列作品，具有可贵的"深扎精神"。其描述的地域有着基本稳定的指向，以及基本固定的原生态取材，但题材和主题各有不同。其《淘宝第一村》聚焦睢宁农民电商，而《苏北花开》则是聚焦睢宁新农村建设。这两个题材和主题都是对当下中国农村发展，特别是以农业为主的后发地区的生动再现，因此具有显在的全国性意义，为"脱贫攻坚"战略的实施提供了可资借鉴的个案与范例。与大量报告文学对苏南先进地区农村的再现不同，陈恒礼等作家聚焦苏北相对落后地区的农村，记录其新时代的新作为，以及弯道超车、追赶超越的内在精神动力和强劲行动力。这不啻是为江苏报告文学的全方位和多层次发展提供了新鲜经验。

除苏北报告文学之外，南京作家也有新作问世。雪静的《胜境汤泉》描述的是南京江北汤泉地域独具一格的自然和人文景观。这并非一本普通的旅游指南，而是铸就"汤泉"形与魂的文化代言，因为作者不仅描绘了汤泉的自然形胜，更凸显了其独具魅惑的人文之境。自然形胜为汤泉赢得美貌，而人文之境则为汤泉铸就灵魂。书写人文荟萃之"胜"，即塑造一个充满艺术灵性和想象的"汤泉"，是该著的一个显明特征。作品对汤泉"人文之境"的表现体现在多个方面，譬如古往今来文人墨客歌咏汤泉的诗词歌赋书画、20多个有关汤泉的民间传说和故事等。文学艺术和民间传说共塑了一个令人遐思无限、回味无穷的人文"汤泉"。作品由描述汤泉之"实"推衍至汤泉之"虚"，其叙述的纪实性十分突出。这一方面表现在书中大量原始史实材料的楔入，另一方面也表现在书中有关汤泉泉水以及环绕其间的自然与人文景观的知识性介绍。在保证叙述纪实性的前提下，作品也不乏生动有趣的描绘，这恰好与文中对于汤泉之自然形胜和人文之境的表现形成互动，最大限度地还原了汤泉的美与魅。周桐淦的《智造常州》直击常州当下经济的发展，重点聚焦的是面对21世纪以来的国内外挑战，工业明星城市常州人"知耻后勇、谋定而动、创新创造、接力争先"，以大智慧和高科技智造新常州的全新实践。作品选择诸多生动个案形象再现常州紧随时代的新举措与新发展。譬如以俞金坤为代表的金创集团，从生产火车窗帘扣开始，到如今制造出高铁"复兴号"整车；在董事长屠永锐带领下，常州四药尊奉"同欲者胜"、走自主研发之道，从街道弄堂小厂转变为研制攻克人类现代病新药的现代化大型药企；博睿康让"脑控"成为现实的"黑科技"；张永洁、宋彪、张忠、韩志等常州工匠被视为"院士"和"国宝"。"科技立市"和"科技长征"使古城常州焕发青春,而对此的描述也成为江苏报告文学专注当下、着眼未来的有力注脚。

三

在2019年的江苏报告文学当中,有多篇(部)作品对江苏近年涌现的服务人民、见义勇为等英模人物或群体予以生动的再现,以此充分彰显江苏社会文明进步的正能量。

傅宁军的《唯有勇者,逆火而行》再现的是"全国十大杰出消防卫士"南京消防战士丁良浩的"浴火人生",他是数百次以血肉之躯与烈焰抗争的最美"逆行者",作品以生动的细节和场面形象化地告诉读者,在大熔炉的淬火中,"一个软塌塌的瘦弱青年"是怎样成为硬骨铮铮的"钢铁侠"。赵长国的《天地有正气》主要表现的是江苏见义勇为英雄模范人物和先进事迹。作品分门别类、层次清晰地表现这样一些极富"正能量"的人物及其故事,显示出强烈的现实性和真实性。读者可以一方面清楚地了解江苏全省见义勇为事业的整体情况,另一方面也能够从丰富的个案描述中获得切身的感受。作品既写出了人物见义勇为事迹的过程,也从中穿插介绍人物的生平、性格和日常生活,还辅以真实袒露见义勇为者心迹的口述实录,力求挖掘出人物义举背后那些鲜为人知的精神动力,写出人物的公德心、正义感和责任感,以及行为美、情操美和境界美。作品没有局限于新闻报道式表达,而是注重文学化书写,将大量细节和场面描述渗入其间,令叙述获得神采。殷毅的《G弦上的青春咏叹调——乡警戴鹏的故事》《一位反电诈刑警的传奇》以两个典型个案聚焦新时代缉毒民警和反电信诈骗刑警的英勇无畏。王志高的《平安高地：社会治理的"江苏样本"》全景式呈现"平安江苏"的建设历程及其社会基层治理的创新举措。从"天网"工程到"智慧警务"、从网格到全要素网格、从严防严打严控到形成常态化震慑机制等，社会治理"江苏样本"的独特画卷在此徐徐展开，为国家治理体系和治理能力现代化的中国探索提供了一个生动的范例。

此外，傅宁军的《旗帜》和韩芝萍的《第一门面》都是以退役军人群体为再现对象，表现其不忘初心、牢记使命的精气神。前者写的是江苏如东供电共产党员服务队——一个被中宣部和中央文明办评为"中国好人"的模范集体；后者写的是在平凡岗位上吃苦耐劳、敬业乐业、转业不转志、退伍不褪色的扬州瘦西湖景区检票员群体。高锦潮的《百合花开》描述的则是江苏洪泽水上百合志愿者群体帮扶鳏寡孤独人群摆脱困境的故事。

对于百姓的日常生活，江苏报告文学亦有所展示。程庆昌的《乡村匠人》讲述在吴淞江、澄湖、太湖和小清江附近乡村九类手艺人的故事，以此弘扬工匠精神、展现姑苏文化风采。韩树俊的《卓尔不同》被列入2019年江苏省主题出版重点出版物，作品叙说的是苏州高新区的阿特斯总经理瞿晓铧与其团队创新创业勇于攀登的故事。曹峰峻的口述实录体《爱恨今生》细腻展示男女囚犯有关情爱婚姻的心路历程。作者以记者身份，以采访或访谈方式获取第一手素材，形象叙写20余个男女囚犯的"危情故事"，通过情感、婚恋和家庭等社会问题，折射人生的美丽与丑陋、高尚与卑鄙、崇高与渺小。

2019年的江苏报告文学创作中也不乏对历史的回眸。叶兆言的《南京传》从公元211年孙权迁治秣陵写起，一直写到1949年百万雄师过大江，是对南京历史的形象化梳理，也是以南京为"窗户"述说的中国史。陈正荣的《紫金山下二月兰》讲述二战时日本军医山口诚太郎为谴责日本侵华、倡导中日和平，将南京的二月兰(紫金草)带回家乡进而引发的一系列故事。作品力图表现反思战争、热爱和平、珍视友谊的基本理念。庞瑞垠的《陈独秀在狱中》较全面深入地再现了中共早期领导人陈独秀一生五次入狱的经历。作品围绕陈独秀在狱中所涉及的人和事进行广泛的描述，从囚徒、学人和思想者三个维度透视陈独秀的崇高人格、渊博学养和深邃思想，力求通过真实的叙述还原历史的真相。

总体而言，2019年江苏报告文学创作在多个方面取得了长足的进步，可谓佳作频出、异彩纷呈。当然，如果从更高标准来反观之，则还存在需要进一步提升的空间。譬如需要强化报告文学的文体意识，注意精选而不要堆砌材料，注重书写人的内在精神品质，避免对人物和事件满足于面面俱到的一般性表现。对于作品主题的升华、内涵的提升，对于所再现的人与事的反思，甚至于结构的谨严、语言的简洁、标题的新颖等，亦是需要报告文学作家认真把握的，这关涉作品意蕴的深度、广度与厚度。因为，与新闻报道、宣传稿、广告词不同的是，报告文学必须是"艺术的"文告。

非常时刻的聚焦与凸显

2020年是极不平凡的一年。这一年,江苏报告文学作家肩负责任担当,亲身投入抗击新冠肺炎疫情的斗争当中,在武汉等疫情发生的中心地带、在江苏大地都留下了他们"逆行者"般置个人安危于不顾、倾情记录抗疫勇士的身影;这一年,江苏报告文学作家聚焦脱贫攻坚和小康社会建设,发表或出版了诸多再现这些鲜活现实的鸿篇巨制;这一年,江苏报告文学作家以参与雨花忠魂系列纪实文学写作、讴歌基层优秀党员群体等方式,献礼即将到来的中国共产党百年华诞;这一年,中断15年之后,第四届江苏报告文学奖(首届南钢·江苏报告文学奖)重启,共有42部(篇)报告文学获奖,其中,王成章的《国家责任》、李伶伶的《鲁迅地图》、周桐淦的《常州进行曲》、于兆文和余滔的《天路淮军》、董晨鹏的《共和国平民简史》等作品获得金奖;江苏省第七届紫金山文学奖颁奖,周桐淦的《常州进行曲》、杜怀超的《大地册页:一个农民父亲的生存档案》、王向明的《永不打烊的警务室》、怀念的《年轻手艺人》和王成章的《先生方敬》等作品获报告文学奖。

一

面对突如其来的新冠肺炎疫情，江苏省作家协会充分发挥报告文学"组织化写作"的优势，集合数十位本省作家奔赴全省抗疫第一线，开展"同舟共济 战'疫'有我"的主题创作活动。"31位作家，有的是诗人，有的是小说家，有的是报告文学作家，同为文学苏军的有生力量；全省69个采访点，从疾控中心、各级医院、疫情防控指挥部的'大动脉'，到海关、国道设卡点、社区等网格化治理的'毛细血管'，以及企业、学校等复工复产复学的模范代表……5月，江苏省作协联合各市作协和省公安作协、南京市卫健委等单位，组织全省31位作家，奔赴13个设区市69个采访点开展'同舟共济 战"疫"有我'主题创作采访活动。"（冯圆芳《文学苏军，动情记录伟大战疫》交汇点2020年5月28日）作家们以笔为旗，多以短篇报告倾情再现抗疫中可歌可泣的人和事，鲜明凸显出报告文学迅速及时直击现实的"轻骑兵"特质。

年逾六旬的老作家周桐淦是唯一亲赴武汉抗疫一线的江苏作家。他先后在《人民日报》等重要报刊发表了《聚是一团火——武汉战"疫"江苏军团参战剪影》《和"医生的医生"玩牌——武汉战疫前线记事》《"小可爱"——武汉战疫江苏军团参战纪事之一》和《战地生日》等系列短篇报告文学，以浓郁的亲历性和现场感,从不同侧面记录下身处一线的江苏医疗抗疫军团医护人员确保"打胜仗、零感染",在危险岗位创造的多个"第一次",充分彰显出其"越是艰险越向前"的英雄气概。他们当中有医疗队总指挥、医科大学副校长、医院院长、卫健委副主任、主任医师、护士,以及风风火火的80后、90后的小年轻、"小可爱"们。作者在文中写道:"这一代,对于我们来说,似乎是一道'说也说不清楚'的谜题。但,你知道也罢,你不理解也罢,这一代人大踏步地走了过来,走上了历史的前台。他们理解、包容、凝聚、奋进,在抗疫中发挥了巨大的作用,是令我们肃然起敬的'后浪'!"傅宁军的《当疫情来临的时候》描述自己以微信视频方式采访赴武汉战疫的东南大学附属中大医院的潘纯副主任医师,以及按上手印递交申请书请战支援武汉抗疫的90后女护师李宗育。"到最危险地方去""我选择我无悔"成为他们身体力行的誓言。此外,张晓惠的《在抗疫中淬炼,在磨砺中升华》和《以使命与担当,催发樱花灿烂绽放》,分别描述的是响水县人民医院援鄂抗疫队员和盐城市第一人民医院援鄂抗疫医疗队的动人故事。

当人们聚焦抗疫医务工作者时,江苏作家的目光还投向了社会各界的抗疫义举。傅宁军的《天使的战袍》再现江苏第一家复工生产防护服的企业——江苏卡思迪莱服饰有限公司。描述企业员工在大疫面前甘愿放弃经济利益,挺身而出,为保障江苏援鄂医疗队"零感染"做贡献。"给国家做事情,不能讲价钱!我们每做出一套防护服,白衣天使就多了一套战袍……"企业负责人从金林的感人话语及其行动使之成为没有鲜花相伴的抗疫"幕后英雄"。徐向林的《打开生命的通道》讲述盐城市医疗急救中心车管科负责人张劲松主动请缨，历经鲜为人知的艰辛，成功转运盐城市近八成的新冠感染确诊病人的故事。殷毅的《儿子的警帽》描述的是，2020年2月11日的晚上，徐州市铜山公安分局巡特警大队青年辅警时席席在防控巡逻时突发心肌梗死，牺牲在抗疫的工作岗位。同为辅警的父亲时卫东在见到儿子遗体的那一刻当场晕倒。时席席去世后不久，时卫东戴上儿子的警帽，毅然返回到疫情防控的第一线。

二

2020年是脱贫攻坚、全面建成小康社会的决胜之年。在这样的现实面前，江苏报告文学作家没有缺席。

在描述脱贫攻坚方面，傅宁军的短篇报告文学《致富路上的光与热》聚焦作为国有企业的江苏电力"供电扶贫"的先进事迹。江苏虽是经济强省，但也仍然存在一些经济落后的乡村。江苏如东供电共产党员服务队主动作为，给偏僻落后的村庄送去光与热，送电的工程跟随"一村一品"推进，克服困难送电上门，实现了"一个都不能少"的承诺。稳定充足的电力使曾经贫困的村庄摘掉后进帽子，"以前靠天吃饭，现在靠电吃饭"，四季果园、滩涂养虾，让曾经的滩涂地硕果累累。这样不辱使命的"电力担当"，探索出"输血"与"造血"结合、扶贫与扶智并举的新路，正在成为脱贫攻坚、乡村振兴的强力助推器。张文宝的《青春的南房村——中国一日》以"中国一日"式的写作视角描述江苏苏北连云港南房村的脱贫之路。徐向林的《第一书记的扶贫答卷》重点再现"第一书记"李卫东积极推进光伏发电的扶贫工作,及其在这一过程中所遭遇到的各种阻力、矛盾和困难,最终交上了一份让村民满意的扶贫"答卷"。

在书写小康社会建设方面,章剑华的长篇报告文学《世纪江村》是其中的厚重之作。这部作品以费达生、费孝通姐弟在江苏苏州吴江开弦弓村(江村)所进行的社会观察和改革为叙述主线,将80余年来开弦弓村几代人为实现小康梦想不懈奋斗前行的艰难历程展现出来。应该说,作者选择这样一个描述对象是极具深意的。作品详尽描述了"中国江村"的创业史、发展史,再现了蚕丝专家费达生、社会学家费孝通、蚕丝教育家郑辟疆等知名学者;同时,又以这个位于中国富庶江南的"小康社会"建设的"先行区""试验区"和"样板区"为例证,形象地告知世人——"乡村全面振兴将是一个长期的历史过程,我们要充分尊重乡村发展演进规律,科学把握变与不变的关系,推进乡村振兴健康有序开展。"这无疑是对中国社会,特别是乡村社会未来演进与发展的理性认知。韩树俊的长篇报告文学《绣娘的春天》再现的是改革开放以来苏州高新区镇湖绣品街的巨大变迁和新一代绣娘的风采。作品叙述了姚建萍、邹英姿、姚惠芬、卢福英、梁雪芳、蔡梅英、王丽华、朱寿珍等大师级绣娘,以及张黎星、梁雪芳等新一代绣娘的故事,多方位、多层次展示其对于镇湖刺绣工艺、理念、品格的传承与创新,勾勒出镇湖作为"中国刺绣艺术之乡"的辉煌历史、卓越现实以及未可限量的未来。刘仁前的《大潮奔涌》叙述名列"中国企业500强"的江苏著名药企——扬子江药业集团50年的创业发展历程。作品重点描述的是集团董事长徐镜人率领全体员工，筚路蓝缕、历经磨难，在服务人民、回报社会、构建小康的进程中，成就"中国民族制药工业领跑者"的至高荣耀。徐向林的《水绿瀛洲：大洋湾》聚焦盐城大洋湾国家城市湿地公园的建设发展。作品对大洋湾的前世今生以及这片神奇土地上的奇特景观、风土人情、民间传说、诗词歌赋、名人轶事等做出生动描绘，凸显其所特有的"水、绿、古、文、秀"五大要素，将一个集城市观光、休闲度假、游乐观赏、健康养生为一体的生态度假区和健康养生谷的形象和盘托出。尤恒的《生命养护所：一座养老院的前世今生》记录的是曾任保险公司省分公司副总的刘彤创办镇江"九久"模范养老院、实现"医养融合"的艰辛历程，再现了为养老事业默默奉献、无怨无悔的服务人员群体形象，对中国全面建成小康社会的重要方面——养老业的现状也予以深入的反思。陈勇、武黎嵩主编的《好日子：我们的小康路》是对江苏昆山市张浦镇金华村农民40年变迁的口述实录。曾因"赤贫"与"落后"，许多村民举家背井离乡讨生活。而今，金华村里家家户户园林别墅，一举成为"苏大强"脱贫的"明星仔"、小康的"课代表"。作者以田野调查方式走访36位金华村村民，倾听与记录他们的喜乐悲欢及其对小康社会建设的深切期盼。

三

在即将迎来中国共产党成立100周年华诞的重要时刻，江苏报告文学作家以对当代共产党员模范人物、人民军队及雨花英烈的深情讴歌，凸显"不忘初心、牢记使命"的文学情怀。傅宁军的《心中的旗帜》是中华人民共和国退役军人事务部组建以来首部反映"全国最美退役军人"先进群体的长篇纪实作品。这部作品以国网江苏电力（如东）共产党员服务队为再现对象，以缪恒生、刘跃平、余新明、顾海峰、陈志华、郭鹏等人的先进事迹为结构线索，全景式呈现出这支党员服务队20余年用无私真情点亮万家灯火、以执着关爱信守承诺初心的感人故事。作者深入生活现场，再现他们闪光的日常工作与生活点滴，以及在平凡岗位上创造让党旗飘扬、精神永驻的"中国好人"之不平凡魅力。《党的恩情比海深》是作者张荣超与谢昕梅在近两年时间里对600多名基层党员的"初心"进行问卷调查的纪实作品。作品选择包括党的十九大代表、全国人大代表、省市党代表、全国劳模、省市劳模等40余种职业的100名共产党员进行提问回答，从一个特定角度和层面呈现了江苏基层党员对于共产党员初心使命的认知。夏学海的《草根书记》以20世纪60年代江苏苏北响水"张黄六运"四个公社的发展为叙述背景，在描述这一地区丰富的世态人情之时，重点再现盐城"张黄六"工委书记陆玉山和他的同事们，在中国共产党的领导下，探索出一条苏北平原自然条件最差的张黄六地区治水治碱治风沙、栽稻种棉植林带的农业发展之路。张晓惠的《红色丰碑》讲述的是新四军在江苏盐城重建军部的史实。作品重现了中国共产党领导的新四军历经皖南事变及多个重大战役，直至重建军部的曲折艰辛历程，是对其驰骋江淮、砥柱华中、争取民族独立、抗击外侮内患的深情讴歌，是对其由"铁军精神"所构筑的历史丰碑的礼赞。徐向林的《铁骑金戈：新四军创办红色银行故事》以独特的视角，重现中国共产党领导下的新四军在敌后与日伪军浴血奋战的同时，创办"江淮银行"和"盐阜银行"的史实，以及克服困难发行公债修筑"宋公堤"及兑付公债兑付承诺的往事。作品详述了这些举措对填补根据地金融服务空白、繁荣根据地经济、与敌人展开货币战和金融战的重要意义和价值。

2020年江苏凤凰文艺出版社继续出版了"雨花忠魂·雨花英烈系列纪实文学"丛书10部。张晓惠的《文锋剑气耀苍穹：洪灵菲烈士传》讲述中共党员、左翼作家联盟常委，以《流亡》三部曲等蜚声文坛的著名作家洪灵菲的事迹。作品既描述了洪灵菲作为才华横溢、追求光明的优秀知识分子形象，更生动地呈现出其作为年轻的无产阶级革命家对党忠贞不渝和视死如归的大无畏英雄气概。徐向林的《红云漫天：蒋云烈士传》以时间为主轴线，串联起丰富的史料与史实，再现蒋云烈士短暂而璀璨的一生。文中穿插的与蒋云相关的多个红色遗址遗迹的描述，使作品的真实性和现场感更为强烈。杜怀超的《血色梅花：陈君起烈士传》讲述雨花台革命烈士陈君起的传奇一生。陈君起少年抗婚离家，只身前往南京，成为中国最早的一批女教师，之后为了反抗封建家庭而再次离家并投身革命的洪流之中。因组织发动声援五卅惨案万人大游行、南京妇女解放运动等，先后两次被捕，直至英勇牺牲。此外，浦玉生的《英雄史诗：袁国平烈士传》、吴光辉的《青春风骨：高文华烈士传》、孙骏毅的《犹有花枝俏：白丁香烈士传》、赵永生的《魂系漕河四月奇：汪裕先烈士传》、吴万群的《生死赴硝烟：夏雨初烈士传》、蒋亚林的《在崖上：王崇典烈士传》和辛易的《八月桂花遍地开：黄瑞生烈士传》分别讲述袁国平、高文华、白丁香、汪裕先、夏雨初、王崇典和黄瑞生等烈士的光荣事迹。他们或参与组织党的地下斗争，或参与工人武装起义，或组织工农暴动，或组织工人大罢工，在革命的不同阶段和不同岗位上，忠诚于党、恪尽职守、坚贞不屈，最终为党和人民献出年轻而宝贵的生命。

四

对于江苏地方历史、教育、人民警察的纪实，也是2020年江苏报告文学创作的重要内容。

李伶伶的《南京1949》将笔触集束于1949这一极具历史意义的重要年份，描述南京城一年之内所发生的一棵巨朽之木轰然倒伏、一枝新竹拔地而起的新旧社会更替景象。作品生动地表现了蒋介石下野、国民政府高层官员的逃离，政府一般机构及公务人员的迁移，以及平民百姓的逃难等，形象地传达出社会大动荡、经济大崩溃的遽变前夕，国家命运的铸定与个人命运的陡转。作品以4月23日为界分为两个部分。前半部分自1949年蒋介石发布"元旦文告"写起，伴随国共之间各方面的较量，以及随后国民政府的溃败、失措、挣扎和逃离，南京城出现的种种怪诞世象。后半部分写解放军进城并接管南京城的过程中所发生的曲折种种，以及这座前首都的百姓如何转变角色逐步适应新社会的到来。刘志庆的《芝山烽火》主要叙写江苏溧水芝山地区古老的人文历史、抗战历史和社会主义新农村建设历史,讴歌新四军浴血奋战的铁军精神,以及勤劳朴实、勇于创新人民的当代意识和苏南山村特有的生活风俗画。

王成章、韦庆英的《追光者——郇华民与十所学校》叙写的是苏北鲁南近现代教育的重要奠基人和开拓者郇华民。作品写其在贫瘠乡村燃起教育启蒙的烛火,散尽家财组织抗日武装,在枪林弹雨中奔走成"游击校长"。从 20 世纪 20 年代创办第一所乡村学校开始,郇华民便将革命教育视为一种信仰,并为之奋斗一生。从乡村教育到国难教育,从战时教育到新中国的高等教育,他创办或领导的 10 所学校,为中国革命和建设事业培养了大批人才。王成章的另一部作品《先生方敬》写的是被誉为"新乡贤""当代武训"的全国道德模范、"中国好人"方敬。作品描述方敬大学退休后毅然回到故乡长达 27 年,设立"景清奖学金",倾尽 200 余万元积蓄资助 260 多名寒门学子考入大学,还追溯其一生赤诚报国、燃烛杏坛的动人故事,以及他为中国成人教育所做出的理论与实践上的双重贡献。张文宝的《梭梭树的火焰》《与蚊子打交道的人》和《捧着一颗爱国心》分别叙述植物细胞生物学家郑国锠、昆虫学家陆宝麟和环境化学家徐晓白为国为民从事科研工作与爱国奉献的故事。

殷长庆的《铁证如山——法医沈高芳探案故事》讲述的是扬州市公安局刑事科学研究所教导员沈高芳,近 20 年来利用 DNA 技术参与检验并侦破一万多起各类案件。作品通过叙述 10 余个代表性案例,再现了沈高芳作为爱岗敬业、攻坚克难、主持正义、乐于助人的"最美警察"形象。王东海的《火花似蒲公英绽放》叙写江苏省丹阳市延陵派出所所长张叶宏，发起党员民警结对帮扶农村留守儿童的"蒲公英"志愿服务活动。八年中，先后有600多名农村留守、流动、困境儿童受益。这一活动有效预防了青少年的违纪违法。这种"一对一"结对帮扶的"政府、学校、家庭、社会"四级联动关爱模式，也是一种有效推动社会进步的有益探索。殷毅的《独门绝活》选入作者近年创作的10个中短篇纪实作品，主要讲述江苏省及山东、浙江等地的公安刑侦、经侦、网侦民警，以及缉毒、水警、乡村片警的破案故事。边宪华的《警察兄弟》怀着对警察职业的理解和热爱，以及对警察兄弟的深情，讲述刑警、社区警、交警和便衣警察的或惊险刺激或平凡朴实的真实故事。

此外，还有一些作品亦具有特色，如储成剑的《荣生》追述已故南通知名企业家马荣生历经生活的磨砺，遵纪守法，甘于奉献的非凡一生；徐卫风的《风行大地》以强烈的现实感与全方位的聚焦，再现盐城阜宁"6•23"龙卷风灾难，以及阜宁人民众志成城抗灾救灾、重建家园的壮举；刘仁前的《民间的情感》对于扬州、泰州地区的民间美食——煮干丝、米饭饼、焦屑、三腊菜等的详尽介绍等。

应该说，江苏报告文学作家在刻骨铭心的2020年创作了丰富多样的优秀作品，这无疑是他们勇于直击现实、不忘初心来路的用心之作。企望在新的一年，江苏报告文学创作能够更上层楼，无愧于开启新百年的新时代，无愧于擘画强富美高新画卷的江苏人民。

伟业与新功的纪实华章

在共和国历史上，2021年无疑是一个值得特别铭记的年份。中国共产党成立100周年、脱贫攻坚取得全面胜利、小康社会全面建成等重大历史时刻和标志性事件汇聚于此，为江苏报告文学作家礼赞建党伟业、褒扬英模风采、关注现实民生提供了绝佳素材。在中共江苏省委宣传部、江苏省作家协会等单位的倾力指导、精心谋划和大力支持下，江苏报告文学作家不负众望，奉献出令人满意的答卷。

一

庆祝中国共产党成立100周年，是2021年的重大主题。为此，江苏省作家协会组织编写了报告文学集《基石：江苏基层优秀共产党员礼赞》，江苏省报告文学学会组织编写了《向人民报告：江苏优秀共产党员时代风采》和《向时代报告：中国全面小康江苏样本》两部报告文学集,全面集中展现优秀共产党员的风采,以及在中国共产党领导下江苏全面小康建设的绚丽画卷,呈现出鲜明的现实性、地域性和组织化色彩,成为江苏省庆祝党的百年华诞的重要主题创作文学纪实作品。

《基石:江苏基层优秀共产党员礼赞》一书所再现的对象是20位生活在江苏大地各领域基层工作岗位上的优秀共产党员,由江苏省作协组织20名作家进行一对一深入采访而成。该书以"基石"做喻,书写获得过全国劳动模范、全国优秀人民警察、江苏省优秀共产党员等荣誉称号,包括民营企业家、科技精英、村党支部书记、人民警察、产业工人、中学校长、疾控专家、医护人员、援藏教师、银行职员等在内的优秀基层共产党员。他们年龄有长幼、职业各不同、岗位有高低,但都表现出忠诚于党和人民、无私奉献、攻坚克难、奋力创新创造等卓越品质,在平凡的岗位上做出不平凡的业绩,成为基层优秀共产党员的典型代表。《向人民报告:江苏优秀共产党员时代风采》和《向时代报告:中国全面小康江苏样本》由江苏省报告文学学会策划组织,章剑华、金伟忻、张茂龙等领衔撰写。这两部作品分别汇聚了全省50余位报告文学作家进行创作。《向人民报告:江苏优秀共产党员时代风采》以"改革先锋""时代楷模""小康典型""道德模范""名师大家"和"抗疫英雄"六个部分,真情书写改革开放以来江苏大地涌现出来的50位优秀共产党员。他们来自各行各业,以其突出业绩受到党和国家的表彰,成为江苏500万共产党员的杰出代表。《向时代报告:中国全面小康江苏样本》以集合式结构全景展现江苏大地全面小康建设的壮阔历程。作品将宏观描述与微观呈现相结合，倾力尽显江苏"强富美高"全面小康的全景风貌与清晰细节。作品的结构方式独特，除"序章"和"尾声"外，全书共22章，其中，第1—9章为江苏小康成就的宏观描述，涉及小康构想、苏南率先、农村改革、工业经贸新区建设、脱贫攻坚、区域协调发展、交通先行、环境生态保护、擘画"强富美高"新蓝图等方面的内容。第10—22章则分别具体书写以苏南、苏中和苏北等江苏13个地市的全面小康之路。这部作品的另一个突出特质在于，将诗意叙述与理性认知紧密结合。透过具有浓郁纪实风格的文字，作品似乎抑制不住叙述的激情与深情，力图将致力全面小康建设的江苏画卷徐徐展开。而写实本位与跨文体表达的有机结合，又使得该作凸显出作为报告文学所应具备的非虚构性和文学性特质。

与上述书写当代共产党员和当下现实的大型报告文学集有所不同的是，孟昱的《钟山星火——南京首个党组织诞生记》别开生面，形象聚焦百年党史的"微镜头"——南京首个党组织诞生记。该著以"钟山立新说""滴水汇江河""津浦扬洪波""大义担重托"和"暮夜燃星火"五章篇幅，全景描述1922年秋南京首个中共党组织（浦口党小组）的诞生始末。作品线索清晰、结构完整，将党小组创建的前因后果及其曲折艰难历程生动描绘出来。这部作品扩容了以古都、悲情、民国等元素为主色调的南京题材的传统性，进一步彰显出南京地域文学书写的现代性和红色印记，为艺术呈现"红色南京"增添新的光彩和路径。"红色南京"纪实文学在此之前已有"雨花忠魂"系列，杨波有关渡江战役的《渡江》等多部作品问世，但将南京首个中共党组织的创建作为纪实文学描述对象的,则非《钟山星火——南京首个党组织诞生记》莫属。这不啻是重塑南京红色文学、红色文化的一次有益尝试,也是描摹南京作为"虎踞龙盘今胜昔"红色之城的浓重一笔。与题材选择的独特性相联系的是,《钟山星火——南京首个党组织诞生记》还生动再现了中国工人运动的先驱、中国共产党早期领导人、南京党小组的创建者王荷波的英雄形象。可以说,这部作品是近几年江苏主题创作与出版、南京题材纪实文学创作的新收获。

张文宝的《朱德的早年生活》、张茂龙的《永远的初心》、徐向林的《雪域高原上的奉献》、张晓惠的《生死兄弟》和高保国的《人民英模张思德》等作品,则主要是对于革命领袖和优秀共产党员个案的生动再现。《朱德的早年生活》主要描述的是中国共产党的主要缔造者和领导人之一的朱德同志早年生活的故事。作品讲述朱德的出生、读私塾、参加县试府试、赴云南陆军讲武堂等早年生活经历,其中朱德母亲对其的关爱呵护是叙述的重点,如"锅灶前生下小朱德""母爱的春雨洒下来了""辛苦是庄稼人的本色""无法痊愈的疤痕""一道生命的桥""风雨飘摇的家"和"母亲心跳的声音"等,以此形象再现一代伟人的成长史。《永远的初心》讲述的是江苏省扬中市一名党的基层干部郭克生的故事。作为全国劳动模范,郭克生曾经工作在村、镇和县局等不同的基层岗位,但他始终坚守共产党人为人民服务的初心、兢兢业业、清正廉洁、无私奉献,深受当地百姓的尊敬和爱戴,直至生命的最后一刻。作品通过"敢教日月换新天""无私才可无畏""千磨万击还坚劲""一枝一叶总关情"和"大爱情怀"等章节的描述,倾情还原了一个"仰天无愧、俯地无悔"共产党人的感人形象。徐向林的《雪域高原上的奉献》叙述的是"中央企业优秀共产党员""最美支边人物"段玉平的援藏故事。生于湖南山村农家的段玉平大学毕业分配至中国移动连云港分公司工作,在公司副总经理任上带着"传递爱"的梦想主动报名援藏,挂职担任西藏阿里地区改则县委常委、副县长。段玉平克服自然条件恶劣的高海拔地区所带来的种种不适和困难,秉承对党的忠诚、对人民的深情,全心全意为当地百姓做实事做善事做好事。为解决群众吃新鲜蔬菜的困难,他组织人员尝试在当地种植大棚蔬菜,改变了雪域高原因冻土等原因不能种植蔬菜的历史;他动员自己的亲朋好友帮扶当地的教育事业、改变落后面貌,设立改则县历史上的两个励志奖学金;他四处收集资料、为当地建起解放军西藏先遣连纪念馆,推动党史学习教育深入基层。《生死兄弟》写的是"同生为兄弟,共死为英魂"的两位英烈的感人故事。国民党少将司令陈中柱与共产党员、苏北著名教育家赵敬之曾是同村同窗发小和结拜兄弟。在抗日战争与解放战争中,两人为民族独立和祖国解放携手抗日、先后壮烈牺牲。作品以"古金陵,生命中的地老天荒""黄桥战,兄弟携手战敌顽""天地殇,血色柔情祭风华"等八章篇幅写出了两位热血男儿在烽火硝烟年代结下的深厚兄弟情、战友情和家国情。《人民英模张思德》是对家喻户晓的优秀共产党员张思德事迹的纪实重现。作品描述了张思德从一个旧社会的苦娃子成长为一名人民英模的短暂而辉煌的人生历程,诠释了中国共产党"全心全意为人民服务"的根本宗旨。除此之外,还有刘志庆所写反映溧水八年抗战历史的长篇纪实文学《溧水奔流》。作品以溧水大轰炸、新桥会师、喋血老虎庄、东坝战役等历史事件为叙述主线，再现了陈毅、粟裕、谭震林等中国共产党抗日将领的光辉形象，以及张一郎、曹明梁、曹鸣飞等溧水英雄可歌可泣的壮烈义举。

二

褒扬当代英模风采，是 2021 年江苏报告文学创作的又一鲜明主题。江苏省作家协会编辑的《又见遍地英雄：江苏抗疫故事》、傅宁军的《永不言弃：消防英雄成长记》、周淑娟的《永远是个兵》、刘晶林的《守岛人的信念》和殷毅的《G 弦之歌》等作品就是其中较为典型的代表。

《又见遍地英雄：江苏抗疫故事》一书由中共江苏省委宣传部指导，江苏省作家协会组织叶弥、周桐淦、傅宁军等 31 位作家深入全省 69 家单位和个人进行实地采访，以"同舟共济，战'疫'有我"为主题创作报告文学作品 38 篇。作品分为三辑，分别书写援鄂医护人员、战疫民警、后勤保障人员等三个方面的英雄群体，譬如描述武汉战疫江苏医疗队的《聚是一团火》，记录南京鼓楼医院副院长于成功带队驰援武汉的《逆行者》，叙写牺牲在工作岗位的"全国公安系统二级英模"位洪明的《永生的名字》，叙述常州金坛唐王建筑工程公司援建武汉雷神山医院的《一支特殊的"水电部队"》等，全方位彰显江苏援鄂大军和基层干部群众的伟大抗疫精神。《永不言弃：消防英雄成长记》写的是消防英雄丁良浩的成长故事。作为"全国十大消防卫士""全国五四青年奖章"和"全国学雷锋标兵"的丁良浩,是南京市方家营消防救援站的站长助理。作品通过"英雄不是天生的""谁不是肉体凡胎""火场上的新兵疙瘩""每次目送你离去""钢铁大侠""点赞'火焰蓝'"等章节,再现了英雄丁良浩的成长史,写出了当代青年的理想、奋斗与爱情,以及崇尚荣誉、公而忘私、不怕牺牲的精神品质。作品也通过丁良浩的故事,力图强调进行生命教育与灾难教育的必要性和紧迫感,告诫人们要重视安全、珍爱生命。《永远是个兵》叙写的是国网沛县供电公司员工、武警部队的退伍老兵序守文。作品通过"第一次出征""第二次出征"和"像电流一样"等内容,生动记录了序守文两战洪魔的事迹。1998年夏天,序守文毅然回到遭遇特大洪水袭击的"第二故乡"江西九江,参加抢险15次,解救被困群众约160人。2020年,序守文通过国网徐州供电公司党委紧急募集6万余元善款,筹措1000余套生活用品,第一时间赶赴抗洪一线,体现出浓烈的家国情怀和"人民电业为人民"的使命担当。序守文来自民间大地、走向精神高地,努力践行社会主义核心价值观,先后荣获"全国抗洪抢险先进个人""中国好人"和"江苏省最美退役军人"等荣誉称号。《守岛人的信念》讲述的是新一代开山岛的守岛人继承发扬"人民楷模"王继才的无私奉献精神,正确处理个人与家庭、小家与国家的利益关系,成为新时代的最美奋斗者。王继才去世后,县人武部向全社会公开征集守岛民兵。退役军人、公务员和个体经营者等踊跃报名担任守岛卫士。作品以生动的细节和诗意语言再现今日开山岛民兵犹如岛上抗寒、抗热、抗风、抗雨的"紫茉莉"花,坚韧而热烈,充满以岛为家、爱国奉献的真情与责任。公安题材短篇报告文学集《G弦之歌》主要包括《"消失"的谍报组长》《父亲的心空》《过招》《博弈互联网》《G弦之歌》和《沂蒙那座山》等作品，再现新中国成立初期公安抓捕敌特、新时代人民警察侦破涉网案件、打击毒品犯罪、抗击新冠疫情和基层片警服务群众等"警察故事"。将不同时期人民警察忠诚于党、维护平安、服务人民的赤诚之心表现出来。作品将真实再现与精巧构思相结合，故事叙述跌宕起伏，一定程度上拓展了公安题材报告文学的写作视野。

以上这些褒扬当代英模风采的作品，题材不一，人物与事件也各不相同，但总体写作倾向比较相近。在这些作品里，人物身份平凡普通，做出的业绩却不同凡响。"位卑未敢忘忧国"的家国情怀，识大体顾大局、舍小家为国家的担当意识，公而忘私的正义精神，是这些被再现人物的共同特点，也是作家倾力表现的着力点。

三

地方书写，是江苏报告文学的一个传统。2021年，江苏报告文学作家以极大的热情承继这一传统，关注并书写江苏大地的脱贫攻坚、生态环保、法律援助、"心佑工程"等现实热点和焦点，呈现出特别的地域性色彩。

在脱贫攻坚、消除绝对贫困取得全面胜利的时刻，江苏报告文学作家以其亲身的观察、体验和写作热切地做出了多维的回应。《茉莉花开：脱贫攻坚江苏故事》一书由江苏省人民政府扶贫工作办公室组织 40 余名作家参与编写。这部洋洋百万言的报告文学作品集主要聚焦的是"全国脱贫攻坚先进集体""全国脱贫攻坚先进个人",以及奋战在江苏脱贫攻坚第一线的干部群众,譬如赵亚夫、王斌、王稳喜、朱洪辉、程智、谷洲等。作品勾画出江苏脱贫攻坚奔小康的绚烂画卷,为经济发达地区的精准扶贫和精准脱贫提供了新鲜经验和路径。陈恒礼的《决胜故道》以及与卢波、王建合作撰写的《仝海请回答》将视角继续投向苏北徐州睢宁。《决胜故道》里再现的睢宁位于明清古黄河故道,曾经是贫穷落后的黄泛区。党的十九大后,睢宁人民历经奋斗,建成了一批全国美丽乡村示范村、全国最美十大乡村、江苏省特色田园乡村,脱贫攻坚、建设小康社会的美好愿景开始成为现实——合作社田野里茁壮的麦苗,住进小楼的老人举着手机与远方的孩子视频,古黄河两岸花艳果香,村民载歌载舞庆丰收。千年土地,百年梦想。作品以开朗乐观、充满诗意与想象的笔触,描画出新时代苏北农民的新生活。《仝海请回答》描述的是睢宁县邱集镇的一个行政村——仝海。该村的传统主业是粮食生产。过去的仝海靠天吃饭,遇洪水等天灾则颗粒无收,村民苦不堪言,甚至被迫背井离乡。现在,经过多年奋斗,仝海村民引进了优质水稻,修排灌渠,建电灌站,将水稻遍植在全村近五千亩的土地之上。以此为基础,村里又建起了米厂,加工生产生态米,远销长江以南的广大地区。水稻的丰收,改变了仝海人和整个村庄的命运。村里陆续建起了农民大舞台、公园、便民服务中心。村民家家有汽车,孩子也有条件到县城或镇里上学了。迅速发展的仝海被评为全国一村一品亿元村。作品通过生动、细腻的描绘,呈现出一个小村庄的历史性巨变以及蕴含在其中的普通中国农民的奋斗精神和聪明才智。许卫国的《奋斗西南岗》详尽记录的是江苏省委驻泗洪县帮扶工作队在泗洪西南岗长达28年的精准扶贫历史。作品通过"西南岗两次伟大的进军""浸透大爱的土地""泪水,为西南岗而流"和"西南岗扶贫攻坚的伟大胜利"等章节的描述,对工作队克服种种艰难险阻,与当地干部群众一道,脱贫致富奔小康的故事予以生动的再现。

绿水青山就是金山银山。生态环保成为我们时代可持续高质量发展的关键词。对此,江苏报告文学作家仍然在思考、在行动。薛亦然的《满城活水》聚焦苏州城市的水生态历史、现状和未来发展。这部在视角、结构和语言方面有着诸多可圈可点之处的作品关注的是一个重要的民生问题。这一问题与每个人、每个家庭的生活直接相关,类似于20世纪80年代盛行的"问题报告文学"。当然,建立在大量田野调查材料之上的这部作品,不仅仅是提出问题,更是在鞭辟入里地分析问题和解决问题,既有严峻现状的描述,也有改变现状的决策与行动的再现,是当代中国城市水务发展的苏州样本。作品以地方水生态的直接管理者——苏州水务为描述对象,通过"运河之城""理水长三角""风雨河道""满城活水"和"我的天堂我的水"等章节,翔实描述了苏州供水变迁、取水发展等历史,以及水环境面临排污、蓝藻、寒潮等危机时的治理与化解,写出运河、太湖、河道与苏州等人城互塑式的水与城关系。其中,对苏州治水历史的清晰梳理富于丰厚史志性,对苏州城市水问题及其治理的观察与调查具有广博知识性。扩而广之,这部作品可谓是对长三角经济发达地区水环境变迁的佐证，折射出中国社会发展的生态文明建设，以及现代化发展进程中的政治经济文化环境等等要素之间的错综复杂关系。徐向林的《黄海森林》以时间为轴线，描述江苏盐城黄海森林滩涂"煮海为盐""废灶兴垦"和"生态还债"的前世今生，形象呈现了历代"黄海林工"改盐改碱、兴修水利、植树造林、保树保林的艰辛历程。作品对"黄海林工精神"的形成与传承做出深入阐释，并以多个生动个案重点讲述从林场到森林、从"卖苗木"到"卖风景"的生态观念转变过程，成为"绿水青山就是金山银山"的现实样本。与此同时，作品运用大量科普理论阐述森林、海洋和湿地三大生态系统之间相辅相成、相互促进融合的紧密关系，描绘了具有生物多样性的黄海森林所表现出的蓬勃生机。

对底层和弱势群体的关注，成为本年度江苏报告文学作家创作的又一亮点。徐良文的《法律的阳光——法律援助与农民工维权实录》致力于再现对农民工进行法律援助的志愿者。作品以江苏省法律援助基金会资助的典型法援案例为主线，叙写数年间该基金会帮助农民工讨薪和维权的多个典型个案，既表现出法律援助律师和工作者帮扶之路的艰辛与曲折，更彰显出这些富于正义感、同情心、专业精神的人们所拥有的博爱和温情，同时也体现出中国特色社会主义法律援助制度的卓然优势。张茂龙的《让我护佑你的心》是一部以南京医科大学第二附属医院副院长、心外专家李庆国及其团队创建医治贫困群体先天性心脏病的"心佑工程"为再现对象的长篇报告文学作品。作者"因一个偶然的机会，从而认识李庆国和他的团队，走进心佑工程"，但他并没有止步于"偶然"或满足于拼接复制二手文献的浅尝辄止，而是将自己视为"心佑工程"的积极参与者和深度建构者，投入亲身实践的田野调查，甚至跟随"心佑工程"青海行小分队，由平原奔高原，克服严重的"高反"，获取珍贵的第一手资料。作品一方面以李庆国及其团队救治贫困群体，特别是贫困儿童先天性心脏病的"心佑工程"为主线，再现其曲折的"成长史"；另一方面，又以发散式思维结构，将围绕主线的健康扶贫、大病救治、医疗体制、科学登峰、攻坚克难、东西部均衡发展等触及当下中国社会转型的诸多问题表现出来。这些问题毫无例外地触及当下中国社会发展的热点、难点，甚至是痛点，是中国社会向更高水平迈进、实现中华民族伟大复兴的关键点。作者以其报告文学作家的敏锐和果敢，不是无视与回避，而是正视和直击这些问题，力求以"心佑工程"之一斑窥中国发展之全豹，以再现造福贫困弱势群体的"救心"义举，演绎新时代中国故事的全新篇章。

上述作品之外，唐晓玲的《桑罗曲》，肖振才、顾茂富的《纪念碑下：侵华日军南京大屠杀遇难同胞丛葬地田野调查》等也是本年度江苏报告文学地方书写的重要收获。《桑罗曲》再现的是江苏华佳控股集团董事长王春花打造丝绸王国的故事。作品通过多维度叙述，将王春花的童年时期、家庭环境、求学之路、创业之路等形象生动地表现出来。凭着对事业的热爱和坚韧的毅力，王春花取得了成功。作品还重点表现王春花等人物追求经济发展壮大的同时，仍然不忘企业所应承担的社会效益和社会责任。作品力求深入把握人物丰富的内心世界，时代性和立体感较强，是讲好"中国故事"的一种有益尝试。《纪念碑下：侵华日军南京大屠杀遇难同胞丛葬地田野调查》以南京市域范围内树立的 25 处侵华日军南京大屠杀遇难同胞丛葬地纪念碑为叙述线索,由南京城最东面的湖山纪念碑开始,直至最西面的江东门纪念馆结束,以大量史实、数据,以及受害人或目击者的口述实录,再现这些纪念碑下的丛葬地曾经所发生的惨绝人寰的日军大屠杀暴行。作品融历史叙事和现实叙事为一体,以纪念碑和碑文内容为叙事中心,追忆当年情景,回到历史现场。又以图文互鉴形式,将 25 处大屠杀遇难同胞丛葬地遗址作今昔对比,目的在于警醒国人勿忘国耻、复兴中华。作品形象生动而又别具一格,为有关侵华日军南京大屠杀的历史叙述和文学叙事增添了新维度。

2021 年江苏报告文学取得了不俗的成绩。与此同时,我们还需要清醒地看到报告文学创作尚存诸多提升的空间——青年作家的参与度不足;在地方书写中,还有很多领域尚待开拓;急需形成既具江苏地域特色,又具全国性影响的创作态势等。目前,重大题材文学创作实践活动正在如火如荼展开,报告文学作家应顺势而为、敢作敢为,努力使自己成为"以人民为中心"社会主义文艺的主动参与者、积极践行者和模范先行者。

阅尽繁花 乐见彩虹

"文章合为时而著,歌诗合为事而作。"2022年,在中共二十大胜利召开、全面建设社会主义现代化国家新征程全面开启的重要时刻,江苏报告文学创作乘势而上、不负重托、收获满满,继续呈现出良好的发展态势。

这一年,江苏报告文学作家的多部作品获得奖励,这既是对全省报告文学创作实力的充分肯定,也标志着其影响力的显著提升。张茂龙的《让我护佑你的心》获中国报告文学学会第九届徐迟报告文学奖。章剑华的《世纪江村:小康之路三部曲》,许卫国的《奋斗西南岗》,徐风的《忘记我》,叶兆言的《南京传》,周淑娟、何圭襄的《贾汪真旺》,王成章、韦庆英的《追光者——郇华民与十所学校》6部作品获江苏省第十二届精神文明建设"五个一工程"奖。《忘记我》(徐风)、《东方湿地》(徐向林)、《纪念碑下——侵华日军南京大屠杀遇难同胞丛葬地田野调查》(肖振才、顾茂富)、《新安旅行团》(于兆文)、《南京1949》

（李伶伶）、《不俗即仙骨——草圣林散之评传》（路东）、《追光者——郐华民与十所学校》（王成章、韦庆英）、《77人的"78天"》（王景曙）、《大沙河笔记》（朱群英）和《决胜故道》（陈恒礼）10部作品获第五届江苏报告文学奖，《情系大三线》（沈国凡）、《无悔的抉择》（姚正安）、《软件之路》（陈明太）和《贾汪真旺》（周淑娟、何圭襄）等10部作品获第五届江苏报告文学奖提名奖。

在获奖之外，本年度江苏报告文学还呈现出以下三个方面的显明特质。

一

小说家的报告，是本年度报告文学创作的一个显著特征。其中尤以范小青的《家在古城》和丁捷的《"三"生有幸》为最。

作为小说家的范小青，其关注的目光始终聚焦名城苏州。新近出版的《家在古城》，就以非虚构方式又一次对古城做出超越外在形貌、独具思想内涵和非虚构精神的深描。

丁捷的长篇纪实新作《"三"生有幸》表现出思考的新高度、观照的新维度和表现的新力度，承继传统、拓展新意、凸显个性，给人以意外之喜，拓展了当下报告文学书写新时代中国现实、再现国企跨越式发展的全新境界。作品以"聪明诀""幸福场"和"彩虹渡"等富于诗意的标题构成篇幅为十二章的三个板块，以丰富多元立体的人物个案，全景式形象展示江苏交通控股公司实施"企业有前途""人才有舞台"和"生活有滋味"

的"三个故事"工程,凸显江苏交控作为头部国企的实力和魅力。作品对于描述对象的精准定位和精心再现,建立在广泛深入的有关交控公司的田野调查基础之上,譬如对数百万字材料的阅读与精选、对数百名交控人的接触与了解、对50余名"路姐"和"路哥"的深度访谈与交流、对江河湖海现场的无数次铭心刻骨之感受与体验等,在最大限度上,以对交控公司为代表的国企现实的真实完整再现践行报告文学的非虚构性、真实、宏大且深远。这部作品以复调叙述结构全文,既是话语方式的出新,也呈现出意义组合的新意。在作品中,复调叙述主要表现为双线并置,一条线索是从第一章至第十二章,以第三人称方式叙述人物、事件或现象;另一条线索存在于每一章的最后一节(第八章除外)的"手记"之中,即以第一人称方式叙述作者的现场采访实录,包括与被采访者的对话、简要补叙其他人物等内容,以及情感抒发等非叙事性话语。两条线索形成"双线并置"的复调效应,贯穿于全书始终,构成某种"对话性"。此复调叙述的双方看似各自相对独立,其实是互为映照、互为补充、互为因果,形成全书首尾紧密呼应、节奏起伏匀称之功效。作为凸显作家主体性和现场感的"手记"与第三人称的客观叙述相结合,形成全书完整之"三个故事"的海量引发"报告",以此架构起对人物形象和事件进行多方位多角度多层次观照与再现的宏大结构,进而深掘出作品包孕感极强的主题意蕴。在《"三"生有幸》里,人物形象再现与概括叙述紧密勾连,呈现出个案与综述、具象与宏阔、灵动与雄浑相结合的文本状貌。可以说,这部作品对于众多人物群像的再现是生动而成功的,它表现在人物个性的鲜明、命运的独特及其在职业操守、理想信念等方面的广泛代表性。作品通过人物形象的再现，不仅活化了"江苏交控"勠力前行的强劲内生动力，也凸显出作为小说家的丁捷对于人物形象描述的精益求精、细腻入微和娴熟于心。这些令人难忘的形象，既是生活原型的真实写照，也是文学表达的必然结果，是丁捷纪实系列人物画廊的新景观，也是当下中国产业题材报告文学人物形象的新收获。

二

对于现实生活的再现，仍然是本年度江苏报告文学创作的重中之重。江苏省作家协会编辑出版的报告文学集《我们这十年——"强富美高"新江苏建设故事》、徐向林的《东方湿地》，傅宁军的《丹桂飘香》和《无言的战友》，王成章、韦庆英的《主角是农民》等为其中的代表之作。刘晶林、傅宁军的短篇报告文学《王杰的枪我们扛》，张晓惠的《爱之胜境——荷兰花海》，王向明的短篇报告文学《一滴水的光芒》和高锦潮的《一生一事》等作品在此方面亦各有优长。

《我们这十年——"强富美高"新江苏建设故事》全面反映党的十八大以来，江苏在"强富美高"创新发展上取得的辉煌成就。省作协邀请省内知名作家参与采访、写作，保证作品的高水准高质量，体现组织化写作的优势。这部作品集以点带面创意新，题材多元，主题集中鲜明，讲述20个典型故事，基本涵盖"强富美高新江苏"的"经济强""百姓富""环境美"和"社会文明程度高"四个主题内容,分别以"科技创新引领实体经济"(科技)、"生态保护绿色转型"(生态)、"建设现代交通体系"(交通)、"大运河文化""美丽乡村与历史文化街区"五个板块对应之。作品集描述地域基本涵盖苏南、苏中和苏北,描述领域涉及科技、经济、文化、生态、交通、城建等方面,是全方位的聚焦,而不是空泛谈论或蜻蜓点水式描述,大都落实到一个"点",突出一个"新"字。譬如,叙述"科技创新引领实体经济",以三个"点"来支撑,即解决核心技术问题,架设科学、技术和产品之间的桥梁;再现"生态保护绿色转型",着力描述过去粗放型发展中遗留的环境问题得到修复整治,或资源消耗之后的生态恢复等,凸显新旧对比的"环境美",写出"守"与"退"、"得"与"舍"之间的抉择;表现"现代综合交通运输体系建设",展现江苏城乡路桥交通建设新貌;再现"大运河文化建设",聚焦江苏以大运河为代表的世界遗产或非遗项目,涉及大运河博物馆、非遗(淮剧)、古籍修复、皮影戏传承等,以新的内容充实传统的形式,使文化遗产发扬光大;再现"美丽乡村和历史文化街区建设",描述重要历史街区的保护、特色乡村建设等。从艺术表现上看,作品集有着真实再现与真诚表达的特点。前者指以朴实流畅写实的叙述话语,再现江苏大地所发生的感人事迹;后者是指其诸多作品不乏诗意呈现、语言优美而深情。

徐向林的《东方湿地》聚焦列入世界自然遗产名录的江苏盐城黄海湿地,在当下报告文学题材中具有独特性,是生态报告文学的重要作品,对于报告文学的发展、生态文明建设和中国社会的可持续发展都具显见的价值,凸显出报告文学作为"时代文体"的非虚构性和现实性。作品以习近平生态文明思想统领全文意蕴,以全球生态均衡和生态保护为最高旨归,以"东方湿地"个案凸显中国作为"负责任大国"的高光形象,以及地球家园意识和人类终极关怀精神,立意高远而深邃。作品从盐城湿地获得世界自然遗产名录写起,以倒叙结构,全方位、多角度呈现这一生态建设"中国样本"的各个层面,诸如申遗历程、黄海森林公园、丹顶鹤、麋鹿、条子泥、勺嘴鹬等,形象再现了围绕这一"样本"的多个层面、多个领域,以及贯穿古今的有关人物和事件,对于包括地理、生态、动植物、文化、历史等方面的知识性叙述准确清晰,章节布局匀称,时空交错叙述流畅,对徐秀娟、刘古朴、李东明、"十八勇士"等人物故事的叙述出彩传神生动。作品亦不乏呈现"思想者"的清醒认知和反思。这种认知和反思建立于大量有关湿地的田野调查、本土体验、科学知识等基础之上,令人感同身受,呈现出较强的报告文学"文体意识"。

《丹桂飘香》是傅宁军叙写党的二十大代表、全国劳动模范、国网仪征市供电公司滨江供电所运维采集班副班长周维忠先进事迹的作品。周维忠三十年如一日坚持为村民做好事、行善事,被誉为智障青年的"爱心爸爸"、孤寡老人的"外快儿子"、老百姓的"光明使者"。作品以朴实的笔墨和生动的细节再现这位基层共产党员的感人形象。傅宁军的《无言的战友》描述的是南京消防救援搜救犬站"最美消防员"及其他们的"无言战友"搜救犬的故事。这部作品可谓报告文学与儿童文学的跨界叙述,题材与写法具有特异性。消防救援人员与搜救犬相互塑造成长,既具备报告文学的非虚构性,也带有儿童文学的特点——动物活动,动物与人类的互动关系等。因此,作品呈现出真实性与现实性、现场感与猎奇性、专业性与趣味性相结合的优长。作品中的欧阳洪洪和沈鹏等消防搜救犬训导员与冰洁、小黑(沈虎)、黑贝等搜救犬又形成"双主角"形象。后者成为"熟悉而陌生"的犬类形象,是犬类共性与搜救犬个性的统一。作品也呈现出多元主题特质,即成长主题——人与犬的"战友关系"之建立、磨合、默契和亲密;爱的主题——以"消防搜救"为红线,贯穿人与犬的交集,写出训导员与搜救犬的情感交织、患难与共、亲密无间;生命主题——防灾、减灾、搜救、平安,是世界性课题,也是"平安中国"的应有之义等。

还有一些作品从多个维度呈现多彩现实中的人与事。王成章、韦庆英的《主角是农民》再现的是连云港东海县农民到世界各国淘水晶,将成千上万吨形形色色的水晶原料,从世界各地汇聚到东海,使之成为著名水晶集散地和全国最大水晶交易市场,将水晶产业链接到全球各地,"买全球、卖全球",实现了脱贫致富的奋斗目标。作品写出了惊心动魄的生死考验、铭心刻骨的乡思乡愁,也写出了异国他乡创业的艰辛、文化观念的冲突与融合,以及新一代农民的坚韧朴实和勤奋好学,展现出创业创新的时代画卷。刘晶林、傅宁军的短篇报告文学《王杰的枪我们扛》以英雄王杰生前所在部队"王杰班"十多名战士为描述对象,生动讲述新时代军人继承光荣革命传统、迎接新形势挑战、争当王杰传人的故事。高锦潮的《一生一事》叙写淮安农民艺人袁志西坚守初心使命,志愿服务社会几十年,为活跃农民业余文化生活、倡导移风易俗观念奉献自己的热忱和智慧。王向明的短篇报告文学《一滴水的光芒》再现扎根社区警务辅助工作30余年的群众"自家人"——"江苏最美辅警"董明的"凡人小事"。张晓惠的《爱之胜境——荷兰花海》聚焦江苏盐城大丰5A级异域风情景区——中国郁金香"第一花海",以生动的笔触抒写其前世今生,以及从盐碱滩到万花园自然与历史的沧桑巨变。

三

以今日之视角回望、审视历史与文化,亦是本年度报告文学的应有之义。其中,于兆文的《新安旅行团》、雨花忠魂系列纪实文学、徐风的《做壶》、金伟忻的《激荡江海五千年》、吴光辉的《一座城的沧海桑田》和赵柳方的《红色茅山擎旗人》等作品呈现出宏微相间、诗史辉映的纪实气质。

于兆文的《新安旅行团》,是地方写作和红色题材写作的复合型报告文学作品。这是作者淮安地方题材写作的三部曲之一,与之前所写《天路淮军》类似,即主要书写的是淮安当地历史上具有传奇性色彩的平民英雄。作品虽然是地方题材,但却具有全国性影响,因为这样一个真实的历史事件,先后得到毛泽东主席、习近平总书记的高度评价。这无疑给予江苏报告文学在"本土故事、全国影响"的题材本土性方面以重要启示。作品以12章篇幅的历时性叙述,比较完整生动地还原了新安旅行团十七年五万里历程的历史原貌。从1929年新安小学成立,陶行知担任首任校长,1933年首批7名学生赴上海的"修学"之旅,再到1935年由汪达之校长率领的15人淮安出发,开始了横贯全国东西南北的以生活教育为主要目标的"修学"旅行，直至 1952 年完成历史使命。可谓之对一段珍贵历史的"打捞"与"复现"。包括采访、资料搜集、查证、梳理等在内的大量深入的田野调查，包括信件、诗歌、新闻报道、宣言、题词、启事、学习计划、回忆录等文学与非文学的大量原始资料加入叙述，文尾附录的近 50 个参考文献，共同构成一个具有文献价值的、十分丰富且客观写实的非虚构文本。这无疑是报告文学作为"行走"文学的要义。作品描述新安旅行团以"修学旅行"生活教育为主要目标，涵盖爱国、英雄、集体、创造四位一体的十多个"第一"，给予当下现实以多种启示。赵柳方的《红色茅山擎旗人》真实记录镇江茅山民众在革命战争年代、社会主义建设、改革开放等历史时期里的奋斗进程，凸显其薪火相传、脱贫攻坚精神品质。他的另一部作品《医路星光——致敬 70 年峥嵘岁月》则主要叙述的是镇江句容卫健事业的 70 年发展与改革之路。

本年度，雨花忠魂系列纪实文学已出版梁弓的《向光明飞翔：朱杏南烈士传》、胡继云的《浩气长存：周镐烈士传》、陈绍龙的《铁血飞雁：赵景升烈士传》、李洁冰的《长虹祭：陈处泰烈士传》和杜怀超的《山丹丹花开：胡廷俊烈士传》五种。《向光明飞翔：朱杏南烈士传》叙写出身商人世家的朱杏南，受先进思想影响，走上革命道路。他变卖资产、变卖土地，为革命事业筹措经费。最终被敌人逮捕杀害。《浩气长存：周镐烈士传》再现任职于汪伪政权军事委员会和国民党军统局少将级军官的中共地下党员周镐，多次遭叛徒出卖被捕，均机智应对、化险为夷，淮海战役中，策动国民党 107 军军长孙良诚率部投诚。最终因暴露身份，被捕牺牲。《铁血飞雁：赵景升烈士传》描述出生于铁路工人家庭的革命烈士赵景升，在抗日战争中多次参与截取日伪军用物资、支援新四军的军事行动，后被日军枪杀。《长虹祭：陈处泰烈士传》写逃婚出走的宝应青年陈处泰追寻光明，秘密组织"马克思主义研究会"，参加左翼社会科学联盟，在沪东开展工人运动。在淞沪战争中筹资开办公道印刷厂，承印《红旗日报》等抗日刊物。最终在组织刺汪行动中被捕牺牲。《山丹丹花开：胡廷俊烈士传》讲述黄土高原英雄胡廷俊，学生时代寻觅新文化思想，投身革命，加入中国共产党，创建晋西游击队，开展游击战争。与刘志丹领导的红军队伍汇合，组建为陕甘游击队。战斗中受伤失去右腿，后负责福建和皖南地区的巡视联络工作，被叛徒出卖被捕牺牲。以上五部作品与近几年已出版的同系列作品形成颇具规模的红色纪实丛书，成为江苏现代革命历史题材纪实的重要标志之一。

  对江苏文化进行深度再现，成为江苏报告文学的一个优良传统。金伟忻的《激荡江海五千年》首倡"江海文化带"概念，洋溢着浓郁的江海文化气息，以长江与黄海交融的全新视角，在"流域视野"和"千年时空"交织而成的宏阔视野之下，重审数千年来"水韵江苏"的文明发展、历史流变和文脉变迁。长于书写宜兴紫砂文化的徐风，本年度出版了《做壶》一书。作品重点再现顾景舟先生的衣钵弟子葛陶中对其制壶技艺的生动还原，并由此深度呈现中国紫砂古法制壶的技法，这既是对紫砂大师们不凡技艺的回望，更是对紫砂历史与文化及其精神内涵的形象诠释，具有较高的审美价值和史料价值。吴光辉的《一座城的沧海桑田》《沧桑看花》《个园独徘徊》和《云梯关怀想》等纪实作品，以写实而优美的文字凸显对大运河文化的描述与思考。而无论是对传统工艺文化的"抢救性"记录，还是对"江海文化"、大运河文化的深探，都将进一步推动江苏报告文学的高质量发展，使之成为无愧于记录现实、反思历史、引领未来的"时代文体"。

诗意之美与真我书写

一

新世纪以来的十余年间,作为文学大省的江苏,不仅继续保持着在小说创作方面的传统优势,其散文发展也呈现出良好态势和鲜明特点。对这种态势和特点的归结完全可以见仁见智,本文则主要论及紫金山文学奖获奖散文以及近年来江苏散文新作所透露出来的写作倾向,希望以此对新世纪十余年来江苏散文创作做一个管窥。

被誉为江苏的"鲁迅文学奖"和"茅盾文学奖"的紫金山文学奖,是一个包括小说、诗歌、散文、报告文学、儿童文学、评论、翻译、影视剧本、网络文学、编辑等奖项在内的区域性综合文学奖。自 2000 年第一届颁奖以来,迄今已达四届。这可以说是自新世纪以来江苏设立的最高文学奖项。除第一届为新世纪之前的作品外,其他三届的获奖作品无一例外都是近十年来江苏文学的优秀之作。其中,每届散文类的获奖作品为5部(篇),其作者也具有广泛的代表性。可以说,在相当大的程度上,这些作品已成为新世纪江苏散文的代表和风向标。作为一种具有悠久历史同时又极具开放性和包容性的文体,散文曾经在20世纪30年代、60年代和90年代独领中国文学之风骚。但要准确梳理和归纳散文的文体特质、流变倾向,是有相当难度的。因为与小说、诗歌相比,散文大都如袁宏道所言"独抒性灵,不拘格套",在作者身份、体制建构、艺术传达等方面存在极大的多样性、灵活性和可能性。我们在考察紫金山文学奖获奖散文作品,以及新世纪以来江苏散文创作时,也同样可以感受到这一点。然而,倘若我们做一些进一步的更为细致深入的探究,也还是能够在"乱花渐欲迷人眼"的创作现状里捕捉到其流变的某些共通性和规律性。姜建在评点第四届紫金山文学奖获奖散文时曾经指出:"许多作者不再满足于随性的、片段的、零散的写作,而是力求确立一个总体构思,并通过一个独特的视角进行全景式的有深度的富于文学性的书写,由此所带来的作品的整体感、厚实度和审美冲击力都是相当可观的,见出作者对拓展散文表意空间的有意识追求。"① 我以为,这段话可以看作是对紫金山文学奖散文获奖作品特质的一个重要认知,在某种程度上,这个评价也能够说明江苏散文在近十多年里的基本审美价值追求。在我看来,这种追求正在凸显江苏散文创作的一些重要的写作倾向。

---

① 《紫金山文学奖专家评审感言》,《新华日报》2011年12月6日。

二

  致力于文化和历史的表现，特别是以江苏为主体的江南地域文化和地域历史的表现，无疑是新世纪以来江苏散文创作重要的写作倾向之一。其意义在于，在努力凸显中国文化的传承与革新之时，成为当代中国散文版图不可或缺的重要组成部分。对于文化和历史的表达，是散文写作的传统所在，20世纪80年代，"文化大散文"的兴起，使这一类型的散文乘势而上，绵延不绝。江苏散文创作群体中，夏坚勇、王尧、王彬彬等人或在一般哲理层面，或从个人经历出发，或立足于现当代重要事件和人物，表达对于中国文化与历史的感悟、反思，甚至批判。当然，正如克罗齐"一切历史都是当代史"所言，这种感悟、反思和批判的逻辑起点，或者说观察与叙说的视角，十之八九也都离不开当下中国的文化和文学语境。"我不得不强迫自己去追忆和倾诉，从乡村重新出发，再返回大学校园。历史这根辫子早就被大家剪下来各自梳理。但我有自己的头发，而且也长得不短了，我有自己梳理的想法。"王尧在《一个人的八十年代》里所说的这段话，大抵是能够代表这类具有浓郁个人性和当下性书写的立场的。我们可将之归结为以江南学人或文人所特有的气质铺陈有关文化和历史的宏大叙事。而更多和更有特点的是，建立在地方文化和风俗描述基础上的有关江苏地域文化的艺术再现。譬如叶兆言之于南京文化，赵践之于苏州文化，刘春龙与苏宁之于苏中和苏北文化，徐风之于宜兴紫砂文化等。如果说，前者让我们领略到江苏散文建立在社会与文明反思、人类之终极关怀基础之上的忧患意识和视野宽度,那么,后者所给予我们更多的则是江苏散文的地域风采和人文个性。我们甚至可以将叶兆言、刘春龙、徐风、诸荣会、车前子、赵践、苏宁、陶文瑜、杜怀超等人的作品视作对于江苏非物质文化遗产的宝贵记录,是独特的"非遗"写作。刘春龙的《乡村捕钓散记》书写的是其苏北兴化家乡沿袭千百年的传统渔猎活动,它融技能、游戏、文化等多种元素为一体,呈现出丰富的地方文化意蕴。在作品中,渔猎活动可以是"技能",它展示渔人的生活、艰辛和智慧;可以是"游戏",它表现小小捕鱼高手们本真质朴的快乐和体验;也可以是"文化",它标示着某种生存方式和地域性知识。亲历性、专业性和文学性使作者对此如数家珍,也使读者身临其境,读来趣味盎然。它不是渔猎教科书,但它讲述了许多渔猎的科学知识;它不是隔岸观火式有距离的书写,而是全心投入、融入野地的倾诉。它表达出对童年、往事的难以割舍的情怀,对其中消逝的带有闹剧游戏性质的美事趣事的淡淡之伤怀。"今天作家以地方性知识的记录与书写,凸显其'地方'价值,以之介入当下社会和文化危机中,较之学理研究,或许提供了更多的想象和可能性。"[①] 像刘春龙这样专注于江苏地域文化和历史的考古式形象书写,其价值从小处说,可以是多样化地域文学写作的反映,是地域文化、历史和社会变迁的记录;从大处讲,这将会有益于江苏文学强省和文化强省的建设,甚至也将有益于在全球化背景下强化和凸显中国当代散文的地域性和民族性,

---

① 费振钟:《地方知识的文学书写——读刘春龙〈乡村捕钓散记〉》,《文汇读书周报》2011年5月6日。

而这对于中国散文乃至中国文学形成世界性影响至关重要。诚如鲁迅所言:"现在的文学也一样,有地方色彩的,倒容易成为世界的,即为别国所注意。打出世界上去,即于中国之活动有利。"①

学者介入散文写作,也成为新世纪江苏散文创作的重要景观。学者散文自中国现代以来渐成传统,涌现出许多大家。而相较于一般作家散文,学者散文其实是高难度写作,因为它不仅要有"情",还要有"理"和"趣",三者需紧密结合,且缺一不可。这就像余光中所认为的那样,学者散文"当然也要经营知性感性,更常出入于情理之间。我曾经把这种散文叫作'表意'散文,因为它既不要全面的抒情,也不想正式的说理,而是要捕捉情、理之间洋溢的那一份情趣或理趣。"②近十年来,范培松、董健、吴功正、丁帆、费振中、王彬彬、王尧等江苏人文社科界的知名学者,创作了大量散文作品,以知性散文的姿态和话语引领江苏文坛,有力提升了江苏散文的精神境界、艺术内涵和学理品位。这些散文知性与感性结合,对历史、现实以及社会文明进行反思和批判,具有比较强烈的知识分子写作的色彩。"知识分子"概念本身众说纷纭,我觉得萨义德的看法比较能够切近其本义,他认为:"重要的是知识分子作为代表性的人物:在公开场合代表某种立场,不畏各种艰难险阻向他的公众作清楚有力的表述。我的论点是:知识分子是以代表艺术(the art of representing)为业的个人,不管那是演说、写作、教学或上电视。而那个行业

---

① 鲁迅:《致陈烟桥》(1934年4月19日),《鲁迅全集》第13卷,人民文学出版社,2005年,第81页。
② 余光中:《散文的知性与感性》,《羊城晚报》1994年7月24日。

之重要在于那是大众认可的,而且涉及奉献与冒险,勇敢与易遭攻击。"① 与这一说法相呼应,知识分子写作的内核就需要镌刻进不同俗见、坚持真理、不畏权势、勇于面对等基本要素。丁帆的散文集《夕阳帆影》在20世纪"最后一抹夕阳就要逝去"的时候,回眸远去的文化帆影,追忆苦难、激情与纯真,写出了一代人充满五味杂陈的情感和人生况味。他在《追寻古典的夕阳》中写道:"全球性的现代文明使人类进入了一个科学技术高度发展的时空,同时,物质主义所带来的文化弊病也被人们所痛陈。倘使物质文明需要人类以对大自然的破坏为牺牲代价,以人的洁净灵魂作祭祀的供品的话,那么,在两种文化的选择中,我们更向往古典的、自然的文化与人性。……现代物质文明的飞速发展,同时也产生了巨大的文化负效应,人在物的面前变得畸形委琐,自然在物质面前也失却了昔日的风采。所有这些,我们只能靠回忆、靠梦境、靠文学创作来再造。这'白日梦'是人类的幸运还是不幸呢?是人类进化史上的喜庆还是悲哀呢?"作者由独具江南古典人文之美的周庄和同里,以及汇聚自然精华之美黄山、张家界、九寨沟等被人工化、商业化"污染"的现实,发出这样的感叹,足以表明其鲜明的知识分子立场。在《枕石观云》中,《你在哪里——精英文化的守望者》《思想误植的背后》《"五四"文化批判精神可以取消吗?!》《人文精神的失落与重新选择》《物欲时代的人性反思》《在"清货的思想"和"慷慨悲歌"的激

---

① [美]爱德华·W.萨义德:《知识分子论》,单德兴译,生活·读书·新知三联书店,2002年,第17—18页。

情之间》《文化放逐后平面化写作带来的精神灾难》等篇什,以一个知识分子的勇气、情怀和智慧,反思转型时期中国文化的失落和批判精神的萎缩,呼唤重建新的人文精神。王彬彬近年所发表的有关中国现代史上国共关系问题的系列作品,不仅视角独特、资料翔实,而且在力避偏见、去除陈见、努力呈现真相上,显示出相当的勇气,表现出其作为知识分子写作的应有立场和风格。他在近期发表的一篇谈论抗日战争时期国民党与共产党争夺知识青年的作品里,对战争环境里国民党方面坚持常态教育的做法给予肯定,他写道:"蒋介石支持下、陈立夫主持下的高校迁徙,是抗战时期的奇观,是国民党主政大陆期间的大手笔,是中国几千年历史上的壮举,是人类教育史上极其悲壮的一幕。什么时候想起这决策、这艰难的过程,什么时候都对主其事者心生敬意。如今,再有偏见的人,政治立场再不同的人,也不得不对这件事表示肯定。"① 这段文字所表达的意思很清楚,那就是坚持客观公正的信史原则,还历史事件以真相,还历史人物以本来面目。董健的《跬步斋读思录》、吴功正的《走进台湾》、费振钟的《黑白江南》等作品都在不同程度上契合着学者散文的情、理、趣,使新世纪的江苏散文更具人文关怀和现实精神。

散文本是文学的"客厅",文学门类中的小说家、诗人、影视剧作家,甚至文学编辑等都可以在此聚会,在新世纪江苏散文创作中,我们也不难发现这一现象的存在。江苏从事专业散文创

---

① 王彬彬:《延安乎?西安乎?——抗战时期国共对知识青年的争夺》,《钟山》2012年第3期。

作的作家较少，大多为小说家或诗人的跨界写作。时至今日，跨界写作已成常态，作为小说家、诗人和编辑家的范小青、黄蓓佳、叶兆言、朱苏进、苏童、贾梦玮、车前子、刘剑波等人的创作即如此。不可否认，当下江苏散文的跨界写作正是对中国现代散文创作重要传统的继承和光大，它在使得散文风格更加多元化的同时，大大增强了江苏散文的文体表现空间，使长于抒情和写实的这一文体形式，更增添了诗意之美、叙事之巧和结构之丰。擅长于小说和诗歌等文体的作家们，在不经意间也从另一个侧面确证了这样一个事实，即在凸显其优势文体写作形象的同时，已经显示或正在显示其成就全能"文学家"的潜质。

三

近年来，《钟山》杂志所发范培松的《南溪水》、刘剑波的《姥娘》、王彬彬的《杨明斋：一个山东农民的理论雄心与悲剧命运》和《1927年3月24日的南京惨案》系列非虚构文本等长篇散文作品值得关注，它们在继续凸显上述所言江苏散文的写作倾向的同时，还体现出更为阔大的书写意境，这就是坚守"真我书写"、坚持为"集体记忆"而写作。

"真我书写"强调的是散文的非虚构本质，它既是对作家主体"诚"与"实"的要求，也是对散文文体基本风貌的规范。作为散文写作永恒的主题，"真我书写"意味着不是仅仅局限于地域文化和民俗风情的描写，更要有对于社会文明的反思和思考，有人生关怀、人性关怀和人类关怀的博大境界。这又自然地要求当代的散文要为留存当代中国人的"集体记忆"而写作。否则，便是或无关痛痒，或无病呻吟，或功利作秀的文字。近年出现的梁鸿的非虚构文本《梁庄》所引起强烈反响的根本原因正在于此。而《南溪水》《姥娘》等作品的书写倾向也在于此。一方面，它们并非单向度、单一层次的个人或家庭历史的描述，而是具有较大的阐释空间并极富张力。《南溪水》涉及的是一个人的成长史，它的核心指向其成长的动力源（父母、环境、社会和文化）、成长的困惑与艰辛、成长的精神支柱等等。作者以自己出生地的"南溪水"为坐标，以父母和"我"等家庭成员的命运为描述轴心，从自己的幼年一直写到三十而立之年，其间跨越了中国现代社会最为激荡的战争、建设和动乱时期。作者在深入细致地描绘出时代的大变革、大改变的同时，又强调如"南溪水"一般的父爱和母爱的亘古不变——"这就是我爸我妈，天下最普通的爸爸妈妈，但又是让我这样的一个农家子弟真正站起来的爸爸妈妈，他们依然活着"。这两方面的交织，就使《南溪水》的意蕴远远超越了一个人的成长史，而让我们每个人都可以从中找到自己。《姥娘》则由养老（赡养）问题，扩展至对于临终关怀（人道主义）、道德伦理、家庭关系、历史变迁和社会制度等问题的思考，由一个人的命运到家族史、再到社会变迁等。可以说，它们都以毛茸茸的细节清晰的小历史反映出气势恢宏的大历史与大变革的轨迹。另一方面，它们都遵循着严格的不虚美、不隐恶的写实精神。《南溪水》将作者对于父母的真情和深情融入严格的写实当中，"凝固的笑容""妈妈喊我回家""锦衣军""生死之间"等章节极具震撼性。《姥娘》在多个章节检讨作者本人和父母等家人对待姥娘的态度和行为，显示出严厉的自我解剖和批判。如作者认为自己是"道德主义骗子""自私自利之人""伪善者"等等。颇具巴金《随想录》、老鬼《我的母亲杨沫》等作品的文字风格。其真实的亲历性造成了极强的冲击力和心灵震撼力。

从以上所述写作倾向可以看出，以紫金山文学奖获奖散文作品为代表的江苏新世纪散文获得了不俗的实绩。当然，相比较江苏新世纪小说的辉煌，散文创作还有待进一步的努力和突破。我们完全可以说，当下的文学创作不应以获奖为唯一目的，但事实上，获奖与否，获奖层次的高低，仍然是评价作品的一个重要维度。一个不容乐观的事实就是，1997年，夏坚勇曾获第一届鲁迅文学奖散文奖，自此以后直至今日，江苏本土作家再无缘鲁奖散文奖。这对于文学大省的江苏，也许是一个问题。我们应当认真寻找原因，力争有所突破。另一个问题是，相比较小说研究与批评，江苏当代散文研究与批评的力量较弱，未能很好地起到推动散文发展的"轮之两翼"的作用。目前，江苏高校和社科院系统的大部分文学研究者都不是散文的专业研究者，在全省范围内仍在进行散文理论研究和批评的，仅有致力于中国现当代散文史和散文批评史研究的范培松和丁晓原，以及主要关注当下散文创作的王尧和张宗刚等极少数学者。在全国文学研究的版图中，散文研究与批评本来就处于弱势状态，江苏散文研究完全可以乘势而发，在已经成为全国散文研究重镇的基础上，发挥传统优势，培植新生力量，力争在全国散文研究与批评中获得更大话语权，并在批评与创作的良性互动中，推进江苏散文新发展，重塑江苏散文新形象。

四、聚焦与深描

深情而治愈的"西藏叙事"

作为进藏20余次的作家,徐剑与西藏这片令其魂牵梦萦的神奇土地有着不解之缘。西藏之于徐剑,并非单纯的地域版图或旅游目的地;徐剑之于西藏,则可谓是其人生构成、创作源泉和精神原乡。他的《东方哈达》《经幡》《金青稞》《雪域飞虹》等多部作品以西藏为叙写对象,青藏铁路、青藏联网工程、藏区精准扶贫、西藏历史与文化等构成独具徐剑特质、镌刻着作家灵魂、情感与心血的"西藏叙事"。

近期出版的报告文学《西藏妈妈》,成为徐剑"西藏叙事"的最新篇章,既是对其西藏题材报告文学品格的坚守,也呈现出新的气象。这部"为新时代新西藏的慈善公益而歌"的作品,不乏徐剑报告文学一以贯之的瑰丽绚烂、高歌深情,以及"千年一梦桃花落"的诗意彰显、诗情绽放、诗魂飘逸。从立意到结构再到语言,这一特质浸润其间。与《东方哈达》和《雪域飞虹》等"西藏叙事"中书写重大工程的宏大壮阔主旨有所不同的是,《西藏妈妈》是再现普通人日常生活与家庭气息的"西藏叙事",充溢着朴实、温馨、疏朗和慰藉的治愈系风格。作品通过这样一个"双集中"的福利院叙事,形象地表达出新时代西藏致力于"以人民为中心"、造就全体民众福祉的拳拳之心,彰显出中国共产党领导、中国特色社会主义的制度优势,诚如作者所言:"一代赞普的梦想,经过了一千三百年的历史时空,唯有在新中国,在一代共产党人的手中,才变成现实。"

《西藏妈妈》将书写的笔锋对准西藏自治区自2013年开始实行的三年内在全区实现少有所托、老有所养的"双集中"供养举措,即"将孤儿集中供养于地市级儿童福利院,五保户则集中供养于县级福利院",4—10个孩子配一个妈妈,2位老人配一个护理员,实行独特的"居家式生活"。作者秉持报告文学的"行走"方式,由昌都儿童福利院开始,足迹遍布西藏大部分地区,倾情描述拉萨、日喀则、昌都、林芝、那曲等七个地市的儿童福利院里100多名爱心妈妈的感人故事。作品以"福利院"空间为聚焦点,以"妈妈"为人物再现的核心点,以"妈妈"对福利院孩子的关爱为共情点,围绕"未生娘""喇嘛阿雄""弃婴""病孩"和"汉家女"等主要人物进行叙写,讲述爱心妈妈们的身世和故事。她们或为未婚女、未生娘,或为阿妈拉、终身未嫁女,但大都集苦难、悲情、温馨、乐观、责任和大爱于一身。其中,管理20多个孩子的单身妈妈江孜卓嘎,收养弃婴的尼玛布尺、央日、次仁卓玛,关照病孩的益西旺、达娃曲珍,未生娘门拉、米玛、拥中卓玛,以及罗布次仁院长、布措局长、喇嘛阿雄等,给予我们深刻的印象。作品不仅对这些各具特点的人物形象做出精彩描述——她们有着"拉萨河一道浪花"似的清纯微笑，有着天上月亮一样的美丽容颜，有着白度母一样慈善心肠，有着太阳一样博大的胸襟和热忱，是"西藏妈妈"的杰出代表，也着力呈现其良善品格、悲悯情怀和大爱风采，呈现"西藏妈妈的精神世界丰盈而圆满，温柔而博大"。作品将所再现的人物融注于极具诗意与画面感的叙事之中，大量来自生活原态的对话、细节和场面描述的简洁文字，使全书举重若轻、神采飘逸。在专注于福利院妈妈与孩子之间故事的同时，《西藏妈妈》还具有阔大的叙事开合度，从"福利院"这一特定空间与特定人物的叙写，拓展至当下社会所面临的婚姻与家庭、残疾与疾病、就业与扶贫、青少年家庭及学校教育等广阔领域，使其内蕴的深度和广度得以进一步强化，也使得这一看上去题材定向十分明确的作品获得了能够进行多角度多层次阐释的丰厚文本，其所带来的"治愈性"效应也超越了单一性情感慰藉，进而抵达具有哲理意味，甚至宗教神圣感的思想高原。

好的题材与思想，需要有好的形式来呈现，所谓"艺术的文告"大抵如此。在当代报告文学作家行列里，徐剑以其突出的才情和清晰的文体营构意识卓然而立。他倾心于或曰醉心于报告文学的艺术营构，并勇于超越自我。因此，徐剑的每一部作品都有着鲜明个性和"徽章"，令人印记深刻、过目难忘。譬如叙写青藏铁路的《东方哈达》以上行与下行列车式交错叙述结构，链接历史与现实；《金青稞》以"他"视角的转换与交错，展现时空交织中的西藏今昔；《雪域飞虹》以"正负极篇"折射青藏电力联网的壮举等。在《西藏妈妈》中，作者精于艺术营构的用心亦是随处可见。全书在偶数卷的最后一节安排有"灰线"叙述,譬如"灰线:画师洛加画勉唐派绿度母,富丽堂皇","灰线:阿松师傅塑白度母——端正美丽"等,其用意似乎在于对"度母"这一藏传佛教艺术里女性尊神的探寻,以此隐喻"西藏妈妈"——"其实,在西藏的儿童福利院里,迎面而来的爱心妈妈,皆为度母"。在全书九卷的篇幅里,作品以第三人称叙述孩子与"妈妈"及相关人物的故事,以此彰显情感。在大多数章节里穿插作者的"采访纪实",以第一人称"我"呈现非叙事话语(其作用在于情感抒发、引领意涵、表明态度等)与叙事性话语的交融,既是推进故事、速写人物的需要,也强化了报告文学作为"非虚构"文体的鲜明印记。

作品里以楷体字为标志,以第一人称"我"作为作者本人田野调查(采访)纪实,与全书以第三人称客观叙述福利院妈妈和孩子的互动形成互文关系,类似于复线叙述。作品将叙事性话语与非叙事性话语紧密结合,使结构更加自由灵动,语言也更富于艺术之美。作品中作者反复叙说自己"二十一次进藏,一次次地丢魂于此,又一次次喊魂归来,经历一场场炼狱与轮回,仿佛只是为了这一天",其实也是努力将对西藏妈妈的叙述与自身的西藏情结融汇一体,形成不同于一般"旁观者"式采访与书写、类似"有我之境"式的"共情"倾诉,凸显对作品所述内容"真实态"的构建,以及读者对"西藏妈妈"人和事阅读领悟基于可信基础之上的"真实感"的形成。无论话语还是结构,《西藏妈妈》都倾向于将舒缓、动情的治愈性元素植入其间,努力构筑与作者其他"西藏叙事"作品宏大风格的显明差异,以此强化其艺术探索的独特性。

在我看来,《西藏妈妈》更像是一个象征和符码,它有力地拓展了作者"西藏叙事"的思想内蕴和情感边界——对于一个青年时期即与西藏结缘,并在后来岁月里以 20 余次与西藏的亲密接触,"西藏"已然成为作者具有精神原乡意义的第二故乡,因此,"西藏妈妈"也许也正是作者深藏内心的真情呼唤。当然,这部作品也给予当下报告文学的西藏表达以新的启示,扩而广之,在当代文学其他文体样式在对于西藏乃至边疆少数民族地区的书写方面,《西藏妈妈》也一定能够给予其新理念、新维度和新灵感。

古城之变的艺术深描

作为小说家的范小青,其关注的目光始终没有离开过苏州这个有着2500年历史的中国文化名城。从20世纪80年代至今,她先后写下了《裤裆巷风流记》和《城市表情》等长篇小说,艺术呈现以苏州古城为原型的城市今昔变迁史。手握五彩笔的范小青新近出版长篇非虚构作品《家在古城》,又一次聚焦千年名城苏州,以有别于其惯习的虚构手法,真实、真切、真情地深描这片令其反复咏叹、魂牵梦萦的魅力土地。

美国人类学家克利福德·格尔茨等人曾提出过"深描"这一概念,即相对于仅仅描述人的外在行为本身的"浅描","深描"更注重探讨和展示人的外在行为背后的意识、动机和意义。在我看来,《家在古城》即范小青以非虚构方式对苏州古城的一次超越外在形貌、颇具思想内涵和非虚构精神的深探。

这种"深描"首先体现在作品以作者"我"的视角,通过大量密集的场面与细节呈现出基于非虚构性的亲历性与现场感,表现出小说家非虚构叙述的独特审美气质。与许多报告文学作家需要前往异地进行采访和搜集材料等田野调查工作不同,《家在古城》的作者可谓长于斯的苏州"土著",与其所描述的对象之间几乎是没有"违和感"的零距离接触。《家在古城》的出版恰逢苏州古城保护 40 年纪念时间节点（1982 年国务院批复中共江苏省委《关于保护苏州古城风貌和今后建设方针的报告》),全书分为"家在古城""前世今生"和"姑苏图卷"三个部分,以时空交错的全景式叙述,将极具文化遗产风韵的苏州古城的地理、历史、经济、文化、城建、生态等如数家珍般和盘托出,大有"打捞""钩沉""探秘""解惑"和"激活"之百科全书意味。作品对城市发展肌理作出详尽的田野调查,从一个点——同德里开始,逐渐深入其间、拓展开来,形象化梳理和演绎历史正说与传说中的苏州古城世纪变迁发展史。第一部分"家在古城"写作者自己曾经生活过的民国建筑街区（同德里、五卅路、同益里等）的今昔之变,儿时追忆与当下时空穿越汇聚一体,激活了物、事、人、情,展现出一幅沧桑绚丽的苏州古城风情图画。第二部"前世今生"则主要再现作为苏州人朋友和亲人的多个典范名人故居（老宅）的保护、修缮、开发和活用等,重点描述钮家巷 3 号"状元府"、费仲琛故居、墨客园和潘祖荫故居等的前世与今生,并由文庙、藏书楼和全晋会馆等引申出对苏州"崇文重教"城市风格和社会风尚的叙说,鲜明凸显了苏州古城厚重的文化价值。第三部分"姑苏图卷"沿三个路径展开：一是叙说"平江路",即主要写基本延续唐宋以来苏州城坊格局、不可复制的古城根脉——平江路古街。重点讲述自 2002 年开始的"平江路风貌保护和环境整治工程"所取得的"整旧如故,以存其真"的成功经验,譬如形形色色的桥与古井、重新开通的张家巷河河道、干将路的得失褒贬等。二是对姑苏繁华第一街"山塘街"之"山塘历史文化保护区保护性修复工程"的往事追忆与现实观照,描述政府及专家以"渐进式、微循环、小规模、不间断"模式,抢救、修复、保护包括"苏州城外最大建筑群"玉涵堂以及刺绣评弹等在内的山塘历史与人文遗存。三是叙说最具苏式生活的老阊门、南浩街、西中市、观前街、盘门和葑门,以及以东吴大学旧址为代表的经典近代建筑、苏州老厂房等古城典型今昔景观的当下样貌。这三个部分的叙述无一不是遵循作者"我"的采访调研路径进行的,"我"出现在所有重要现场,读者仿佛是在跟随作者一路同行同观同感。

"深描"还表现在作品叙述的格调与通行的报告文学有所不同。应当说,《家在古城》的题材足够宏大——苏州古城的前世今生,寓意足够深刻——中华文明的渊源、新生、承传与复兴。但其叙述却是娓娓道来、接地气的。譬如第一部分对于同德里和五卅路的叙述,即加入了大量作者"我"及其发小、同学、邻居街坊极富家常意味的现场互动,显示出以毛茸茸的"小历史"演绎宏伟壮阔"大历史"的叙述格调。历史叙述的"宏大叙事",多是记录重大历史性政治经济文化事件、领袖或精英人物的言行。当然,也可以以一斑窥全豹,用草根、民间性世俗化事件和细节来演绎历史,显示出充满生活质感的"小历史"。《家在古城》再现有诸多与作者联系较多的人物,譬如张爱萍、徐老师、徐阿姨、朱依东、胡敏、朱军、谢孝思、高福民、史建华、王仁宇、徐刚毅、高虹、殷铭、王金兴、姜林强、范总、尹占群、阮涌三、李永明、平龙根、朱兴男、吴晓帆、张凉和徐文高等，他们是作者的老邻居、老同学和老朋友，或者是老专家、老领导、古保委及街道干部等，甚至还谈到作者自己的母亲和外婆。对于有着 2500 年悠久历史的苏州古城来说，可以言说的内容和角度非常多。作者选择了一个十分特别的视角切入，即从自己曾经生活居住过的"同德里"和"五卅路"两个蕴含古城历史和典范建筑意味的街区讲起，逐渐将古城话题由点到面地延展开来。这样，就使得"小历史"的叙述落到实处，使得由这些普通人所构筑的"小历史"折射出时代变迁的"大历史"，也使得作品在"我"的亲历式和见证式的叙述中凸显出非虚构真实再现客观现实的基本品质。

在作者细腻的笔触描绘下，"同德里""五卅路""平江路""山塘街""状元府""探花府""全晋会馆""大石头巷""瓣莲巷""阊门""李超琼""乐益女校""曹胡徐巷""范仲淹""苏州文庙""过云楼""双塔影园""䕺湄草堂""传德堂""花间堂""潘祖荫故居""潘麟兆""墨客园""卫道观前""礼耕堂""山塘书院""评弹""南社""观前街""盘门"和"葑门"等苏州古城的代表性街区、建筑、人物和事件得以生动呈现，特别是其中有关古城改造的叙述，尤为深入细致，将政府、居民、企事业单位等各方因素的应对和解决巨大难题的同理心和责任心生动叙写出来，包括以"消灭"千年马桶为中心的"城区居民家庭改厕工程"，对同德里、同益里等民国特色街区宅院进行"修旧如旧"的整治、留住文脉和人脉的"松动"活化保护利用等在内的典型案例的重点描述即如此。这种再现熔铸着作者的生活经验和情感寄托,既是由童年记忆开始的对乡愁的重拾与感怀,也是立足当下对古城所做的"惊鸿一瞥"和"蓦然回首"式的重新发现。这种发现不是一个外来采访、观察者的纯粹理性的观照,而是一个久居其中的"土著"对自己深爱土地执拗的情感性探寻。

当然,特别难能可贵的是,这种乡愁重拾和情感性探寻,并没有一味地为家乡所讳,而是通过种种"深描"体现出无处不在的颇具哲理的反思性。与小说专注于以"呈现"写人世有所不同的是,《家在古城》体现作者主观考察与情感表达的"讲述"占据主体地位。这里的"讲述"有各种方式,其中最为显明的是体现为文中较多出现的"画外音",即表达作者思想、思绪和感悟等知感交融的非叙事性话语。这种"讲述"的意义,一方面在于引领读者把握作品所叙述的基本内容;另一方面也在于宣示作者对于再现对象的理性认知或情感态度。在文中,作者对于苏州古城保护所作的"理性的爱"的评价无疑有着特别之处——"苏州是理性的苏州,无论是领导、专家,还是普通百姓,都非常理性,有时候头脑会发热,但是也会冷静下来,不会一味地狂热下去。这种理性,这样的冷静,是建立在对待古城的态度上的,对古城的敬畏,对古城的热爱,对古城的责任,使得所有的决策者,建议者,执行者,甚至旁观者,都始终如履薄冰,始终如临深渊"。"无论他们是不是苏州人,是不是苏州籍,他们的目光,他们的念想,都和苏州、和苏州古城紧紧地相依在一起。"对于古城的未来,作者的思考则更为深入和严肃——"今天,我们所保护所修复的，都是我们的先辈留给我们的，而身处今天这个时代的我们，适逢时代变革发展，除了保护好古迹，今天的我们，又能给我们的后人留些什么呢？留些什么既有地域特色又有时代特征还有文化含量精神价值的东西呢"？作者此处的话语实际上已经涉及以古城建筑和街区为代表的文化遗产的继承，以及在此基础上的文化创新问题。这样略带忧虑的发问极具现实感和前瞻性。因为古城保护绝非单一事项，而是浩大的系统工程，涉及城建、环保、规划、美学、历史、社会学、心理学、文化学等等。《家在古城》以其浓郁的反思性告知我们，以苏州古城为代表的历史遗存需要古为今用，在保护中传承、在传承中保护，在既苏式又新式的生活中赓续文明血脉。应当说，作品当中的这些"画外音"亦是以创作主体的感知体认为前提，并非小说式的婉转曲折表达，而是直抒胸臆、直陈利弊、直言不讳，以此尽显知识分子的忧患意识、人文关怀与责任担当。

除却虚构之外，《家在古城》在结构和语言等方面所呈现出来的小说式表达的灵动与可读性无疑是十分显明的。这自然得益于作者的著名小说家身份及其对于此种文体数十年历练的炉火纯青。从这个角度观之，这部非虚构作品所凸显出来的跨文体品格，在当下的非虚构文学序列里无疑散发着别样的光彩。当然，擅长于虚构叙事的小说家范小青在《家在古城》当中却是努力遵循着非虚构的叙述原则，以较多的纪录性文字再现或者还原现实或历史时空里的人、事、景、情，显示出强烈的现场感与纪实性，给予读者身临其境般的沉浸式体验。譬如第一部分以较大篇幅再现的作者与街道领导、居民等的"双塔街道座谈会采访实录",作者与被访者的提问对谈,作者与环卫工人乔师傅的对话;第二部分里作者与高虹、潘裕达的对谈实录;第三部分作者采访香洲扇坊张凉、朱兴男夫妇的对谈实录,作者有关"山塘街"的各种思绪观感等。

历史文化遗产是注释历史最好的"活字典"。这是《家在古城》里面的一个金句。作者通过对苏州古城前世今生的再现,也已经达到了以非虚构文学的方式"注释历史"的目标。或许,这正是《家在古城》的文献价值所在——作品中大量的文献佐证和数字数据足以证明其"用事实说话"的理念和诚意,也完全可以看作是其文学价值的一种精彩加持。从这个意义上说,我们热切期待苏州古城成为留得住、传得下的历史遗存,我们也同样期待《家在古城》能够成为留得住、传得下的迷人的文学经典。

多维聚焦 情系苏台

江苏与台湾相距千里之外,但却有着特殊的历史渊源。六十年风云际会,三十年合作交流,苏台两地共融共进共生,成为中国大陆与台湾互动交往最为活跃的地区之一,亦是习近平总书记所说"两岸是割舍不断的命运共同体"之形象代表。由江苏省台办新近编辑出版的这部《交融》正是苏台三十年交流合作历史变迁及现实状貌的生动写照。

这部文集共收录长短文 60 篇,分为见证、寻根、诗情、执手和筑梦五个部分,其内容之丰富、文体之多样、意味之隽永,完全可以用"多维聚焦、情系苏台"来概括。其中,"多维"指的是文体、身份和视角的多维。就文体而言,文集呈现给读者的不仅有包括消息、特写和通讯在内的新闻报道,还有回忆录、口述实录、书信和诗歌等文体;就身份而言,文集作者有海基会官员、企业家、记者、市长、老兵、教师和台胞接待人员,被描述对象则更为多样,诸如两岸高层领导人、各级台办官员、宗教界人士、企业家、台属、抗战女兵、大学教师、台湾媳妇或女婿等等；就视角而言，文集里既有基于两岸政治家以人民福祉为依归、建构命运共同体之"破冰"历程的极富宏阔感和历史感的深沉叙述，亦有基于经贸合作与慈善助学、展现两岸企业家由"投石问路"到"深度融合"曲折变迁的生动书写，更有基于文化、传统和家庭等各种要素，深情显现普通民众秉承"两岸一家亲"之理念，对亲情、爱情和友情的身体力行。这些或写实或诗意的文字，充分显示出大历史的波澜壮阔和小历史的纤毫毕现，以及国家、民族、家庭和个人的恩怨情仇与旷世悲欢。而无论何种文体、何种身份、何种视角，最终都聚焦于海峡两岸，情牵于江苏与台湾，这正如文集中所说："我们中间隔了一条台湾海峡，这条海峡早已不是无法逾越的鸿沟，而是我们走亲访友的走廊；里面流淌的不是凶猛海兽，而是我们延绵不绝的亲情"。

海峡两岸关系和平发展背景下江苏与台湾全方位交流的三十年，无疑是这部文集书写的重点。其中就有多篇对台湾政要赴江苏交流访问的纪实文字。在《亲历十二年前两岸"破冰"》一文中，陈旻以一个记者的视角，生动地记录了2005年中国国民党主席连战、亲民党主席宋楚瑜和新党主席郁慕明先后到访南京的"破冰之旅"——"傍晚，载着连战一行的专机降落后缓缓滑行至预定机位，机舱门开启的那一瞬间，'咔咔咔'，摁快门的声音密集响起，炫目的闪光灯中，我们都强烈地感受到那一刻的历史定格"。中国国民党原副主席、海基会原董事长江丙坤曾在十二年里37次造访江苏省，接待江苏各级领导专业交流团组88个。为纪念苏台交流三十年，他在《以大智慧谱写两岸和平发展大历史》一文中写下了这样饱含深情的文字:"江苏不仅和国民党有着密不可分的历史渊源,也是我从事两岸工作的起点之一,有着其他省份所无法比拟的特殊情感。江苏,除了是台商投资最活跃、台资企业最密集,也是两岸经贸交流最频繁的地区之一,我想,这都是因为江苏占了天时、地利及人和。"《六越海峡探故里祭祖寻根拾乡愁》一文则翔实描述中国国民党原副主席郝柏村的归乡之路。从1999到2011年的18年间,郝柏村率子孙先后六次回江苏盐城家乡祭祖寻根,并修订完成了四大册《苏北郝氏宗谱》。

苏台三十年合作交流的重头戏在于两地的经济交往。文集的"筑梦"部分以较多篇幅叙写台湾企业家来江苏投资兴业、慈善捐助、兴办教育文化和生态环保事业等,以此描绘两岸经济"交融"的盛景。在《苏台交流合作犹如涓涓细流汇聚成大江大海》的新闻报道中,江苏省台办原主任杜国玲用两个"史无前例"来形容苏台经济合作的突出特点:"1987年11月15日,江苏省台湾同胞接待站在南京挂牌办公,在此之后,一是史无前例的在省、市各级台办成立了'台胞接待站',为蜂拥而至的台胞们来江苏探亲提供各个方面的服务和便利,用政府的真情实意感动台胞。二是史无前例的成立了'经济处',从那个时候正式有了苏台经贸合作"。祖籍江阴的台湾企业家焦佑伦,曾任第五、六届南京市台湾同胞投资企业协会会长,他在自述《行至最高处两岸正潮平》中追忆自己与江苏"割舍不断"的情怀,并坚信:"世界是平的,未来的两岸交流,一定是包括经济领域、社会领域,包括青年交往的全方位交流。"在《怀着梦想做"傻事——从台湾机械师到江宁"农民"》一文里，62岁的台湾企业家林铭田讲述自己到南京江宁24年，投资开发建设银杏湖风景区的目的是要圆"归隐梦"，为子孙后代留下一片青山绿水。《一位台商和41个昆山孩子》中叙写的陈桂祥，是最早来昆山投资的台商之一，他的财富不仅仅是工厂，还有其在近20年时间里资助的41名贫困和优秀大学生。《百名台胞与宿迁一幢急诊大楼的情缘》写的是20世纪90年代中期，在回大陆参观家乡的医院之后，有感于其破旧陈设，台湾高雄市宿迁同乡会会长陈良福及百名台湾同乡赞助捐建宿迁人民医院急诊大楼。《一座城，一家人》再现台商谢学焕投资淮安，不仅把自己的工厂，更将全家从宁波迁到淮安安家，"不辞长作淮安人"。文集中还有写到台湾80后企业家滕川在连云港开办"遇见台北音乐餐厅"，台东茶农投资无锡种植红乌龙茶，镇江大禹山下台商许培峰兄弟接力投资创业，台湾报业巨子余纪忠情系家乡、崇文重教，筹建"常州市华英文教基金会"，台湾醒吾中学、醒吾技术学院创办人顾怀祖及其胞弟捐资近千万，帮助家乡盐城兴办小学、中学和大学等等，诸多感人事例不胜枚举。某种意义上说，苏台两地以企业家投资捐助为标志的经济往来，正是大陆与台湾从对峙到和解再到合作的一个范例，也是中国改革开放40年、正在走向世界舞台中央的历史见证。

海峡两岸、苏台两地，无论高层还是民间，无论投资捐助还是寻亲归根，其由交往、交流到交融渐进过程的深厚基础，都在于同为炎黄子孙的同声共气和血脉同源，正所谓"两岸一家亲"。这部文集每一个部分的叙述，大多在饱含真情与深情中表达出这样的高度认同,其中尤以"寻根"和"执手"等部分为最。在文集里,我们看到多篇最能体现亲密性与归属感的两岸家书,有母亲写给儿子的《大陆母亲写给台湾儿子三封信》,有耄耋姐妹的《来自台北的百封家书》,还有侄女写给伯父的《一封无法寄出的家书》。在这封写给逝去伯父的信中,作者写到1989年伯父第一次返乡时的情景:"奶奶做了一桌您最爱吃的饭菜,流着泪不停地给您夹菜,却不许我们几个小孩子动筷。您也哭了,您说:'三十多年了,我终于又吃上了妈妈给做的饭。'"这样的文字令人动容,给人以强烈的情感冲击力。围绕"家"做文章的还有抒写台湾老兵回乡寻根的《梦里的海峡思恋》《老兵的回忆》《一位百岁抗战老人的海峡情》《我与伯父有个约定》和《亡故14年,姜堰籍台湾老兵杨宝林魂归故里》,描述台湾高僧归故里的《阔别40年重返故土台湾高僧了中梦圆》和《台湾星云大师六度返乡倾心倾力倾囊造福桑梓》,追忆被俘村民和职员返乡的《双合村的守望》和《落叶归根——百岁台胞施志超的回归之路》等。此外,文集中还有一些作品专注于对两岸交融"使者"的叙说,譬如《中华文化人文作舟 胼手胝足摆渡两岸》中第一个专业从事两岸文化交流的"陆配"——台湾媳妇赵丽娜,《台湾女婿南京过年》中自述作为女婿在南京与岳父母吃年夜饭过年往事的东吴大学副教授曾泰元,《我与台胞亚平兄二三事》中追忆与台胞诸亚平来往交情的徐州教师刘尊立,以及《一张老照片——跨越海峡70年的思念》里回忆与台湾小学老师师生情深的扬州老人谢建安等。而文集中"诗情"部分所收录的苏台两地诗人的诗歌作品,则以最为文学化的形式,以充满激情和深情的语言，表达对两岸及苏台交往与交融的由衷赞叹。它们或以旅者的身份描述两岸风物，如王玉梅的《泰州旅记组诗》、陈春晓的《行走台湾》、徐恺蔚的《昆山行》和卓云的《项里心运河情》；或以艺术的名义抒写两岸的人文交流，如曹利民的《白发海峡》、纯子的《当我写下了〈超炫·白蛇传〉》、陆汉洲的《一百岁，一起过七夕》和蒋坤荣的《锦凤歌》。而最终，这些作品的情感指向仍然都集聚在"家"上——"我们本就是失散的音符/为了同一个春天开始了合奏/我们本就是一母同胞的骨肉/面对同一个方向——家的方向"。这是屏子的诗《抱一抱你，我的兄弟》里的一句话，它道出了我们的心声。

　　作为一部多文体聚合的文集，《交融》的阐释空间无疑是阔大的。而它给予我们更为清晰、更为强烈的感受则是那份以苏台为言说对象，诠释海峡两岸中国人渴望和平发展的深厚情意和坚定意志。"两岸交流，渐成常态酿和同""离岛回归大势，无论浪重重"，这是文集中秦玉林所写《望海潮·回家》里的词句，它既是现实，也是愿景。由衷祈望进入新时代的中国大陆和宝岛台湾共荣共赢，追寻两岸最大公约数，共画两岸最大同心圆。

继往开来的"艺术文告"

在庆祝中国改革开放40周年的特殊时刻,由中共江苏省委宣传部和江苏省作家协会共同编辑的《实践之树常青——改革开放四十年江苏报告文学选》顺利出版了。这部应时而生的报告文学选凝聚着江苏作家对中国改革开放的深情厚谊、对中华民族伟大复兴的殷切期盼,有着重要的意义和价值。

其一,它是对江苏乃至中国改革开放事业的"艺术文告"。世界著名报告文学作家基希曾言,报告文学是"艺术的文告"。在所有文学体裁当中,报告文学是以非虚构方式切入对现实的表现的,因此它是具有强烈现实性和时代性的文体,所谓"时代文体"正是对其的准确定位。这部作品选分三卷收录了65篇(部)作品,其中第一卷选录改革开放前三十年(1978—2008)的30篇优秀作品,第二、三卷选录改革开放近十年(2009—2018)的35篇优秀作品。我们欣喜地看到,透过这60余篇报告文学,江苏改革开放40年波澜壮阔的绚丽画卷依次展开,那些曾经影响江苏乃至全国的政治、经济和文化的事件和人物,在这些作品里基本上都得到了生动再现。这是立足江苏改革开放历史进程最前沿的"接地气""有生气"的艺术书写,是"有温度""有力度"的倾力表现,充分凸显出这些作家作为追踪者、见证者和记录者的个性与气质。这里既有对建设"强富美高新江苏"火热现实的全景描绘,更有对那些勇立潮头、敢于争先、不畏艰难、勇于创新江苏人的生动刻画。譬如,江苏改革开放的风云人物和重要事件,如写下《实践是检验真理的唯一标准》著名文章的南京大学教授胡福明,苏南农村现代化建设的样板——华西村与吴仁宝、长江村与郁全和,搞"自费"开发区的昆山县县长吴克铨,"说了算,定了干"的实干书记秦振华,"把论文写在大地上"的科技专家赵亚夫,南京青奥会,南水北调东线工程,"一带一路",铁路高速公路等基础设施建设,反腐败斗争等;也写出了平凡人的不平凡,如30余年如一日坚守海岛的王继才夫妇,舍己救人的教师殷雪梅,扶贫济困不留名的"莫文隋",南京城墙的修复者,中国技工邓建军,油田高级技师田明,《大地册页》里的农民父亲,《我的兄弟,我的姐妹》里城市建设的基层服务群体;还写出了40年来发生在江苏大地的"新奇事",如《中国淘宝第一村》里靠做电商致富的苏北沙集小镇农民,《闯荡南非洲》里架设中非友谊桥梁闯荡南部非洲开拓贸易的南通农民企业家,《支教:在小凉山的28年》里援助云南教育欠发达地区的南通海安基层教师等。这些对于各类英雄模范、科学家、企业家、教师、新农民、文化艺术名人的描绘表明,改革开放为江苏大地注入了无限的生机与活力,为江苏人民提供了思想解放、敢为人先、奋力圆梦的强大精神动能和大展宏图的辽阔空间。无论是对普通人生活的聚焦，还是对风云人物人生轨迹的描述，都在凸显关注人生、关怀生命、弘扬正气、礼赞美德与善行的特点，这正是江苏报告文学的重要品质，也深刻表现出江苏报告文学作家的写作取向和价值判断，特别能够体现文艺"以人民为中心"的创作导向。"以人民为中心"，既是指以人民为表现对象，欢乐着人民的欢乐，忧患着人民的忧患。

其二，它是对改革开放以来江苏报告文学创作的"继往开来"。某种意义上说，这部选集就是对40年来江苏报告文学的一次回眸、一次重温、一次检阅，为江苏报告文学在新时代的再出发奠定坚实的基础。

江苏报告文学有着深厚的历史传统，涌现过不少名家大家，改革开放以来又获得了长足的进步。这部作品选所选篇目是在大量优秀之作的基础上精选出来的，"改革开放"主题呈现的鲜明性、所选作家的代表性和入选作品的典范性都是显而易见的。我们还可以透过这65篇（部）作品，回溯江苏报告文学创作的发展历程。阅读皇皇三卷纪实，仿佛在做一次时间穿梭之旅。现实关注、地域书写和人生再现，无疑是江苏报告文学创作最为重要的三个维度，它充分显示出这一文体在江苏发展的活力与魅力，实际上这也是当下中国报告文学创作努力追寻的方向。在艺术表现上，江苏报告文学在整体构思、行文结构、语言表达和风格呈现等方面都取得了有目共睹的成绩。无论是近十年来的长篇巨制，还是改革开放初期的短篇小章，都力求遵循报告文学文体的创作规律，比如大量的田野调查（采访、资料收集），非虚构写作原则的恪守，人物式、集合式和全景式结构类型呈现的多元化，多种文体写作手法的借鉴，等等，内容日趋厚重，形式日臻丰满。还有一些偏重再现江苏非物质文化遗产为代表的地域文化作品，如《布衣壶宗》《大美昆曲》《兴化八镇》《逐梦之城》《韵河》和《大美浦口》等，在鲜明呈现江苏地方文化，以文化变迁抒写历史变迁的同时，也为报告文学叙述的多样性、文体面貌的丰富性做出积极探索。

这部选集中的许多作品曾经获得过全国"五个一工程"奖（傅宁军的《淬火青春——大学生从军报告》、杨守松的《大美昆曲》）、中国新闻奖（夏坚勇的《江堤下的那座小屋》）、徐迟报告文学奖（丁捷的《追问》）、江苏紫金山文学奖等各种奖励，是江苏报告文学创作水平的表征。这一方面得益于中共江苏省委宣传部和省作协领导的高度重视、大力支持和精心组织，另一方面，也是江苏报告文学作家不懈努力的结果。

我以为，在江苏报告文学发展史上，《实践之树常青——改革开放四十年江苏报告文学选》是一种象征，一个里程碑。它象征着江苏报告文学辉煌的过去，也因此成为一座独具意义的里程碑。1978，改革开放乘风而起；2018，继往开来重新出发。作为新时代江苏文学的一个重要组成部分，报告文学创作应该努力探索"江苏特色"、形成"中国影响"。在由文学大省迈向文学强省的新征程上，江苏报告文学理应大有可为，也一定能够大有可为！

还原、挖掘与启迪

还原本真,挖掘精神,启迪社会,可以说是《朋友,我能给你什么》这部长篇报告文学作品的基本写作理念。而这种理念又与非虚构文学的文体个性达成相当的契合。作者周建新擅长营构长篇小说这样以虚构为核心的鸿篇大制,但他致力于非虚构创作的潜质不可小觑,其中一个明证就是,其长篇报告文学《飞天骄子——杨利伟》获得了第八届全国少数民族文学创作骏马奖。对代表社会主义核心价值观的热点和焦点人物的关注,无疑是周建新非虚构写作的重要特点,从《飞天骄子》中的杨利伟,到《朋友,我能给你什么》中的郭明义都是如此。也许,与小说创作不同的是,作者的两篇报告文学可能都是"命题作文"。对于当代的报告文学来说,"命题作文"并不少见,某种程度上还占有相当的比例。但能够将自由度有限的"命题作文"操作得既有声有色、游刃有余,又不失"命题"之原意,就不仅是单纯的叙事技巧和讲述水平问题,它更多地需要依傍视野、胆略和智慧。《朋友,我能给你什么》或许在这一点上能够给予我们一些重要的启示。

在我看来，对代表社会主义核心价值观的热点和焦点人物的描述，已经成为中国当代报告文学的基本传统。但如何使报告最大限度地逼近本真，最具深度地触及本质，最具广度地启迪社会，仍然是其必须面对的重要问题。这是文体本性使然，也是作家写作伦理使然，更是全媒时代文学自身调适使然。在这个意义上讲，有什么样的写作理念，或许就会有什么样的作品产生。也许在虚构文体那里，情况会比较复杂一些，但对于非虚构的文体，这一点是确定无疑的。因此，我很欣赏周建新在作品里多次直言不讳地表白自己的写作理念，这正是引导作者写作的航标灯。作者在开篇的"引子"和"后记"中，用十分明确的句式表明了其对于郭明义这个人物的描述路径。他在"引子"里写道："我不想为郭明义辩解，也不想为他唱颂歌，只想踏踏实实地，从点点滴滴入手，讲述他的生活经历与心路历程，与他一起成长、一起成熟，一起让清纯的风吹进人们的心灵，吹散所有的阴霾，把一个透明的郭明义献给读者。"在"后记"中，作者又一次强调："作家的本领在于虚构，可是用不着我去虚构，堆积如山的素材，感人至深的细节，远远地超过了我的想象力。考验我的是剪裁能力，取舍的本事。我不能把一个活生生有血有肉的郭明义写成一个好人好事的堆砌物，我不能不去深入地探究郭明义灵魂最深处的东西，不能不去挖掘郭明义留给我们这个民族的精神之源。"从这两段话语中，我们可以看到，不唱颂歌、不去虚构、不堆砌素材，写踏实、写透明、写灵魂、写精神，是作者对于此次写作方向的基本把握。我以为这恰好是在最大限度地逼近非虚构文学的本质,而不是正相反,将报告文学演绎成表扬稿、广告、长篇小说或者调查报告。

还原本真,既可以将之理解为对于现实的某种呈现方法和路径,也可以说,还原本身就是一种姿态——用还原表达对人物的品质与个性原生态的展示,用还原表现作家本人的书写态度和情感指向,用还原去除因为种种原因所造成的对于人物与事件的误解、误读和误判。周建新不仅直白自己的还原理念,更在写作的实践中、在文本里体现出这一理念。《朋友,我能给你什么》的文本结构即其鲜明的印证。与一般人物型报告文学大多局限于时间顺序的线性结构有所不同的是,这部作品采用的是线性与非线性结构相结合的方式,即时空交错的叙述结构来完成对于主人公郭明义的立体还原画像。作品的前五章——"善良的基因""成长的熔炉""无怨的'螺丝'""高贵的'国格'"和"踏实的脚步",按照时间顺序来写主人公的主要人生经历,即出生、童年时期、学生时代、当汽车兵、复员到铁矿当司机、党校深造、下岗分流、重新上岗做翻译、当公路管理员。这种类似于传记写作的方式,在时间流的表述中,极其清晰地勾画出郭明义的人生轨迹,及其每一个人生节点的原生状态。而当叙述到作品的第六章时,作者却又明确地告诉读者:"随着郭明义的影响渐渐地跨越出时间,走向更广阔的空间,我已经无法把握时间这条线索了。因此,从本章开始,我只能忘记时间,用空间的方式,截取几个侧面,去解读郭明义。"于是,从该章开始直到最后的第十三章,作者便按照空间顺序来书写有关主人公的几个主要侧面——爱唱歌、脾气倔、关心人、仗义阳刚的多面性格,投身希望工程、捐助困难学生，无偿献血，捐献造血干细胞，成长的环境与爱心团队、大家庭生活、小家的幸福、成名之后的态度等。如果说，时间顺序是在历时性上还原人物的成长史，偏重于比较客观地纪实，那么，作为共时性的空间顺序则是一种综合与重组。它虽然带有作者本人对于人物的主体性观照的印记，但其呈现仍然不可能脱离基本的事实。在此，时空交错结构的优势就在于，为最大限度地对人物进行多维度和多层次的全方位描述提供可能性。这一方面是在应和报告文学的非虚构性，即文本所呈现的是经验世界中给定的现实，是一种不以主观想象为转移的、与特定历史或现实时空所发生的事实相符合的特性。另一方面，也为人物型报告文学的结构出新提供新鲜经验。人物型报告文学无疑是现代中国报告文学的主体类型之一，20世纪80年代中期兴盛的全景式和集合式报告文学，极大地推动了事件型和问题型报告文学的发展，但人物型报告文学至少在结构上并未显示出它对于20世纪30年代这一文体鼎盛时期的超越。《朋友，我能给你什么》的结构实践或许能够使之获得更多的超越灵感。

由时空交错的叙述结构，我们得以了解郭明义人生的真实轨迹。如果是作为一篇普通的人物新闻特写，这样的描述已经足够详尽。然而，如果是报告文学，则会显得有些浅尝辄止。因为，无论写人还是记事，优秀的报告文学都并非简单地、中立地写实和记录，它更需要作家的切入和提升。值得欣慰的是，周建新在还原郭明义的时候，并未刻意执着于人物经历的面面俱到和事无巨细，甚至猎艳猎奇，而始终抓住主旨，写出郭明义的人格品质与精神成长的历程，挖掘其精神形成的家庭基因和社会氛围,凸显其仁义、善良、朴实、真诚、认真、助人为乐、大爱无疆的基本精神品质。而这正是中华传统美德和雷锋精神的基本精髓,我们不妨将郭明义看作是这些元素的当代承传。正如作者所写的那样:"郭明义,已经从一个普通的名字,成长为一个爱的品牌,他的能量已经像核裂变一样,释放着一个民族的精神内核。"在作品中,主人公郭明义无论在家庭,还是在不同时期的工作岗位,无论是在受领导重视的顺境,还是遭遇下岗分流,他的品质始终如一,他的精神始终如一,他的信念始终如一。他是不普通的普通人,他是不平凡的平凡人。因为"如果在30年前,郭明义做出的这一切,让人觉得很平常,因为那时学雷锋是种时尚,而郭明义能坚守到今天,卓然独立,唯我独清,并且还带出了上万人的队伍,确实是匪夷所思,这不仅仅是毅力,而是无法动摇的信仰"。这种信仰里面,有对真善美的追求,有对大爱的追求,有对人格完善和社会和谐的追求。从这个意义上说,书写郭明义的人生,已经远远超过了"好人好事"的层面,而进入以个案引领集体、以榜样启迪社会、以精神砥砺民族的至高境界。

在《朋友,我能给你什么》中,作者多次写到在当下市场经济条件下,许多人的人生观、道德观和价值观已经发生了重大的变化,利益至上、功利为先、传统道德沦丧成为令人心寒的现实。而对于郭明义这个现实人物的真实书写,我以为,作者绝不仅仅是奉命书写一个转世雷锋的传奇,其深意在于,以这一形象与当下现实形成鲜明的对比,努力寻找失去的美德,重建新道德和新人生。"郭明义"也绝不仅仅是一线产业工人或底层弱势群体的形象代表,其形象意义正好契合21世纪报告文学急需凸显的"民本"理念。在当下中国社会的转型时期,报告文学应秉承自身直击现实、关注人生、反思历史的文体优势,更加关注"民本"问题,聚焦各阶层中国人的身心,而不仅仅是底层与弱势,并通过发现、反思与批判,揭示物质主义、消费主义对当代中国人"纵欲无度"的危害,以引领社会由"物本位"转向"人本位"。从这个角度说,周建新这部报告文学的问世,正逢其时。它所呈现的不再是一个孤独的、空洞的、高大全式的完人,而是一个具有"人性价值"、闪耀美德光辉的典范。

一个以代表社会主义核心价值观的热点和焦点人物为对象的"命题作文"式的报告文学,如何使之具有阅读的乐趣和审美的愉悦?这是时下此类报告文学创作亟须关注的问题。在我看来,报告文学是直面现实的文体,同时也是具有独特美学品格的文体。我们一方面不应该将报告文学与新闻混为一谈,在强调它的现实性、新闻性和时效性的同时,有意或无意地忽略其艺术性;当然,另一方面,我们也不能矫枉过正,把非虚构的报告文学等同于虚构文体,无限度地实施小说化,使非虚构越过了底线,使文体的现实契合性模糊起来,最终走向瓦解。因此,报告文学对现实性的最大限度的把握,不是经由非艺术的直接宣泄,而应该是通过遵循其基本艺术规范的、生动可感的文体形式表现出来。如果我们还承认报告文学是一种特殊的文学形式——非虚构文学的话,那么,强化它的"艺术的文告"性质,就不是没有理由的。《朋友,我能给你什么》在这一方面仍然能够给予我们以新鲜感。

周建新主要从事小说写作。因此,在长于小说写作的作家那里，自然有着书写人物型报告文学的先天优势。茅盾曾在《关于"报告文学"》一文中说："好的'报告'须要具备小说所有的艺术上的条件，——人物的刻画，环境的描写，氛围的渲染等等；……"运用除虚构和夸张等以外的小说艺术技巧，来营构报告文学，是必然，也可以是必需的。显而易见，周建新对于《朋友，我能给你什么》的结构安排、语言表达和细节设置等方面，对于小说艺术的借鉴是自觉和自主的。这样做的结果，不仅没有损害人物本真的还原和人物精神内涵的开掘，相反，在其所显示出的可读性与生动性的推动下，本真还原与精神挖掘获得了充分的显现。

在《朋友，我能给你什么》里，生动、丰富而密集的细节描述几乎遍布全书、无处不在，它们有力地表现了郭明义诚实、善良、认真、乐于助人的精神品质。郭明义生于仁义之家，从小耳濡目染，深受醇厚家风的影响。初中时学农拾粪、灭老鼠不作假，"类似这样的事情，在少年时期的郭明义身上比比皆是：吃忆苦饭，把同学领到他家去；学习小组没有课桌，他从家里搬；班级生炉子，没柴火，他背着家里的柴火，早早地到学校，生完自己班级的炉子，再到弟弟妹妹的班级去生炉子"。在部队养猪、做饭、当汽车兵，样样一丝不苟，郭明义以最细心的态度对待最简单的问题。在"延续的生命"一章中，作者用这样一个细节描写表现郭明义在浴室动员工友捐献造血干细胞的过程——"郭明义一边给工友搓，一边不厌其烦地介绍捐献造血干细胞的知识，呼吁大家参加捐献。不想捐的工友，趴在那里，臊得连头都抬不起来。最多的时候，郭明义在 2 个多小时里为 20 多人搓澡，即使累得筋疲力尽也不罢手，哪怕浴池里只剩下一个人了，他也是照讲不休"。在"幸福的亏欠"一章中,郭明义送妻子28元的"戒指"、与女儿的"电视之争"和"为爱而吵"等细节凸显出珍贵的亲情。应该说,这些细节并非作者的虚构和想象,而是通过其调查采访获得,它们的丰富和出彩也许可以说明一个问题,那就是现实比虚构更神奇。

与细节表现相联系的是,周建新在作品里的叙事语言堪称简洁、流畅与率真,十分契合表现主人公的性格特征。即使是非叙事性话语,作者也力求做到形象、简洁、生动、富于哲理——"心软的郭明义,对弱者,永远不会义愤填膺""老郭经常把自己捐得兜比脸还干净""郭明义的意义在于,他这个一根小小的火柴,点燃了大家的善良,聚成了一团温暖人间的火焰"。在"生命的宽度"一章里,作者用11个"有人叫他大傻(大侠、大使、大彪、大狂、大倔、大烦、大魔、大凿、大怪、大圣)……"的排比句式来归纳工友们心中的"多面的郭明义",十分简洁和形象。

有人曾言,报告文学是"戴着镣铐跳舞"。此言的确形象地道出了报告文学文体的个性特征。的确,无论从思想,还是从艺术角度观之,报告文学写作都是具有高难度的写作。而"命题作文"式的报告文学,又是难中之难。周建新的报告文学创作不算高产,也许这还是他的一个副业。不过,我仍然可以从《朋友,我能给你什么》中看出其非虚构写作的潜能和空间,这一方面是在于他出手不凡,对于哪怕是"命题作文"式的创作都能出彩出色;另一方面是指这部作品并非尽善尽美,尚有进一步腾挪与润色的余地。因此,我由衷地期待作者一跃成为中国报告文学界的一匹"黑马",写出没有最好只有更好的下一部。

生态再现的宏阔与艺趣

关注粮食、土地、农村和农民,似乎是任林举非虚构创作的一个显著徽章,他的《玉米大地》《松漠往事》《粮道》《贡米》和《出泥淖记》等作品莫不是如此。2021年出版的《虎啸》和《躬身》在描述对象上有了较大转向,这就是对于生态的关注。也许"绿水青山就是金山银山"的观念是导致其转向的一个重要原因,但如果我们细读其文本的话,就不难发现这种关注其实从2011年出版的《粮道》开始就已初现端倪。某种程度上说,这三部作品是对20世纪80年代中后期盛行的"问题报告文学"传统的继承,但视野更为宏阔、认知更为理性、呈现也更具艺趣。

一

生态问题其实是一个系统问题。作为文学的非虚构叙述,任林举采取的方法往往是以一斑见全豹,即由某一个个案或方面切入话题，再由此延展开来，所谓以小见大、由表及里、由浅入深、从微观到宏观、从具象到抽象、从凡俗到哲理等循序渐进之境界。加之作者严格遵循非虚构创作原则，以深入采访地的田野调查所获取的第一手材料为准进行创作。这种遵循体现在对所述问题的真相或人物真实心理活动的写实性处理，将现实生活中的复杂性揭示出来，使作品不再是单向度的传达，而成为具有多维解读空间的文本。我们可以看到三部作品中大量具有知识性、科学性、趣味性和传奇性的人物、动物和事物，俨然是有关"粮食""老虎"、甘南地理与人文的百科全书。可以说，任林举非虚构作品的话题性大过其故事性或曰事件性，此点与问题报告文学多有类似，但其对于话题叙述的深度与广度强于后者，这当然与其作品多为数十万字的长篇巨制有关，但也不仅仅表现在其作品的篇幅上。

《粮道》由粮食问题的个案，生发至对粮食生产和运行规律、粮食与农民、粮食与文化、粮食与伦理、粮食与国家兴衰、粮食与国家民族安全、粮食与中国农业的未来等问题做出形象化的解读，表现出作者对于涉及国计民生的中国粮食问题——其实也是生态问题的深切关注。作品由粮食说开去，在多学科视角的观照下，以生动的话语阐述"民以食为天"的"大道"，以及粮道与人道、粮道与国家、粮道与世界的复杂关系。我以为作者在文中多有大胆思考，譬如说："粮食是自然的精灵，所以粮道永远高于人道，高于官道，高于世道。一个社会或一个时期，认可、支持、倡导的官道、世道与粮道相适应时，那么这个社会或时期一定是和谐、昌盛的，反之则是凶险和衰弱的。"① 这些思考和发声某种意义上确证了知识分子写作的基本旨归。

《虎啸》以全过程深度追踪的田野考察方式，对东北虎这一全球珍稀野生动物进行探寻、观察和研究，以此个案折射全球野生动物的生存现状、人类的自我意识及其与其他物种的相处之道、全球可持续生态系统的保护和发展等话题，最终传达出"生命的美好与无奈、哭歌与悲欣"。诚如该书小引所言："要保护自然生态系统的原真性和完整性，给子孙后代留下一些自然遗产……这莽林中古老而唯一的王者——它们留在大地、山林、时光中的身影和梅花般点点足迹，已经为我们暗示或表明了生命之道、自然之道、兴衰与共的和谐之道。"② 谈论"虎啸"的深层意义在于，在人类成为地球霸主的今日，强调包括濒危动物老虎在内的所有物种的存在与关联具有十分重要的意义和价值，因为"在生态系统里，物种却是相互关联的。如果其中的一种消失，那么它将引发与它相关的其他物种的一长串反应"③。更为严重的后果是"物种消失并不是衡量生物圈可持续性的一种令人满意的方式，因为没有人知道极限是什么"④。全球生态可谓"多米诺骨牌"，牵一发而动全身，东北虎的消长与存亡实则不仅仅是一只虎或一类动物的湮灭那么简单。毋庸置疑，《虎啸》描述的

---

① 任林举：《粮道》，吉林人民出版社，2011年，第241页。
② 任林举：《虎啸》，北京十月文艺出版社，2021年，第5—6页。
③ [美]德内拉·梅多斯、乔根·兰德斯、丹尼斯·梅多斯：《增长的极限》，李涛、王智勇译，机械工业出版社，2006年，第81页。
④ [美]德内拉·梅多斯、乔根·兰德斯、丹尼斯·梅多斯：《增长的极限》，李涛、王智勇译，机械工业出版社，2006年，第81页。

主角是东北虎,诸如由俄罗斯迁徙到中国的代号为"T16"的老虎、会扒狗皮的"T9"老虎等。但实际上,作品中也有大量围绕"虎"的各色人物及历史事件的生动再现。与《粮道》和《躬身》有所不同的是,《虎啸》的田野调查意味十分浓郁,读者仿佛身临其境,跟随作者的脚步踏上历险寻踪的征途,其亲历性、现场感和沉浸式体验最为凸显,亦将报告文学的"报告"之意宣示得淋漓尽致,并将虎、人、生态等错综复杂的关联通过"寻找"呈现出来。

《躬身》书写的是甘肃甘南州的"全域无垃圾"运动。作品十分深入细致地描述了当地以草原、街区、道路、村庄和牧业点治理"八乱"(乱堆、乱放、乱扔、乱排、乱搭、乱建等)为主要内容的"环境革命",以及由此衍生出来的包含农家乐与牧家乐在内、具有民族特色的生态文明小康村,展现中国西部地区生态的脆弱和敏感,甘南人对于清洁无害环境的珍视,脱贫攻坚与乡村振兴的关键抓手和有效路径,以及破除脏乱、无序、愚昧和不良惯习,建构整洁、有序、文明和良好规则等,进而探索生活习俗改变、人自身的观念变革、人类发展与生存的生态环保等难题。书名"躬身"具有多重意义和象征。躬身,本意为自己、自身、亲自、俯屈身体、以示恭敬,鞠躬,弯腰等语义。在书中,"躬身"首先指的是甘南州倡导"全域无垃圾"运动里人们弯腰拾垃圾的动作,在持续五年的运动之后,这个动作"已经远远超离了它自身所拥有的具象,变成了一种象征或隐喻"。作品的小引中写道:"这世界,本来是不应该有垃圾存在的。造物主所造的一切都是必要的、有用的,都有它适当的用场和用途。它们在其所在，为其所为，各自安然领受自己的天命。只不过后来被人为地改变了原本的状态，或顺势，或强行，将它们置于不适当的位置或使其失去了应有的禀赋。"① 这可以视为作者贯注于全篇的观念，也在一定程度上代表着作者的生态观。此与《增长的极限》之认知有着相似之处——"人口与资本培育所使用的原料与能源并不是无本之木。它们取自于这个星球。它们并不会消失。当它们的经济用途完结之后，原料会循环成为垃圾和污染；能源会耗散成为无用的热量。……循环利用和清洁生产可以显著地减少垃圾和污染，但却无法根除每单位消费带来的垃圾与污染"②。作品的深刻之处在于，特别清晰地呈现了由捡拾垃圾的"弯腰"变成对自身不当行为或过失作道歉反思式"鞠躬"的"环境革命"，最终演绎成敬畏自然、珍惜生命、维护尊严、拥抱文明的"头脑风暴"，由开始时消极应付外在的工作任务转变为主动积极的内在自觉和习惯，并使洁净山水城乡与文明身心相融合。

作为一部具有特异性题材的作品，《躬身》还凸显了立志"生态报国"的甘南州委书记俞成辉等人"四两拨千斤"的地方治理智慧，即将"环境革命"作为包括稳定和脱贫在内的甘南社会问题的突破口，以此改变人的思想观念和行为举止，最终实现对社会问题的有效解决。此外，作品也描绘了"环境革命"所催生出来的未来高原牧业新蓝图，即形成牧民职业化、饲草生产专

---

① 任林举：《躬身——缘起于甘南的"环境革命"与人文传奇》，人民日报出版社，2021年，第2—3页。
② [美]德内拉·梅多斯、乔根·兰德斯、丹尼斯·梅多斯：《增长的极限》，李涛、王智勇译，机械工业出版社，2006年，第48—49页。

业化的现代牧业与传统牧业有机结合的全新格局。在"尾声"部分，作品聚焦甘南"全域无垃圾"的升级版，即全州创建"五无甘南"——全域无垃圾、化肥、塑料、污染和公害。由对日常生活垃圾的清理开始，进入生产（以有机肥替代化肥，改良土壤）、流通（禁塑，推广塑料替代品，绿色物流）、生活（大气、水体达标）和产品（禁用或规范使用农药、建追溯系统）等五个全面而纵深的领域。这几乎就是人之生存的基本环境域，是真正意义上的"革命"，而非简单初级的修补改良。在我看来，这种由西部生态脆弱敏感地区出现的全方位"环境革命"，其意义和价值已经远远超出了甘南、青海，可谓中国甚至全球之典范。

如果从更为宽阔的视野来考察，任林举此三部作品所关涉的主题和题材，除去描述对象的差异之外，其与世界生态非虚构作品的伦理指向和价值尺度具有高度的一致性。主要体现为生态主义和理想主义视角的现代生态文学较早来源于美国科学家所创作的非虚构作品，但有关自然生态反思类型的非虚构作品则出现得更早，譬如梭罗写于1854年的《瓦尔登湖》、出版于1949年的利奥波德之《沙乡年鉴》等。1962年，海洋生物学家蕾切尔·卡逊叙说杀虫剂对农作物和人类危害的《寂静的春天》将现代生态非虚构作品推至前台。21世纪以来，又有医学家戴维斯讲述现代工业空气污染对环境和公共卫生影响的《浓烟似水》（2002），以想象的视角描绘现代人类消失之后、其创造物给予世界巨大"后遗症"的韦斯曼之《没有我们的世界》（2007）等作品问世。尽管在今天看来，《寂静的春天》等科学家作品更多地类似于一种形象化的科学报告或学术论文，其文学性并没有得到充分彰显。但值得肯定的是，在高速运转、高度发达的工业化社会来临之际，这些作者勇于表达对自然生态遭人为破坏、人类再生系统无法预知厄运的强烈预警，以及由此所表达出来的反人类中心主义等文明批判理念。在任林举的三部作品中，我们亦从粮食安全、东北虎濒危、甘南"环境革命"等不同再现对象那里，感受到与梭罗、蕾切尔·卡逊等人一脉相承的生态理念和生态忧思，感受到梭罗之后一个多世纪以来全球生态仍然严峻的事实，感受到极富"生态共同体"意识的作家的人文关怀、责任心和使命感。

二

反思性是报告文学的基本规范之一，也是其文体特质的重要标识。可以说，没有非虚构性的报告文学等同于自身文体的消解，没有反思性的报告文学就将丧失文体存在的价值和意义。纵观中外经典之报告文学，无一不是具有浓郁反思性的杰作。从这个意义上说，报告文学不是现实世界的复印机，而是"思想者"的艺术利器。

任林举的生态报告文学不仅将目光投向关乎国计民生、人与自然关系等重要现实领域，其反思性特质亦鲜明而独特，从《粮道》到《虎啸》和《躬身》均无例外。这三部作品谈论的对象各不相同，但对于由再现对象本身所衍化、所透射、所象征出来的人与自然的关系、人类发展与自然损耗、人类观念的智愚对自然的影响、人类信仰与自然等问题都表现出相当的同一性。有学者指出:"人与自然生命共同体理念,以人与自然关系的整体性为视角,以实现人与自然和谐共生为主要目标,从认识论层面超越了人与自然主客二分的观念,实现了马克思主义人与自然关系理论的创新发展。……传统工业文明时期,在人与自然主客二分自然观的影响下,人类利用科技手段大规模改造自然,试图凌驾于自然之上,造成了生态环境的巨大破坏。马克思主义认为,不以伟大的自然规律为依据的人类计划,只会带来灾难。"① 可以说,任林举的三部作品,都体现出对人与自然关系的此种反思与认知,体现出敬畏自然、与自然和谐相处、可持续发展等关涉人类当下及未来的自然观、世界观和价值观。

《粮道》在全书八章的篇幅里始终贯穿着作者的忧患与反思。譬如,关于"粮道"的领悟及其规律的把握;关于人类如"上帝怀里的解药"那样依赖粮食,从而暴露出生命的脆弱;关于种粮人的苦命、弱势、代人类受自然的各式各样的惩罚;关于"粒食者"与"肉食者"之间自古而今的文明博弈和文化冲突;关于转基因粮食的义与利、是与非;关于粮食与社会、世道变迁的复杂关系;关于粮食领域的"生物海盗"及其潜藏的没有硝烟的新"鸦片战争"等。

以虎的叫声作为书名的《虎啸》,其实也隐含着作者带有反思意味的深意。虎啸,森林里那一种拉长的震撼长空的叫声,似乎含义繁复而隽永,那是一种坚守最后领地的诉求、一种保持尺

---

① 郇庆治:《开辟马克思主义人与自然关系理论新境界》,《人民日报》2022年7月18日。

度和分寸的警告、一种身居主人地位的宣言。作品在叙述老虎生存及其与人类关系发展史的同时，其实也是在揭示作为"比任何一种动物都更加强大、凶险的'新物种'"的人类对于老虎一百多年以来的灭绝性侵害与摧残，由此对人性、工业化、现代化等问题作出深刻反省。另一方面，作品也通过叙说老虎作为具有超强"家域"意识的"神一样的存在"，将几千年来人类惧怕"实体"老虎，却又崇拜"精神"之虎，纠结着爱、恨、畏、敬、崇等多重情感的关系表达出来。《虎啸》第八章"忏悔"写一位主动放下猎枪、吃斋念佛的村民陈兴坡，作品在详细描述其曾经狩猎时的"英姿"之时，更多的却是写其射杀动物之后所感应到的种种针对自己和家人一报还一报式的"报应"，以及由此所产生的"梦魇"式的恐惧，在他看来"山林被祸害成现在的样子，人类早应该认真地反思和忏悔"。这一良心未泯、"立地成佛"的人物，实际上代表着作者对人与虎的关系或曰对人与自然关系的看法，即"人类确实需要从生命平等和自然共享的角度去思考一些问题，去做出一些更加合理的选择，不能永远是人本主义的倾向"[①]。当然，作品也在第十章"冲突与退让"中写到，自从保护区成立和大面积禁猎以来，日渐增多的野生动物与山民的冲突日益加剧，人们在"退让"中常常遭受动物的"欺负"。此又成为当下人与自然生态关系的新课题和新难题。

在《躬身》里，作者将生态体系归结为宇宙生态、自然生态和文明生态等三种，三者互相作用、支撑和制衡。这种反思与

---

① 任林举：《虎啸》，北京十月文艺出版社，2021年，第254页。

认知是以非虚构的文学形式作形象的呈现，其所起到的作用也许是其他形式难以替代的。此正如约翰·霍洛韦尔在谈及非虚构小说时所说："最好的非虚构小说显示出一些辨别是非的审美能力，这种能力在所有的时代对持续不断的人类困境来说，都起到一种向导的作用。如同任何时期最好的文学，这些作品最终都具有人的性质和人类解决面临的困难的力量。"① 因此，也可以说，在当下人类面临生态危机之时，生态报告文学的焦虑纾解和方案引领功能，比之其他的文学形式更能够得到鲜明的彰显。当然，《躬身》的这种反思性并未仅仅局限于生态，我们在作品中还可以看到更为丰富的内容。譬如，境外势力打着环境保护的旗号，声称汉人破坏了藏人的神山神水，以此对藏区进行渗透和颠覆活动。作品借州委书记俞成辉之"灵感"，做出这样的反思："藏族群众的神山神水概念与我们的绿水青山概念不谋而合。只要把甘南的环境保护工作做到超乎所有人包括境外敌对势力的意料，就是最有力的证明和反击，也是甘南人民的根本福祉所在。"② 而"环境革命"最终需要解决的问题正是"过分的照顾必然成为事实上的歧视，过分的敬畏必然成为事实上的孤立，过分的互不介入必然成为事实上的敬而远之和彼此孤立"③。《躬身》第六章"白龙之祭"写到甘南舟曲由于明朝中期之后的乱砍滥伐导致大片森林

---

① [美]约翰·霍洛韦尔：《非虚构小说的写作》，仲大军、周友皋译，春风文艺出版社，1988年，第22页。
② 任林举：《躬身——缘起于甘南的"环境革命"与人文传奇》，人民日报出版社，2021年，第203—204页。
③ 任林举：《躬身——缘起于甘南的"环境革命"与人文传奇》，人民日报出版社，2021年，第211页。

变荒山。秩序混乱的结果,就是最终酿成2010年的特大泥石流灾害之悲剧。作品对灾难背后的人祸因素做出深入反思。为了"环境革命"、发展旅游经济和牧区城镇化,将大量牧民迁出草原,此举措在作者看来亦有远忧——"假如说全国的牧民都走出了牧区,不再有人养牛、养羊,14亿多人口肉食吃什么?生态安全又和人们对传统牧区肉食品天然品质的需求发生了一定的冲突。毕竟,人们保护生态的根本目的还是要生活得更加美好——空气新鲜、环境优美、食物安全优质、一切可持续"①。因此,在作者看来,建设和发展中的矫枉过正或偏执一端都是需要警惕的。

纵览三部作品,可谓反思无处不在。而这也恰好印证了这一点,即作为"思想者",报告文学文体写作主体意识的呈现性比其他文体更为直接而强烈,其目的在于首先显现作家自身的理念、态度或爱憎,其次是对于读者阅读的深度引领或启示。

三

无论是报告文学的非虚构性,还是反思性,都不可能建立在空中楼阁之中。也就是说,这些特性必须通过作品的艺术表现方式传达出来。与其他文体不同的是,作为跨文体的报告文学,似乎天然具备文体兼容或互鉴的优势。任林举很好地把握住了这

---

① 任林举:《躬身——缘起于甘南的"环境革命"与人文传奇》,人民日报出版社,2021年,第340页。

一优势，并就其所能做出最大限度的发挥。这突出表现在对于人物形象的生动再现、叙述结构的精心建构，以及景物、场面和细节表现的丰富多彩等方面，将报告文学的"文学性"演绎得十分绚烂。

就人物形象的艺术再现而言，三部作品各有千秋，《躬身》与《虎啸》则更为凸显一些。《躬身》第一章详尽描述藏民卓玛加布从小受到父母长辈爱惜生态的教育，认为人与动物各有自己的领地和权益，互不越界，否则会受上天惩罚。长大后，卓玛加布为生计所迫，经营牧区草场承包的铁丝网生意。由望见铁丝网上挂着五颜六色的废弃塑料袋，他萌生了"捡垃圾"的想法并组织亲朋好友实施清理牧区各类垃圾活动。此举与州政府"全域无垃圾"行动不谋而合，卓玛加布因此被评为"甘南州城乡环境卫生综合整治工作先进个人"。有意味的是，这一人物清理垃圾的行为一开始并非外在强加于其身的任务，而是发自其内心从小便根植深厚的人与自然和谐相处的信念，以及由环境美好联想到人之尊严的建立——"把自己周边环境收拾干净之后的心情，和把自己的脸洗得干干净净一样，虽然并不是什么了不起的事情，但走在路上时可以很自信地把头抬起来"[①]。这也许正是甘南州之所以能够将"环境革命"进行到底，而不是功利性短期行为的缘由和动力。作品里对于人物形象的深入再现，特别是其中对于人物面对困难、挫折、孤独和误解时所思所想的细微表达，既具有文

---

① 任林举：《躬身——缘起于甘南的"环境革命"与人文传奇》，人民日报出版社，2021年，第19页。

学化叙事的形象性，同时也增强了人物再现的可信度和说服力。《躬身》其他人物群像的再现也体现出这一特点。譬如，作为领导干部形象的甘南州委书记俞成辉，在处理尼巴和江车两村由来已久的草场归属纠纷、策划和推动开展"环境革命"时的担当果敢智慧，显示出对天地敬畏、对苍生悲悯、对百姓躬身扶掖的共产党人胸襟和高贵精神气质；中国作协挂职干部王志祥、翟民等助推临潭文化事业发展，以"环境革命"消除"视觉贫困"；县委书记扎西才让致力建设贡巴小康村；环保局局长姚江明性格"刚硬"却不乏大爱大情；全国劳模万马才让帮助村民迁新居；为保拉卜楞寺"净土之净"，僧侣加欢加措主动清理垃圾；为保护山地生态，赵朝德放弃养山羊，以种树致富；"彻底的无产者"达珞夫妇住新房、做保洁，养成讲卫生的好习惯；董事长谢卓玛收集牛粪壮大有机肥料产业等。此外，"不服软"却最终改变自己的加羊东珠，不知疲倦运送垃圾的精神疾患者连六十四，八十高龄的护林人刘启文，组织保护环境公益协会的才华道吉，爱鸟护鸟的西合道，农家子弟出身、努力奋斗成才的广电台长杨海强等亦给人留下深刻印象。可以说，从州领导、中层干部、企业家到普通村民，《躬身》再现了一批性格鲜明的"环境革命"人物群像，并能以此形象诠释了作品所欲传达的主旨与内蕴。《虎啸》中的人物再现也颇具特色。譬如专事东北虎保护的"动保"专家郎建民，曾经的"职业"猎手转而经营苹果的于贵臣，被老虎咬伤右臂的村民猎人曲双喜，行走山林40年、从事野生动物调查与研究的朝鲜族学者朴郑吉，信奉因果相报、放下猎枪"吃斋念佛"的陈兴坡，被毁容的"熊瞎子剩"老杨，恐惧东北虎攻击牛群的养牛专业户张东,业余护林员老康,动物"克星"樊广生,药厂采购员王方等。这些人物形象从多个侧面诠释、烘托"虎"这一核心动物形象,虽多为"速写式"勾勒,但其精气神被生动传达出来,给予读者以深刻印记。《粮道》呈现了作者采访四叔、三子、二娇、徐二喜、胖子和吴志军等当地农民的现场实景,描画出人物鲜活的话语与行为,形成对作品有关"粮食"主题阐释的一种加持。

在叙述结构方面,任林举生态报告文学大多根据叙述内容设定叙述结构,呈现显明的结构二元,即线性结构与非线性结构的设置。《虎啸》里类似小说的情节叙述比比皆是,完全可以看作是"虎山历险记"或者"虎山探险记",是以作者"我"为第一人称叙事的具有比较完整情节性的线性结构。作品中,以作者"我"、"动保"专家郎建民等不同身份人员组成的五人"山林调查小组"探寻东北虎行踪的情节为主线,其目的是呈现对于野生东北虎的"追踪"和"探秘"。当然,这种线性结构只是相对于《粮道》和《躬身》分别以"粮食"和"环境革命"为核心叙述对象的非线性结构而言,与小说中严谨的线性结构并非完全同类,因为在《虎啸》一书中仍然有大量"溢出"线性叙事的非叙事性话语渗透其间,譬如第一章"王者归来"里对包括东北虎在内的老虎生存史的详尽概述;第二章"神一样的存在"里谈论由恐惧到崇拜的"虎神"和"虎图腾";第十二章"命运共同体"里对于"国家级虎豹公园"建设、世界老虎日、保护老虎国际论坛的叙述等。而作为典型非线性结构的《粮道》与《躬身》亦略有不同:前者以"粮食"为叙述核心,将其分别与"人性""命运""文化""伦理""兴衰""安全"和"未来"等人文社科关键词组接起来进行阐释,更具发散思维特点;后者则基本以甘南州若干县域的"环境革命"作为叙述的连缀点,属于比较典型的空间组合。应该说,这三部作品的结构设置都是对各自叙述内容的紧密契合,譬如具有"寻虎"较强情节线的《虎啸》,以"粮食"这一较抽象概念统摄全文的《粮道》,以及有着"甘南"显明地域空间转换的《躬身》等。

在景物、场面和细节表现上,三部作品努力借鉴小说、散文等文体的表现手法进行艺术再现,譬如大量的景物描写,人物对话,富于戏剧性或冲突性的场面和细节表现,动物的行动等,以此强化作品的生动性和可读性。《躬身》里的景物描写既有交代地理、地域和方位等作用,更是对青藏高原原生态生活节奏的舒缓、自然风物的美妙等的恰切呼应。在凸显作品艺术性的同时,这也使之在叙事上区别于新闻报道和调查报告之类的文体,彰显出作家清晰的文体意识。譬如《躬身》第六章描述春天的白龙江美景:

> 五月的岷山山系冰雪消融、春情涌动。一年一度的桃花水下来了,从大山的皱褶,从沟沟岔岔,从草木根系和大地深处,纷纷注入低处的河谷。白龙江因此而变得更加妙曼和丰盈。闪着银光的白龙江在春天里流淌,也在由东而西的大陆架上流淌,一路发出甜蜜、快乐的声音,天上的白云是她洁白的婚纱,地上

的鲜花是她妩媚的笑靥……①

由此,我们也可以清晰地看到,将诗意渗透于景物描写之中,亦是任林举生态报告文学的突出特质。《躬身》是如此,《虎啸》和《粮道》亦是如此。譬如《虎啸》开篇写到"一声雄浑的虎啸响起"时即有:

> 这声音一起,便群山、万木肃然。残留在枝头的雪,因其震撼萧萧而落;林中觅食或归巢的鸟儿们停止了欢快的歌唱,静静地仰望着天空;所有奔跑或行走的生灵纷纷停下脚步和进行之中的咀嚼,竖起颈项,侧耳倾听——②

《粮道》也常常通过描绘故乡的田园风光来表达作者的眷念之情,而这种眷念又充满着"乡愁"一般的诗意情感——"总是那不着一砖一瓦的土平房,总是那被雨水冲刷得露出泥土波纹的院落,总是柴门,总是起起伏伏的板障,总是牵牛花和豆角秧,总是一碗小米干饭和大葱、大酱……凭空地,空气里就会飘动着一种令人心动的味道,宁静、灵动并有断续的香甜,近似于花香,又近似于新翻起泥土的芬芳"③。这样的诗意表达与作者的忧

---

① 任林举:《躬身——缘起于甘南的"环境革命"与人文传奇》,人民日报出版社,2021年,第258页。
② 任林举:《虎啸》,北京十月文艺出版社,2021年,第6页。
③ 任林举:《粮道》,吉林人民出版社,2011年,第92页。

患一起贯穿作品始终，可谓以诗意衬忧患。作品的第三章"凌晨三点的声音——粮食与命运"，第四章"知雄守雌的'粒食'——粮食与文化"，第五章"别管我叫爸爸——粮食与伦理"等章节更为集中地体现了这一特点。因此，尽管《粮道》所涉及的话题是宏大的、沉重的，但仍然具有通过诗意表达所获得的流畅感和可读性。

场面描写与细节呈现的较强密度，使三部作品的叙事厚度得以强化。《躬身》当中即有大量形象别致的场面描述，譬如第二章写到江车与尼巴两村村民因草场归属起冲突的场景：

> 江车村200余众，尼巴村300余众，像两股黑色的水流，逆着绿色的山岗迅速向坡顶聚合。千差万别的意愿和意志如今都被一种无意识的意志裹挟着，奔向了一个无法左右和更改的方向。①

《虎啸》第六章"剿杀"写20世纪50年代初奶头山村民与老虎对峙冲突并击毙之的惊险场面；第七章"复仇"写老虎因报复而伤人事件；第八章"忏悔"写陈兴坡、曹志信、老杨等"收手"猎人与动物对峙、搏斗、戕害的场面；第九章"清理与侍奉"写作者亲历东北虎豹国家公园管理局的"清山清套"专项行动；第十一章"千里归心"对跨越俄罗斯与中国境内的"T16"

---

① 任林举：《躬身——缘起于甘南的"环境革命"与人文传奇》，人民日报出版社，2021年，第53页。

老虎生存场面的多方位描述等都在场面与细节表现方面给予读者以强烈的在场亲历感。特别是第十二章"命运共同体"描述作者等小组成员与东北虎近距离巧遇的惊险场面:

> 离开那串足迹,继续走不到30步,突然,在我们身边的灌木丛后,传来一声可怕的低吼:"呜——"那声音太恐怖啦!很像有一股粗重的气流从一个结实的胸腔和喉咙间冲撞而出,紧张中夹带着几分恼怒。
>
> ⋯⋯⋯⋯⋯⋯
>
> 我和郎建民四目相对,几乎同时发出低语:"老虎!"
>
> "撤退,但不要跑动!"郎建民发出简短却不容质疑的指令。
>
> 我们两人同时转身,他负责身后的警戒,我负责前边。两人手中喷火筒的拉环,都已经紧紧缠在手上,只要老虎的影子一出现,马上拉开。
>
> 就在这时,又有一声低吼传来:"呜——"
>
> 因为我们已经退出10步有余,感觉那低吼的力度较前一声有所降低。
>
> 我们稍微加快了一点步伐,但仍然保持着原来的"队形",大约一直走出有30多米的距离。这时,第三声低吼传来。这一声吼,让我们稍稍感觉有了一点"底"。[①]

[①] 任林举:《虎啸》,北京十月文艺出版社,2021年,第412—413页。

当然，如果从更高表现水准要求，这些作品仍然存在提升的空间。譬如，《躬身》第三章"大道至简"里写州委书记和州长如何配合实施生态文明建设时，疑似公文性文字较多。《虎啸》的线性结构以交错叙述方式铺张了较多与主线联系不够紧密的内容，一定程度上影响了整体叙事节奏。三部作品还需要把控好延展内容的度，以使之起到丰富而不是偏离主线的作用。

从书写东北大地的乡村记忆出发，到近年对生态问题的持续关注，任林举的非虚构创作已历 20 年光阴。其间，其作品的视域不断扩容、思考愈发深沉、情感渐趋浓郁、表现日益醇厚，已成为当代中国非虚构文学创作的奇光异彩。我想，他绝不会满足于此或止步不前。因此，我们要热切地寄希望于他在新的创作领域继续开疆拓土、进无止境。